湖南省文艺人才扶持
“三百工程”系列丛书

平安无事

周伟◎著

PINGAN
WUSHI

线装书局

图书在版编目（CIP）数据

平安无事 / 周伟著. -- 北京 : 线装书局, 2018.6
（湖南省文艺人才扶持“三百工程”系列丛书）
ISBN 978-7-5120-3273-6

Ⅰ. ①平… Ⅱ. ①周… Ⅲ. ①长篇小说－中国－当代
Ⅳ. ①I247.5

中国版本图书馆 CIP 数据核字(2018)第 144154 号

平安无事

作　　者：周　伟
责任编辑：李　媛
出版发行：线装书局
地　址：北京市丰台区方庄日月天地大厦 B 座 17 层（100078）
电　话：010-58077126（发行部）010-58076938（总编室）
网　址：www.zgxzsj.com
经　　销：新华书店
印　　制：湖南省汇昌印务有限公司
开　　本：710mm×1000mm　1/16
印　　张：15
字　　数：237 千字
版　　次：2018 年 6 月第 1 版第 1 次印刷

线装书局官方微信

定　　价：48.00 元

作者近照

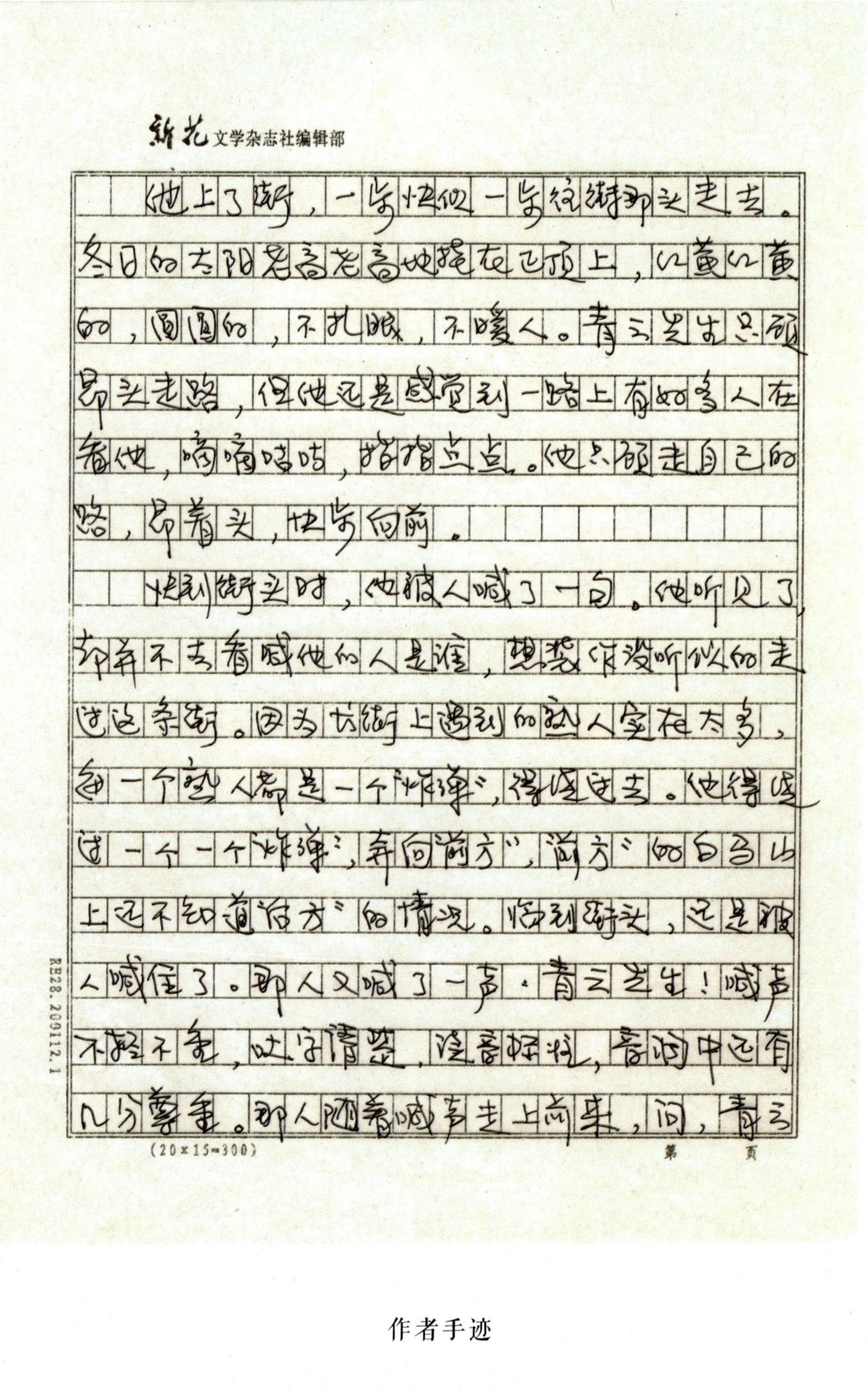

新花文学杂志社编辑部

他上了街，一步快似一步往街那头走去。冬日的太阳老高老高地挂在正顶上，红黄红黄的，圆圆的，不扎眼，不暖人。青云先生只顾昂头走路，但他还是感觉到一路上有好多人在看他，嘀嘀咕咕，指指点点。他只顾走自己的路，昂着头，快步向前。

快到街头时，他被人喊了一句。他听见了，却并不去看喊他的人是谁，想装作没听似的走过这条街。因为长街上遇到的熟人实在太多，每一个熟人都是一个“炸弹”，得绕过去。他得绕过一个一个“炸弹”，奔向“前方”，“前方”的白马山上还不知道“前方”的情况。临到街头，还是被人喊住了。那人又喊了一声：青云先生！喊声不轻不重，吐字清楚，语音标准，音调中还有几分尊重。那人随着喊声走上前来，问，青云

RE28.200112.1

（20×15=300）　　第　页

作者手迹

在的平安無事的裡再現了湮滅在時代洪流中的青春、愛戀和熱血、驚心動魄、令人唏噓不已。這不僅是為了紀念、更是為了在心底綻放幸福的花朵、獲佑平安。以最素樸的思想、重理主脈、釋經明道。

龔鵬程

龚鹏程题词

龚鹏程，著名学者。历任淡江大学文学院院长，台湾南华大学、佛光大学校长，美国欧亚大学校长，北京师大、清华大学、南京师大教授。现为北京大学教授，世界汉学研究中心主任。

马叙插图

马叙，作家、诗人、画家。中国作家协会会员，浙江省作协散文创作委员会主任。曾举办过多次水墨个展，现为多家杂志全年插图画家。

平则福，安无畏。

目录

CONTENTS

上卷

第一章 日部

01

在草寨通往县城的路上，有匹高大的白马蹶起一股黄尘，如疾风骤雨般一路飞奔。黄尘中的粉粒在金色太阳的映照下，像天上撒下一片金粉，炫得人的眼睛好痛。侧卧在路旁的二狗癫子半睁半闭，摇头晃脑，自言自语。

他说，白云是白的，想吃的米饭是白的。

他说，夜晚是黑的，难熬的生活是黑的。

他说，一个人站着，影子也是倒下去的。

他又说……

他还说……

有谁去听，一个癫子的疯言乱语。有谁听懂，不着边际，无根无据。

山道上一队又一队马队呼啸而来，卷起漫天黄尘。无数匹马蹄踏出雨点般急骤而欢快的声响，紧逼那匹高大如风的白马。

白马无缰，冲天而啸，转而立定。黑压压地紧逼上来的马队一下子懵了，跟着停了下来，有好几匹马还后退了几步，倒抽了一口凉气。那白马主人高大魁梧，身着挺括的军服，眉宇间有几份镇定。他大喝一声，众军士，听我号令！三连占领后山高地，四连断后，一连阻击……声声气运丹田，威严洪亮，在群山之中回旋。

忽然，乌云密布，电闪雷鸣。

几队人马不明情况，不知底里，不敢贸然行事。一个个你看看我，我瞅瞅你，脸上堆出几分惧色与疑惑。然后，一个个都一齐把目光投向他们的头领。那头领一直用手指挖着鼻眼，眼光紧紧地盯住前面那匹高大的白马，眼光掠过白马，死死地“吃”住在那个乖态的红衣女郎身上。马队中有人走近他身旁，在他耳边一阵嘀咕。他方才回过头来，马鞭往马屁股上一抽，勒住马缰，回转开来，一声喊，撤——

一阵阵马蹄声远去。

那匹高大的白马昂起脑壳，忽冲天空一声长嘶，久久地回响。白马上的军官先是迟迟疑疑地看了四周，才收了一脸的紧张，长长地嘘了一口气。然后，伸手擦了擦脸上的汗，下得马来，把红衣女郎一把抱了下来，就一遍遍地拍打她一身的灰尘，紧了紧她的衣物，又拢了衣袖替她擦汗，说，我的香月妹子，没事了，没事了，别怕！那军官做这一切时，红衣女郎一直没有作声，只是静静地看着他，看着他的脸，一刻也不离开。那眼神温柔如水，似一湖春水荡漾。

香月才16岁，却长得毛格楚楚，水眼汪汪，又好个身材。看看，胸早丰起来，腰如蜂腰，臀也肥了。在家，香月是爹妈的心头肉，是哥嫂的乖巧妹妹。一出了门，一村的后生小伙目光都围着她转，谁见了都想挖几眼，那可是日思夜想的水中月、香喷喷的白馍馍。红衣女郎却似没看见一样，只想着自己的心事，想着她的春生哥。

那高大军官就叫春生，和香月打小总在一起，放牛、打柴、拾稻穗。春生总帮着香月，护着香月，香月也总是春生哥长春生哥短地叫，还三不三（湘西南方言，意即时不时）就在春生哥面前撒个娇。香月喜欢花，春生就汗淋淋地满山上跑，采好多好多的花，扎成一簇簇。每扎成一簇总放一朵蛮高蛮大蛮艳丽的红花立于中央，四周各色花儿簇拥着，然后双手捧给香月，香月接了花就说一声，花儿朵朵美，春生哥哥帅！说完，就半掩着嘴笑，漏一路银铃般清脆的笑声。再一看，香月脸上的两个小酒窝好美。春生立即觉得受了奖赏，忘却了疲累，生出许多的欢快。蹲下来看一下花儿看一下香月，看一下香月又看一下花儿，春生脑壳里便冒出一个念头：香月是花，花是香月。这时，二狗准会来捣鬼，偷偷地从香月手中夺走那簇花，香月就急得直哭。春生看看香月，拔腿就追二狗。身后落下一阵嘻嘻的笑声，那个高瘦黝黑的琴琴就领头唱：小崽仔，鬼婆仔，一心想着配对子……香月和春生各自掩着羞得绯红的脸庞，飞快地各自回家。没多久，两人又凑到一块了。

一切时过境迁，一切都已远去……

那是儿时的记忆。睹物思人，想起那朵花，想起那把稻穗，想起那捆柴火，想起那个眼神，想起那追赶嬉戏的场面，一切如同就在眼前。香月的心就怦怦地跳个不停，毛格楚楚的双眼忙低下来，不敢看前方，也不敢张眼四顾，只定定地看着自己的脚尖，一双手老是翻来覆去地绞着自己的衣角。脑壳里一百次一千次地浮现出春生哥那无比亲切、英俊的模样，心中已是一万次轻轻地喊着她的“春生哥”了。她的心就跳得更厉害了，双眼往四周一看，只一下，忙收了回来。这样的场面，在路上，在山下，在塘边，在田垄，在花丛中……都是一天无数次地出现。真个是乡村孩子的日记，用不着写在精美的日记本里，用不着天天挂在口头上，一切是深深地烙在心里，永远不会变色，永远不会腐烂，永远鲜活如初。

在白天，香月总是很忙，也总是很欢快。秋日里，一束束柔和的阳光，一股儿一股儿微温的山风习习。凤形山腰上，叶笛声声送过去飘过来，清脆迷人，嘹亮在山野，和着飞鸟的啼鸣，几个小孩用双手握成圆筒状鼓起喉咙“喔喔喔”地喊叫，使得静寂群山里的老人松开了绷紧的脸，露出了笑容，敞开了胸怀，说，孩子们，早啊！来吧，阳光雨露是你们的，青青草地是你们的！孩子们尽管脚上沾满了泥泞，眼睛里跑进了露水，他们的脚步仍是那么轻快，笑容依旧灿烂如花，在弯曲的山路上迅跑如飞，眼睛发亮，挑着有草的地方，忽上忽下，忽左忽右，唰唰唰地挥起镰刀，一刀接一刀，一刀快似一刀。香月含着叶笛，梳一根大辫子甩在脑后。上了山，随意地摘一朵山茶花，插在头发上，又嫩又润，绰约多姿。一件红花布上衣，又短，又窄，显得很有些年月了，但红花鲜艳如初，白底洁净似新。香月随镰刀飞舞，一步步地沿着绿色的斜坡往上边割去，往下边割来，推剪子一般，香月的腰身起伏摇曳……

在黑夜里，香月分明觉得自己抬眼望天，低头看地，漫天漫地的一片黑咕隆咚，心里头也老觉得空空荡荡的。环目四顾，无声无息，无疑自己被孤苦伶仃地遗弃在荒天野地的寂寞之中了，手中握着的那把镰刀也不听使唤了，一刀慢似一刀。

她不知自己怎么了？

难道是春生哥走了的缘故？

春生哥是被肖老地主逼走的。春生哥走时，是一个灰扑扑阴干干的午后。春生哥十分的不情愿，十二分的无奈，那双特别有神的眼睛黯淡下来，只在香月哭喊着来追他的时候，忽然睁得好大，亮亮的，很有神，那眼睛里一下绽出很多的神情，久久地看着香月。香月霎时停止了哭泣，和春生哥久久地、默默地对视着。

走了，春生哥走了。走在路上的春生哥，三步一回头，五步一驻足。

香月怔怔地立在原地，久久地无声无息。

突然，香月竭力地长声哭喊，春生哥，我的春——生——哥——

山摇地动，水流呜咽。

她一路哭喊，一路狂奔。

许久，许久，她终于停了下来。她全身无力地瘫塌在土坝上。她看了看四周，都是灰灰的一片。天空是灰的，山坡上的树木也都挂了白霜，灰头耷脑的，秋天的田园也是灰扑扑的，就连远处的村庄上空袅袅飘飞的、薄薄的炊烟也是灰白灰白的。土坝那边立着一棵老高老大的枫杨，孤独地立着，一树红叶已坠了大半。

远处，是村子里唯一的水库。可以望见水库中的水蓄得一点儿不肥，有很多处地方显了山露了水，下了水的地方都是一圈一圈的硬土，干了，结了壳，留下记号。那水库里瘦瘦的秋水，竟也静静的一动不动，水面上有薄薄的雾，弄得水面不亮闪也不清澈，灰白灰白的。唯有轻轻的一丝秋风，从这一弯瘦瘦的秋水上拂过，虽没有吹动沉睡的水面，还是给无声无息无气的令人气恼痛心的天地里添了一丝生机。忽地，香月全身冷颤了一下，一看，分明是丝丝秋风里夹带着的声声呜咽袭来。

香月的心一紧，脸上变了颜色。

02

春生一走就是三年，三年之中没有半点音讯。

今天，春生不知从哪个角落冒了出来，骑了一匹高大的白马从天边飞来。回来时，天边堆满了一层层火烧的云。草寨中没有几个人注意他，都在香月家茅草房子前团团地围了一堆。有不少纳鞋底、抱娃娃的婆婆婶婶一边艳羡一边着急，叽叽喳喳地叨个不停，唾沫星子到处飞溅；或蹲或坐的那些大老爷们却一两袋烟工夫过去了，还是打不出一个响屁来。香月的爹只是满屋里踱来踱去，不说话。香月却一直在里屋呜呜地哭泣，始终不肯穿戴嫁妆，惹得香月娘一个劲地说，何得了？何得了？这又何得了呀？

有谁来管？

又有谁管得了呢？！

金屋那边已是锣鼓喧天，贺客盈门，酒菜办好，桌凳停当。一村子的人都像过生日一样，都停下手中工夫，忘了一切的疲累和不快，都挤到肖家祠堂前来看热闹。孩子们更是兴奋得不行，早早地扯了些红花红纸戴在自己的头上、衣服上，还有几个女娃不知何时从戏班里拿到白粉和胭脂，一遍遍地往自己脸上擦，弄得满手满脸都是，你看着我，我看看你，然后都笑了。几个男娃四散里跑开去，原来他们早偷了几小挂鞭炮，一个一个地拆下来，点着，嗤嗤嗤，眼疾手快，往祠堂边的水塘里一丢，往往刚入水就响了，水面不禁冲起老高，白翻翻的，开了花一般，很是好看，也好玩。当然，这是要有点功夫的，不迟不早，不轻不重，必须掌握火候。

祠堂里早已布置得富丽堂皇，庄严隆重。肖老地主正在逐个检查婚礼的布置，还一再叮嘱行事的人切莫忘了时辰，切莫错了规矩，切莫讲坏了话。行事的人一个个点头哈腰，连连应声，唯唯诺诺。他们早已不是第一次参加肖老地主的婚礼了，一次比一次要更小心、更虔诚，不允许有一点点的失误，否则婚后的一切不顺都要算到他们这班人的头上。怪是怪过，怨是怨过，但每次还得请他们这支方圆十里唯一的礼信乐器班子。肖老地主在这方圆十里绝对是个举足轻重的人物，一举手一投足都是有影响的，没有几个敢不看他的眼色行事。肖老地主常拄一根楠木拐棍，在祠堂内外转一圈，又转一圈，往祠堂外的石阶上敲三下，就有一班人跑过来，问这问那，听他的吩咐，又一路屁颠屁颠地去落实，落实完了还得赶紧跑回来禀报他。若办砸了，他一楠木拐棍打过来，你还得弓着身子低眉顺眼地说，是，是！是我办砸了，是我瞎了狗眼了。我这就去补火，保证不出半点差错！若不见肖老地主发话，还重重地往自己脸上抽嘴巴，边抽边一个劲儿糟蹋自己。

似乎这许多年来，肖家祠堂办砸了的事一件又一件，挨训斥、遭棍打的一个又一个，认错的，痛哭流涕的，哭泣求饶的……真是没少见。只有肖老地主永远是正确的，正确得让人不敢有一丝的怀疑。只有在夜深人静的时候，没有光，没有影子的时候，肖老地主一个人摸到肖家祠堂来，一个人长长久久地跪在肖氏列祖列宗面前，埋头便拜。然后，一个劲地作揖，一个劲地认错，一个劲地哭泣。哭，又不哭出声来，只在喉咙里哽哽咽咽。只有在这样的时刻，肖老地主才知道自己错了，才肯求饶，他是怕祖宗们骂他“不肖有三，无后为大”，他是怕自己作古了灵牌都不能堂堂正正立在肖家祠堂的神龛上，他是怕生前再威武、再富有，死后的坟头上也没有烧纸钱、挂青棍的。无人光顾的荒坟，那是何等的寂寞，他觉得此时的心已然被扯成一绺绺呼啦啦作响的白纸条，丢在了荒天野地中。

不能这样！

绝不能这样！

每次走出祠堂，抬腿跨下一级级的石阶，楠木拐棍一下一下敲在石阶上的当儿，肖老地主一次次地否定了自己的错误。他永远是正确的，不正确的是那些中看不中用的娘们，是她们屙不出一个臭蛋来。于是，肖老地主的心中又有了一个更大的行动。他问过八字先生、求过神仙，说是要讨四房太太，才能求得正果。他也下降身份请教过乡村郎中、接生婆，她们摊着一双双粗短的、肉肉嘟嘟的手告诉肖老地主，要讨就讨一个“奶大屁股翘”的婆娘。她们肯定地说，这种女人，空出屁股就下崽，要下多少有多少，奶水又多又浓，壮崽得很！而且，讨回来的个个兴家旺夫。边说边向肖老地主递一串浪笑，说，赶快打着灯笼，去找哒——

肖老地主放出风来，就寻这样的主儿，甭管出身，也不怕花多大的本钱，我要等着屙金屙银呢！

有一天，周老六喜癫癫地跑到肖家祠堂门前，一见面，双手一抱，就向肖老地主恭喜。肖老地主平日里根本没拿正眼瞧过周老六，晓得周老六尽干些偷鸡摸狗的行当，也没个正经，爱在婆娘堆里扎，寻着机会还要摸一把婆娘们肥肥的屁股，遭一顿臭骂，还嘻嘻地笑。一个大老爷们讨不上老婆做不来正经事，一双手细皮肉嫩、纤纤细细，一个脸蛋似喝了米酒微微有些醉，白里透着红，一年四季都是这个鸟样！谁见着都想羞他。

不容肖老地主想得太多，周老六走上前来，在他耳边嘀咕了几句，肖老地主立马眼睛发亮，脸上有了笑意，也把双手往空中一抱，略成握拳一般，不急不慢地说道，有劳，有劳了！随我来，回屋细说，我肖富仁也不能少了你老六一杆烟。

周老六一副受宠若惊的样子，一双细皮肉嫩的肉手去握肖老地主长长瘦瘦满是皮包骨头的手，迭声说着，四爷，你瞧得我周老六起。四爷，你是看了我天大的面子！保管四爷放心，我周老六别的本事没有，这张三寸不烂之舌，还多少能管管事的！我的四爷喽，你就在家养足精神铆足劲，等着受用吧！

周老六一路小跑走了。肖老地主站在肖家祠堂的石阶上，爽朗笑道，只要有钱，我肖老四就没有办不成的事！

03

周老六一路慌慌张张地从草寨跑来，飞舞着手喊，不好，不好了！门前热闹的场面随着他的一声喊，即刻静了下来，一个个扯着鹭鸶脖子去张望。一静，周老六霎时感到自己刚才一急说漏了嘴，竟然在这样的好日子里乱嚷嚷。忙噤了声，装作什么都没发生，从人群一角侧身进去，一溜，到了堂屋。

周老六走近肖老地主跟前，说，四爷，四爷呀！左劝右劝都不行，香月妹子死活不肯上轿。眼瞅着要耽误时辰，您老快拿拿主意吧！

肖老地主皱了一下眉头，横着脸盯了周老六一眼，一声喊，二愣子，点齐人马！周老六，前面带路。务必要赶到时辰，捆也要把我捆来！

周老六快步走在前头，不敢磨蹭，他今天可是触了两次霉头。咋两次都把话讲得不吉利？他的嘴巴一向可是蛮利索的。他突然意识到，这是不是……？但是，他不敢想下去。

二愣子点齐人马赶到草寨扑了个空，又掉转马头朝县城方向追去。眼看要追上，一看那恁大的架势，那可是正儿八经调的兵，像模像样摆的阵，一队队人马全被惊住了，木木地看上一会，忙掉转马头，没命似的往回赶，生怕捉去打了靶。

周老六一路狂呼乱奔，远远地隔着祠堂，便撕破喉咙喊，出事了！四爷。不得了！四爷。

肖老地主远远地看见，没有一匹马上坐着香月姑娘。他一屁股跌坐在神龛下，喁喁地说，时辰误了，时辰误了！

时辰误了，天上的太阳正好。

有人看见屋外的阳光斜斜地晒进来了，落在地上，如一地的碎金碎银。

肖老地主一气一急，就躺倒在床上，嘴角流了不少的白泡，一双皮包骨头的手老是伸出来，时不时往空中捞，其实什么都没捞到，口中没完没了地说着胡话，白马，飞了。飞了！白马。看，一道白光，一道吓人的白光！又有影子，我看见影子了。影子，影子，我的影子！快，快，快把我捆来……

肖老地主一家都乱得团团转。三房女人喊天哭地，捶胸顿足，一个比一个更大声，一个比一个哭得更伤悲，哭音一个比一个拖得更长。边哭边一个劲儿地替老爷子抹胸脯哭，老爷，你可不能去了，你可不能就这么去了！你是狐狸精害的，你是狐狸精害的哟！不能白白地便宜了这个骚狐狸，咒她不得好死哟……老爷，你可是家里的大树，可不能倒啊！一倒了，我们咋办？我们咋办呀！……老爷呀，你可走不得！这么一大家子，咋没落下一个话儿……

三个女人，一个个哭得伤心至极。她们在哭老爷，也在哭自己。树倒猢狲散，她们哪个愿意看到？！但是，除了哭，她们无计可施。请了好几个郎中，都是来一个，去一个，没有一个不摇头的。

二愣子是老爷的贴身管家，此时也是手足无措。

周老六是个外人，只能远远地站着看着。他不敢靠得太近，因为三个女人的眼睛时不时就狠狠地盯他。她们晓得老爷落到这步田地，纯粹是这个周老六起的头，惹的祸。周老六想撒腿走人，一抬头，看见管家二愣子手中紧握着一根粗大的皮鞭子停在半空，他的眼睛停住了。屋外，有一排家丁一溜儿站立着，一个个舞刀弄棒，凶神恶煞。周老六忙低下头，躬着身，不敢说话喘大气，全身上下无由地抖了起来，脑门上冒出好多的冷汗。过了好大一会儿，仍没见动静，他的嘴角动了几下，却没说出话来，嘴唇绷得更紧了。

一个时辰过去了，仍不见肖老地主回过神来。大厅当中哭声早已低了许多，还有稀散走动的声音。周老六瞧见空儿，慢慢地挨近肖老地主，附耳一句。肖老地主竟如鲤鱼打挺一般，忽地坐立起来，一双眼放光得很，大喊着，行礼，行礼——接着，右腿一搭，就从床上下来了。所有的人都怔在那儿，没一个反应过来。好在周老六双手扶住，高兴大叫，老爷醒了，老爷醒了！这一大声叫喊，才把众人喊过神来，手忙脚乱地，拿的拿毛巾，端的端茶水，整的整衣裳，穿的穿鞋袜。

这一喊叫，大家才晓得刚才是周老六去了老爷的床边。在床边，周老六附在老爷的耳边嘀咕了一句，这一句却把老爷唤醒了。大家再看这个游手好闲的周老六时，就不再是又狠又凶的眼光了，脸上竟闪过一丝的笑。笑过后，没有人去搭理他，大家关心的是老爷。

周老六总算长长地松了一口气，心里打着鼓：好险啊！前前后后一想，不禁偷笑。一家人的手忙脚乱，好几个斯斯文文的郎中，费尽心思竟不抵我周老六的四个字。

世事竟是如此简单！参透了，不值一文！周老六呀周老六，你脖子上吃饭的家伙可不是一般凡夫俗子可比的！周老六在心里对自己说着，又美气了一回。

醒来后的肖老地主，日日进不下食，夜夜在梦中叫喊，我看见一道光，一道光劈了白马，白马幻作一团黑影，不见了，消失了。梦醒后，肖老地主就是一身的冷汗，两眼无神，四肢乏力。

一直拖到第七天的晌午，肖老地主才进了半碗参汤，披了一件绸衣，拄着那根楠木拐棍，缓步走出屋子，走到肖家祠堂，来到神龛牌位下，久久不语。但那老眼里，分明渗出点点泪花。最后他走到祠堂的石阶上，使出全身力气用楠木拐棍在石阶上敲了三下。二愣子早已带领一班人站在不远处，听见响声一下子赶到老爷的身旁，等老爷吩咐。肖老地主拄起楠木拐棍，直直地一指，走县城，查那白马，查那后生。花再多的钱，费再大的力，都要把他们找出来！上天了，就是飞，也要给我绑下来；入地了，就是挖，也要给我挖出来！

顿了一下，他一口痰吐在了洁净的石阶上，又说，不然，我进板（棺材）了都咽不下这口气！

大家都看到，青青的石阶上有堆很浓很大的痰，夹了不少的血块。

众人七手八脚地扶着肖老地主回家。

二愣子带着一队人马向县城进发。马鞍上有几口大木箱，打头的这匹马走起来很吃力，显然是驮着的木箱很沉很沉。

04

要想打听春生的下落，必得去找县城里的团总赵云卿。这方圆百十里，没有事难倒过他。什么白马黑马，什么白猫黑猫，就是哪户人家哪个婆娘有几个红肚兜，他都随口说来，极少错的。

赵云卿，旮旮旯旯里的事都烂在肚子里，红道黑道上的规矩也都懂得很，行话也讲得顺溜，上上下下又会打点，有麻纱事也扯得清，不光是嘴上能说会道，还一肚子的墨水，手上又能舞枪弄棒，有财有势，有人有枪。所以，只要一提赵云卿，没有人不知道的。娃儿哭了，拿“赵云卿”三个字，还能吓唬得住。

别以为他是浪荡子，他可不逛窑子，也不抢良家女子。他只一个爱好，见了银票眼睛就发直，碎金碎银也发光，但从不乱抢乱偷。他可是变着法子敛财。他剿匪，大张旗鼓地剿，但从不剿你个人绝巢空，他要慢慢地剿，年年月月地剿，很耐心。土匪头子也可以和他喝酒，也可以跟他谈天说地，还可以跟他礼尚往来。喝过酒后，谈过之后，礼尚往来后，他还是要剿，但绝不剿得你担惊受怕。这边剿边谈之中，有很多碎金碎银就摆进了他赵云卿的红木柜中。他也安民，但绝不安得你路不拾遗，民不关窗，就常有东家丢了谷子西家失了耕牛……他就更要安民，安民需要费用，乡亲们就一家一家去收，没有几个不交。收齐了，都放到团防局门前呈请赵团总安民除乱。赵团总慷慨激昂，安民除乱，义不容辞。起初他不肯接这些碎金碎银，后来，就说既是乡亲们的一片心意，我赵某哪敢有不受之理，我赵某岂有不担当之理。除乱安民，赵团绝对是要弄出些声响的。他起先总要逮几个夜猫子，敲锣打鼓地游街，市面上和村庄中就会有一段平安时期。往往没有多久，又慢慢地回过头来。于是，乡绅们又出面，又请赵团总。他也常和地方乡绅们搅和在一起，但从不打得火热，他也时不时去找些文人、书生、医生、术士们喝酒，他从不在那些穷苦农民面前趾高气扬，骂骂咧咧。

他见了肖老地主派来的二愣子，始终没说话，一味地坐在木椅上喝他那老是喝不完的茶。二愣子漫天漫地地说，哭着痛诉，他似乎没听得进半个字。他的一双眼睛时不时去瞅那堂屋中央摆着的那个楠木箱子，他的眼睛一上一下地来来回回，好似在秤那个箱子的重量。二愣子一愣，忙去打开那箱盖，即刻显现出金灿灿银晃晃一片，又双手捧着箱子战战兢兢，走到赵团总面前放下。果然，赵团总放下那碗喝不完的茶，双眼放出一阵一阵的光来。用手捋一下胡子，又捋一下，就说，承蒙你家肖四爷信任，我这就去查那匹白马和那个后生。且请你家四爷宽心些，不日即可回复。就冲四爷这份信任，我一定要把那个红衣女子寻回来，但等你家四爷养足精神，好好消受。我这就差人去办，也不耽搁了。你请且回！二愣子不便久留，但又恐银子送了到头还是一场空。他又瞟了那箱金银一下。赵团总早已手一挥，出来两个壮身大汉，将箱子抬到内屋去了。

二愣子跨出团防局大门时，见天空上射下一道白光，把他的影子照得老长老长。

春生八岁那年死了爹，爹是替金屋肖老地主修祠堂砸死的，后来娘也生病死了，他就一个人单过。那日子真是苦，蕨根粑粑、观音土都难寻觅到了，他不得已到处讨饭。再后来，他就上了山。

春生在土匪窝子里虽然年龄最小，但是胆量和勇气过人。他敢只身一人上梅晚娘家打个来回。谁敢相信，他不仅全身上下没少半丝头发，还捞到二十担口粮、一担金银细软。他没费一颗子弹，没动一个指头，满脸放光，满载而返。有谁晓得，他这只刚长毛的小猫还吃了一条滑溜溜、带腥味的鱼。那条鱼雪白雪白，被他剥得精光，一个劲地打滚，他使出全身力气也无法抓住。他三下五除二也把自己褪了个精光，像一只褪了色的小公猫，眼睛贼亮贼亮。这一褪，那条打滚的鱼如同滚到岸边，就那么定定地看着这只褪了毛的小公猫全身上下。小公猫只一跃，就跃上滑溜溜的鱼。他一动，鱼就跟着动，明明是在岸边，却如同在水里一样，尤其是那鱼还欢愉地蹦跳着。他突然想起一个成语，是草寨里一个私塾老先生说的：如鱼得水。他今天总算了解了它的全部含义，他扑哧一笑，马上又想起一句话来："海阔凭鱼跃，天高任鸟飞。"是的，他真真切切尝到了飞的感觉，飞的感觉真好，如梦如醉，成仙成佛。他不停地说，我不是猫，我不是猫。我是他妈的鸟，我是他妈的好鸟！那条滑溜溜的小鱼一直在他下面欢呼雀跃，嘴里哼哼哎哎说，你是好鸟，你是我一生碰到的最好的小鸟！快飞呀，飞得更高更快，飞得更自由一些……

飞呀飞……不知飞了多久，天昏地暗，天荒地老。

停下来时，外屋已站满了家丁，只等梅晚娘使个眼色，他这个土匪喽啰即刻成了砧板上的肉泥。梅晚娘自打男人死后，一直没有这么舒心爽气过。严格地说就是男人在世时，也没有一回赶得上这次。梅晚娘愈想愈觉得美气，一脸娇羞地看着春生，看一下，又看一下，倒看得春生手足无措。

一切收拾停当。梅晚娘伸手上前去摸春生的脸模子，又把他的肩膀轻轻一拍，说，你是只会飞的鸟，想衔走啥，只管吱一声就是了。春生瞧着刚才所做的一切，已是三魂丢了两魂，七魄少了四魄。这会儿，脑子里嗡嗡作响，不知怎样脱身。他是晓得的，这梅晚娘是死了男人，却在方圆几百里无人不知，家产大得惊人，屋里还有几十个持枪的家丁、十多头狼狗。“红”“黑”都是呷得开的。州府、府台、团总赵云卿都是她的把兄弟，送一个“片子”（旧时名帖、信札）去，立马就有荷枪实弹的一队人马前来。有人说，别看她梅晚娘没男人，一个个有头有脸的男人却都像是她喂着的一般，随喊随到，服服帖帖，高高兴兴。高的，矮的，胖的，瘦的，瓜子脸的，圆圆脸的，勺把脸的，五官端庄的，模样周正的，猛张飞的，赛潘安貌的，舞刀弄棍的，咬文嚼字的，坐轿的，骑马的，掌印的，耍魔术的，摆小药摊的……应有尽有。

春生来时已在土匪头子面前拍了胸脯喝了血酒的：单枪匹马不抢回粮食，用不着卷刀浪费箩绳，自己直直地从二十丈高的山腰跳下去。春生这个人的举措，不知出于什么动机。或是报恩，他打小就是要饭的，饿得奄奄一息了，是土匪头子救了他上山，给了一碗粥喝，喝着喝着，他就喝醒了。土匪头子就说，养精神些，养高大些，来日就喝稠的。或是同情，一班兄弟已饿了三日，不敢下山，山下四面八方都有吃官饷的兵把守。眼见着汤汤水水都快断了，他看不得那几个兄弟为争一个红薯打得头破血流。或是逞能，养得高高大大的他没有一次是打先锋、做骨干的，也没有一次能够献计献策。兴帮安帮的大事，总之，有老大在，有论资排辈的兄弟们在，他是出不了头的。只有在这种时候，尽管半信不信，也只得死马当作活马医了。他夸下海口，要轻轻松松挑回粮食二十担。

梅晚娘问的当儿，春生更晓得等在门外的那些家丁和狼狗，只要梅晚娘口轻轻地说一句，哪怕是咳一声，后果就不堪设想。他不敢轻举妄动，他也着实弄不懂梅晚娘唱的是出一出戏。他在等待，等待时间，等待动静。他没有回答，只是怔怔地看着梅晚娘，从头到脚，从上到下，扫来扫去。委实，他看不出外界传说中厉害的梅晚娘，与眼前这个妙龄少妇有多少统一的地方，他更看不出谁都不敢碰她一根毫毛的梅晚娘，竟会刹那之间变成滑溜溜的鱼般乖巧。

春生想，我莫不是吃了豹子胆？已顾不得那么多了，管他呢，刚放开一想，他的左手忽然伸出了两个指头。指头伸得笔直，向上伸着，向两边极大地张开，如同一个大大“V”字。当然，春生压根儿没想到那是个“胜利”的外文字母。他只听到自己怦怦的心跳，继而，是梅晚娘一串银铃般的笑声。梅晚娘似乎早已弄懂他的要求，又摸了摸他秀气的脸，拍了拍他的肩，让他坐到楠木雕花的躺椅上，轻轻地推了一把，他就随着躺椅有节奏地摇晃起来，不急不慢，晃晃悠悠。梅晚娘起身梳了妆，又亲自盛了一碗参汤端给坐在躺椅上的春生，说，喝了它， 你要的东西，我这就给你准备。是两千还是两百担谷子，你说个数，我不少你一斗！春生没想到，他摇一下头，又摇一下头。

梅晚娘起身开了门，门口早已等了不少人，一个个脸上堆满焦急与难解之色。梅晚娘呵斥，去，还不快去准备，这是我远房表弟，刚才在房里正和我叙旧呢！家里正闹着饥荒，等米下锅。去一号粮仓里给他装二十担上好的晚稻米，随他送上门去。另外，表弟也不小了，快到了成家的年龄。丫鬟小碟，你去内屋取些绫罗绸缎、金银首饰，不忘拿些银两。

梅晚娘吩咐完这一切，就再也无话。她坐在春生的对面，久久地看着。看着，看着，她眼圈竟有些红了。她忙用手去揩了，背过身去，站在窗边久久地看着远方的群山，以及群山下边那座金碧辉煌、雕龙画凤、飞琼玉宇的庵堂。

一直等春生走开，走出梅家大宅，梅晚娘都没有转过身来。

05

春生一骑飞马把香月往鸡笼山寨带来，简直是一路春光，明媚怡人，风景无边。山是绿的，树木向他致敬；水是清的，一路伴他唱着欢歌。微风习习，凉凉的，有簌簌的微声，拂在他的脸上，如五指触摸。天边那层层云块在飞快地奔跑着，追赶着，嬉戏着，似乎慢了就赶不上王母娘娘的蟠桃宴了。

春生上了山寨，方觉自己办了一件大傻事，傻就傻在不该把一个乖态的香月带上山来。这山寨上穷山恶水，怪石嶙峋，鸟兽出没。一到晚上，声声鬼哭狼嚎，阵阵恶风疾雨，道道白光袭来。香月常常在黑夜中惊醒，喊着哭着，找她的春生哥。山寨里这些打家劫舍的家伙，虽都是乌合之众，无规无矩的，但寨有寨规，贼有贼道，还是要遵守的。就比如说，山寨上不能个个土匪都养着一个老婆睡着，睡到太阳晒屁股都不肯起床。土匪头子张五毛就时常说，我们不要看轻我们自己！我们和吃官饷的那帮家伙那是没有区别的，只不是取名不同。他们是穿着黄皮的土匪，我们是脱了黄皮的官兵！我们和农民老大哥也有太多相同之处，都只要能呷饱肚子，就一样懒得蛇钻屁眼都不管了；但我们却不能同他们一样——只要能果腹就夜夜搂着一个丑婆娘睡着，睡得自己没有一点匪性。要没有大区别的是，那些达官贵人、地主乡绅，都是狮子大张口，血盆大口，贪心得很，心毒如蛇蝎，杀人不见血，抢人叫你乖乖地送上门去，还要叫爹喊娘，一万个愿意。张五毛没念过几年书，早早地上了山为寇，他时不时要给这些弟兄们训话，训来训去，就是这几句话，训得个个弟兄都能倒背如流。春生第一次上山，听得此番训话，不禁点头称叹。时间久了，他再也感觉不到什么，一味地上山下山，抢人钱财，反正身份不身份，能饱肚也是不错的，落个土匪不土匪的名，早已是不重要的了。

张五毛不像土匪头子，吃香的喝辣的，还抢个压寨夫人滋润滋润。这样的机会实在太多，这样的享受弟兄们没有一个会反对。但是，张五毛一直没有去抢，连想都没想过。有回小六子从十里铺用麻袋套了一个，翻山越岭一直背到寨门口，真心实意要给老大张五毛做压寨夫人的。张五毛不许，小六子问老大，是不是嫌不乖态？取下麻袋，那个乖态，直看得兄弟们一个个眼睛都发直。张五毛吼，放了，快点，放了她！小六子把根手指咬在口里，涎水流了好长，津津有味地看着，眼睛眨都不眨，没听见老大的吩咐。张五毛一掌劈过来，他才跳着躲开，但肩上已重重地挨了一拳，酸痛酸痛的。张五毛还在大吼，他妈的，我跟你们讲过几多，都耳朵生疮了？！还不放下山去，看我不削死你！

小六子一手摸着打痛的瘦肩，一手去解那女的身上捆紧的绳索，忙一路小跑着送下山去。

春生的错误，就错在带香月上山来，就错在香月又是个标致乖态人见人爱的姑娘。弟兄们一个劲儿地挤到窗户前看，看到半夜三更都不肯离去。有几个还仗着酒劲打赌，口水泼溅，醉眼蒙眬，叫喊声此起彼伏：你若是有本事，能与香月唠上嗑儿么，哪怕是一句；你若是有本事，去挨挨香月的衣服，哪怕是衣服挨着衣服；你若是有本事，就去拉一拉香月的玉手，哪怕只是轻轻地碰一下；你若是有真本事，借你一个胆儿，敢不敢去亲亲香月的小嘴儿，哪怕是一个飞吻也行。看看，看看，不行就是不行，打不出屁的尻，挺不起的屌……一个比一个吼得更凶，一个比一个更有想法。

张五毛决不凑这个热闹，一个人待在上房里，不声不响。有人看见，上房里彻夜亮着灯，就有人断定：明天老大肯定有大的行动。他们晓得，一有大行动的前一天晚上，老大的上房总是彻夜灯亮。

果然，在早饭前，老大就宣布了一项决定：春生和香月的去留问题。按寨规要把春生和香月剥个精光，一顿毒打，赶出山寨，永不收留。香月一听，肉直直地跳，腿抖得厉害，一双凤眼去看春生。春生竟无一点惧色，一双虎眼瞪着老大。众弟兄都替春生担惊，同时，都把眼睛扫向香月姑娘，都很是可惜，失落万分。

许久，许久，老大宣布：念在春生在我山寨绝望之时，机勇过人讨得救命粮，特网开一面，只要将香月姑娘送下山去，一切不予追究！但是，再次声明，只此第一次，决不食言！

春生谢过老大，立马去准备行装。春生和香月在房里咽咽地哭泣，香月哭到伤心处不禁哭出声来。春生在箱底翻出几匹绸缎，还从一个红绸手绢里拿出一对金耳环、一个银镯子，一起送给香月。香月接了，抱住春生撕心裂肺地哭喊，山风也为之动摇，呜咽阵阵。香月紧紧地抱住春生，哭道，我不要，啥都我不要，我只要春生哥。要下山，也要一起下山，我俩远走高飞，走到没有人烟的地方，我织布来你种田……春生心动了一下，把香月抱得更紧了，说道，听话，只要你听话，一定有那一天的！春生他是知道的，他能够躲到哪里去呢，他是一个土匪，土匪只能乌合才成，只能驻山才行。他若走了，山上的不容他，山下的也不容他，他又能够躲得几时。就算能躲几时，也不能不吃不喝，两个人双双看着等死吧。

春生在盘算着，该把香月安置在哪里。草寨是绝对不行的，金屋，更是送入虎口，县城里也是不行的，赵团总天天在寻访着他们两个，赵团总在县城里只手遮天，没有什么事情可以瞒得住他。一旦寻着了，他绝对要把香月送到肖四爷手中去的。春生苦苦地盘算着。突然，他的眼睛亮了起来。他想起了高沙镇上的一个人，是一个教书先生，30多岁，人蛮有学问的，也是一个仁义之人。

那是有一年的寒冬，春生和弟兄们去山下抢过冬物资。正遇上这位教书先生，还有给他挑担的一个脚力。一声喊，弟兄们都上去了，担子里一挑是些文房四宝，一挑是绸缎银两。春生他们一般只抢钱财，不伤行人。哪料，教书先生用整个身体死死护在那挑装着绸缎银两的箩筐上，怎么推都推不开。弟兄们凶神恶煞地叫，再不滚开，你可没命了！教书先生仍是死死地护住，没有松开的意思。春生晓得教书先生一般都是比较节俭的，便走上前去，说，老兄，还是命要紧，钱是可以再挣回来的。看开些，看开些吧！教书先生大声哭喊，不，不，这不是我的。我是替人家往家里捎的，我是答应了人家的。一诺千金，知道不知道？！弟兄们怕春生上当，说，别听他的，这些四眼狼，个个都狡猾无比，别想诡计得成！教书先生一手去掏长褂子的内侧，一手仍死死地护着那挑担子。春生接过教书先生掏出的信函，果真是受人所托。正待如何处理，一个弟兄手起刀落，教书先生那双护着挑担的手顷刻之间就会血肉横飞。说时迟那时快，春生长剑直往空中刺去，“当”的一声，恰好挡住了那个弟兄往下猛砍的大刀。两刀成“十”字交接，火星飞溅，刀下之手，仅隔半寸之遥。教书先生当即昏倒在挑担上。

教书先生刚醒来，春生就让他和脚力赶快走人，挑担里不失半点东西。教书先生双手握拳，说道，这位大哥，今日，教我不失信义，来日，定当报谢！后会有期。

春生和弟兄们空手而回。春生第一次被张五毛抽了两大鞭子。抽鞭子的时候，春生想起那位教书先生，鞭子打在身上竟没感到疼痛。

这时，春生又想起那位教书先生。

06

赵团总收人钱财，总得替人消灾。他半坐半睡斜躺在红木雕花的太师椅上，双眼半睁半闭，两手靠在椅把上，右手中有两个玉石球在不停地旋转摩擦，左手提了一杆烟枪，枪杆黄澄澄的，锃亮锃亮。长褂下的左腿夹在他的右腿上，右腿有节奏地轻轻地打着拍子，左腿就慢悠悠地晃动起来。一晃一晃，好似一路往上晃去，赵团总的脑袋也跟着晃动起来，一左一右，隔几下，还慢慢地旋转个圈，那脸上就显出几分舒畅。这时，赵团总脸色红润，樱桃形的小嘴里就吐出丝丝缕缕的烟雾来。烟雾不重，不浓，也不呛人。似薄薄的、轻轻的轻纱，吸一口还甜津津的。他好看的小嘴，在老百姓看来，是一张鸡屁股的小嘴。农家的鸡屁股是屙金屙银的，赵团总的鸡屁股是吞金吞银的。有人说，你晓得吗？赵团总家每餐桌上摆十六个大碗，每个碗里的又各不相同。有人说，你不晓得，赵团总家的银票、光洋都用坛坛罐罐盛着，一溜儿排在他的西厢房里。有人说，你不敢想象，赵团总手中的那杆烟枪、那两个玉石球，能抵得上十头水牛、九仓米粮。有人说，猜猜赵团总大夫人的大辣椒婆，贴身的短裤衩到底穿的是什么？大伙就笑，赵团总大夫人的大辣椒婆一身肥肉嘟嘟，走起路来，肉一坨一坨地摇，走半天，也走不出几十百把米。金灿灿的太阳光一照，薄薄的丝绸，金光闪闪。有人笑说，莫不是那大辣椒婆带了金乳罩，穿了银短裤。这一说，大伙更是笑得滚作一团。有人跳出来推了说笑的人一把，声音尖尖地问，到底是不是真的？你是不是钻到肥婆娘的裤裆里去过一回。笑归笑，说归说，到底没人钻进去看过，就是平时看一眼都不敢。

赵团总的鸡屁股总是有用的。耍枪弄棒的，舞文弄墨的，称秤扯尺的，犁牛打耙的，只要赵团总的鸡屁股一进一出，什么事都被他摆平了。也怪，这小小的鸡屁眼能量大着呢！逢凶化吉，大事化小，小事化了，点石也能成金。刚刚打得头破血流，经他那鸡屁眼一翘一翘，左边一撇右边一撇，上一句下一句，立马相安无事。你们还得置办一桌好酒好菜，连连称谢；夹一把好菜，说声劳了；敬一盏好酒，说声团总费神了。噢，你们平安无事，我就高兴了，喝，喝！哼！你肯定高兴了，要不高兴，你那鸡屁股满嘴流油。但满嘴流油的话，实在不敢说出。一脸堆笑，粗茶淡饭，不成敬意！于是，你又在骂自己没出息，难道还要把自己倒洗澡水、暖被窝的婆娘送上，才成敬意？！

赵团总好就好在这一点。他从不嫌自己肉嘟嘟的大辣椒婆，说文雅一点，那可是百分之百的忠贞不渝，从无二心。有人说，哪个男人不心花，哪只猫儿不吃鱼？是不是大辣椒婆厉害无比，是不是赵团总从小患下“气管炎”（妻管严）？但是，很多人时不时地看到大辣椒婆就如农家地上的大辣椒，中看不中吃，一点也不辣。赵团总说一，她从不敢说二，赵团总上前，她就不敢往后，赵团总使个眼色，她立马看眼色行事。她正说得眉飞色舞之时，赵团总远远地吭一声，她顿时噤了声，忙低了头急急地走开。竟然，还偶尔听到大辣椒婆的几声鬼哭狼嚎。走去看，赵团总立在堂中央，一脸黑青，手上那杆黄澄澄锃亮亮的烟枪如同孙悟空的金箍棒在舞着。那大辣椒婆在神龛下，见来了人，就闷不作声了。

赵团总绝不去街上逛窑子。尽管街上的窑子都是他护着，窑子里还有他很多的干女儿，他都从不去。尽管有的鸨母隔三岔五送了“片子”过来，说来了春花，说来了牡丹，说来了秋艳，说来了冬雪……他都不心动。尽管有的鸨母一路碎步扭着身子，一路欢快地高喊，哎哟，我的爷，你看，喜鹊喳喳叫，你咋坐得住？手上的大红手绢在手指上转着，走近了，靠近赵团总耳边手舞足蹈，娇声没完。有耳尖的听着，是在说，爷啊，那几个刚到，嫩白嫩白的，脸上带着羞，水淋淋的，还未开苞呢！我给爷预备着，亲自来请，爷不能不赏个脸，这会儿就过去尝个鲜！赵团总只顾磨着手中的玉石球，只顾往烟枪上深深地吸一口，又缓缓地慢悠悠地吐出丝丝缕缕的烟雾，眼睛半睁半闭，脑袋子随着架着的二郎腿摇晃。那鸨母用一只满是鲜红指甲的玉指朝赵团总晃悠的脑袋轻轻一点，娇嗔地说，我的爷，你可真能坐怀不乱，送到嘴里的肥肉都不呷。他睁开眼，也不恼，也不急于回答你。他就爱看你一副猴急和疑惑的样子。看得你更猴急了更疑惑了，他才说，我是享不起那个福了。别等，我不去的。你以为赵团总客气，更是以十二分的诚心相邀，今儿个是专门请的爷，不能不去的。赵团总执意不去，说领情了，快回转吧，晚了就不会有好价钱的。鸨母老是说，那怎么行，那怎么行？赵团总就爽快了，难得你一片心，撞得好价钱，别忘给我买几袋好烟喝就行。那鸨母自是一路扭着身子走了。第二日清早，赵团总的公案上就堆了一堆金灿灿、银晃晃的东西，或是齐齐整整一叠不矮的银票。

赵团总不去沾商贩、教书先生的小娘子，更不会去看农家人粗手粗脚扯开胸襟喂奶的婆娘，大姑娘更不可去造那个孽。他是晓得的，他只要麻起胆子，就没有几个到不了手的，况且那些女人做了这等事，也没有几个愿去外面现丑的。就是有几个说给男人听，没几个男人敢上门来寻事。就是上了门来，识相的几个银子打发了；不识相的，就拍一下屁股后边的枪闸子，他立马吓得屁滚尿流，喊爹喊娘。就是他再去困一回，说不定那屋里的男人还要去置办一顿好酒好菜。他更是晓得，有好多找上门的女人，求你办个事，借点银钱，都一个个打扮得光鲜亮丽，从不搽粉的脸蛋第一次涂了厚厚的如石灰般的一层，从不抹脂粉的嘴唇，鲜红鲜红的如厚厚的鸡屁眼，一双眼闪烁着火般看着你，不由他不看。他是晓得的，他只要使一个眼色，那些女人立刻投怀送抱，宽衣解带，尽他享受一番。

他就不。他早已看出这些女人们的用心，他表面不动声色，内心深处却在笑这些愚蠢的女人们。他照样帮她们办事，照样借给她们这借给她们那。这样一来，这些女人们更是一个个感恩戴德。回去就和男人说，男人却大多将信将疑，惹得女人就骂男人若有赵团总百万分之一强也死得瞑目了，也和娃子说，说来说去要娃子们记住赵团总，记住赵团总好像他们的再生父母一般。

赵团总想着想着，就笑了。他深深地吸了一口，冷不丁那声笑在喉咙里打了一个翻身，竟被呛了一口，他吐出的烟雾第一次不是那么丝丝缕缕、薄薄的一层一层的了。他的眼睛里笑出了眼泪，他就去擦，擦着擦着，他就想起了一个人，一个女人，一个他一生中在睡梦里总是默念的女人。

那个女人，谁也不知道，她的名字叫葱花。

葱花是谁？

07

肖四爷那日派了二愣子去县城后心里一直空落落的，不踏实。他的不踏实，不是怀疑赵团总的能耐，也不是多虑赵团总的是否诚心。他在想，日日夜夜在想，想着那匹又高又大的白马。想着白马的主人和他背后的靠山，想着那白马是不是飞快地驶过草寨，驶过金屋，驶过县城，驶过州府，马蹄声远去……渐渐地，肖四爷感到自己慢慢地变轻，变轻，轻得如纱如烟，飘浮起来。他想停下来，却找不到自己的手脚；他想喊，却喊不出声。就那么飘啊，飘啊，没有定向，无休无止。

忽地，天地间变了颜色，已如一染罐的墨水倾天泼下，肖四爷明明见着自己的影子飘进了黑天黑地中，泼下的墨水淋得他全身湿透，他如淋了水的棉被，湿沉沉的，蜷缩在一堆。肖四爷睡醒了，躺在床上木木地发呆，四肢也僵僵的，不想动弹。过了好一会儿，他才动了动枯瘦的右手抹脸。擦一下，看一下，一手湿汗。他的三房太太早已围在床边，见了，忙拿毛巾，用手绢，又喊着丫鬟们端水端茶。肖四爷又不动了，去让他们擦啊，揩啊，扑啊……他躺在床上定定地看着屋顶。肖四爷的大屋是六扇五间的正屋，两边四扇三间的拖屋，廊柱要用双手合抱才能抱住。木屋四墙都是六寸层的木板，刨得一掌平，都用细砂打磨了，刮了灰，全用桐油漆了，不沾水，不沾灰，虫蛀不进，太阳晒不裂，小孩子用刀也划不进去。

肖四爷躺在床上定定地看着屋顶。突然，他看着屋顶的一根梁上有一个洞，那个洞是虫蛀的，一圈一圈地蛀开，越来越大。他打了一个冷战，立即又感觉耳边有一阵凉飕飕的感觉，手一摸，竟是一手粉粒，用拇指和食指一捏，全捏成了碎末。他一下又坐了起来，眼睛仍是看着那好高好高的一根梁、那好深好深的一个黑洞。他无由地想到，这是一个不祥的凶兆，难道他老肖家从此要败落了？！

肖四爷这样一惊一乍，倒把三个女人弄糊涂了，也随着男人的眼光去看好高好大的屋顶，但她们实在看不出什么名堂。她们更不敢作声，她们晓得这一切都源于肖四爷至今无后，老爷无时无刻不在怪她们不争气的肚皮。

肖四爷毕竟是一家之主，不能让女人看出他的恐慌和不安，更不能让他们看到老肖家的气数。肖四爷清醒地认识到，这些个女人现实得很，个个精明万分。打个比方说，肖四爷想到自己就是个茶杯，好好的还能盛得住水，一旦茶杯破了，那水就四散开了，没了。那水就不是这些娘们么？他看得透了。他一定要再打造出个小茶杯，把这些水儿都盛着，盛着这座大屋，盛着大屋下的万贯家产。

这么一想，他就不心痛那一木箱的银钱了。钱是人挣的，钱是人花的。钱也能生钱的，他就最看不起那些没钱花的泥腿杆子农民，也看不惯那些把一个钱掰着几块花的商贩手艺人。他花了，还会再来，还会来更多的。这会儿，他就在想，那一木箱子钱花了就花了，今年再在佃户们的脑壳上出出浆，一箱子走了，不捞回两箱子来，他就绝不姓肖，他就绝不是金屋的大户肖大爷！

但肖四爷也绝不是呷得出的二口，天天派着二愣子去县城里催。催，又不准二愣子失了分寸。先是去团防局送几次“片子”，问个好，只字不提，坐一会儿就走人。后来，就一直去赵团总家。提些点心上门，滔滔不绝地赞赵团总能体谅民情，赞赵团总的那杆烟枪亮，赞赵团总家夫人家大辣椒婆的绸缎子好、耳环金镯子金链子几亮几沉，赞赵团总家的青砖大瓦屋几排场，赞赵团总家里的桌椅地面几平整几光滑，赞赵团总家里的狗儿猫儿几听话几聪明，该叫的时候叫，不该叫的时候就睡觉。再后来，二愣子再去的时候，也不提点心了，也不拉话儿了，就坐一会儿，坐一会儿就走人，走出赵团总那青砖大瓦屋时就喊一声，我来过了，告一声赵团总！大辣椒婆从后屋一出来，只一溜儿的工夫，竟不见人了。

肖四爷有一日就把二愣子叫到跟前，说，不能老是这样催，也不能一味地靠着赵大烟杆。他极少时候把赵团总喊成大烟杆，只和一两个拜把子的乡绅在背地里喊过，但有第三人在，他绝不喊，还是一口一个赵团总，喊得滚瓜烂熟，极虔诚。他也绝不在家人面前喊赵团总叫赵大烟杆，他今儿个是太有气，以至于在二愣子面前破天荒地喊了一次。他想立刻纠正过来，想想也没有这个必要，他是信得过二愣子的。他晓得背地里个个都喊二愣子不作二愣子，喊哈巴狗儿。有几次二愣子气得七孔冒烟，跑到肖四爷面前告状。肖四爷竟敲着红木拐棍，抚着山羊胡子，连声笑道，好，好！二愣子更是显得冤屈万分。是的，肖四爷就喜欢别人都叫二愣子作哈巴狗儿，他肖四爷忠心耿耿的哈巴狗儿。肖四爷把赵团总喊成赵大烟杆，那是有缘故的。肖四爷家尽管有事也找上赵团总的门去，也得逢年过节去拜帖子，但肖四爷本人决不去。他也不是有什么事和赵团总过意不去，更不是摆谱看不起赵团总。只有二愣子晓得，肖四爷一看到赵团总那杆黄澄澄、锃亮锃亮的烟杆就头晕，若赵团总将烟杆在手中舞得飞快，肖四爷就眼冒金星，呕吐不止，若赵团总倒烟灰时将烟嘴一磕一磕，竟如一下一下敲在他心上，疼痛得要命。二十年来，肖四爷就和赵团总见过一次面。见过一次面后，肖四爷再不去和赵团总碰面。任大小事情，全委托管家二愣子全权做主。

当然，赵团总绝不知道这些。他只知道这金屋的大户肖四爷已年老体迈，眼睛不好使了。他也知道肖四爷有一块心病，一直没能落下个传宗接代的“种”。其实，赵团总更没发现在表面的敬畏和堆笑的脸中也有很多人惧怕他那杆黄澄澄、锃亮锃亮的烟枪。

上卷

第二章　月部

08

那是个黑黝黝的夜晚，伸手不见五指，春生牵着、搀着、扶着香月，到最后，春生干脆把香月背起，一路跌跌撞撞地走下山来。山上沉寂得可怕，又时不时传来几声尖厉的鸟兽叫喊，感觉极为悲凉，香月一双手紧紧地箍住春生的脖子。春生边走边说，别怕，别怕，一杆烟的工夫就到。到了，就好！香月伏在春生宽大的肩上，没有答话，春生却明显看得见香月的一双眼睛是忧郁的，听到香月口中吐出一声长长的哀叹。春生一手提着包袱，一手在香月的后背上轻轻拍了两下，说，你不讲我也晓得，这是没得办法的办法。不打紧的，我会经常来看你的。香月还是没有答话，只是头贴得更紧了，更紧了。春生又拍了她的后背两下，回过头来说，香月妹子，你要好好地活着，为了我，为了你自己，为了我们两个，答应哥。平平安安地活着，不管多大的难，不管多高的坎，不管多深的沟，一定得迈，迈过去，迈过去就平安无事了。哥在你的眼睛里看着你，哥在你的耳朵边听着你，哥在你的心里头想着你……黑夜里，我就是你未吹熄的油灯、枕着的枕头；夏日里，我就是拂过你的丝丝微风；冬日里，我就是透过层层云雾钻出来的几许暖阳，我就是那烧旺的火塘里剥剥地笑得最旺的那块柴……春生继续着他的想象，择着最能表达自己内心的言语。尽管他自己都惊讶了，他说出了许多他都还不敢想的文绉绉的话，但他还是不能使自己满意。过了一会儿，春生把个大大的包袱挎在了左肩上，他解开香月箍着他脖子的双手，他的双手扯住了香月的双手，紧紧地握住。他侧过头，他的脸紧紧地挨着香月的脸了。他说，我硬是舍不得你的……说这话时，春生的喉咙发硬，干干的，声音发紧。

别说了，春生哥，我的好春生哥！说着说着，香月就泣不成声了，只听见哭泣的声音了。此后，就许久许久无话。但春生感觉到他的肩上湿湿的一片，那是泪水流过的地方。透过重重黑幕，他看见两汪涨潮的春水……

春生紧紧地握住香月的双手，又用力地握了一下，又一下，香月想必是感应到了，也是对握，两双手握得更紧了，手心上渗出了汗水。春生无言，他一步大似一步，加快了脚步。

深夜的小镇上，没有狗吠声，一切静寂得可怕。好在有几处房子的窗台上闪着灯光，风一吹，一晃一晃，如香月跳动的心、黑夜的眼。

香月挣开春生的手，要下地来走。春生不让，说，眼看就快到了，何必呢？我能撑得住的。香月说，我要歇一会儿，歇一会儿再走。春生就松开了手，让香月下地来，忙把包袱垫在地上，要香月坐。香月一屁股坐下，留出一块地方，把春生的衣袖扯了两下，示意他也坐下。坐下后，香月从胸兜里掏出两个橘子来，一手握一个，送到春生宽大的掌心里。春生一握，圆圆的，软软的，润润的，还蛮温热，晓得是橘子，忙推了过来。你吃，你吃，我不渴，就两杆烟的工夫。你又不是不晓得，我们山上山下，百八十里，就一口气。香月接了，过一会，又推了一个剥了皮的过来，春生边推脱边说，你先吃，你先吃。香月吃了两片，说甜，用手撕开一片又一片，直往春生嘴里送，春生慢慢地吃着，回味着，真个是比蜜还甜，喉咙里润泽爽口，滑溜溜的，丝丝缕缕的甜味缓缓地从嘴里、喉咙里一直延伸到心肺里，甜津津的，幸福无比。春生说，等到那时候，我们屋前屋后种上柑橘树。香月也说，种，要是变了天，自己有了田有了地有了山，满坡满坡地种，吃不完，一筐一筐地送人。

一说起这些，春生的心就隐隐作痛。他痛恨肖四爷这样的人，占了田占了地，变着法儿吃剥削、要诡计。害得像他春生这样的劳动力没得田种，没得饭吃，硬生生地逼上“梁山”。这还不放过，又要抢他的“相好”。血海深仇！春生不禁把牙齿咬得咯咯响。春生也不是没有考虑过报仇，就连报仇的时间、地点、方案、工具和步骤都准备好了，甚至是每个细节都计算得天衣无缝。杀猪刀不能太长也不能太短，不能太锋利也不能太钝，不能太重也不能太轻，人不能太靠近也不能太隔远，出手不能太急也不能太慢……或弄一管炸药，火力不能太猛也不能太弱，炸时人不能太多，房子物什也不能太值钱，引线不能太长也不能太短……反正，春生想，或炸或杀，一定要他晓得个厉害！或杀或炸，又不能死了人，断脚断手，终身残疾，那是作孽，他就是变了鬼，也要下地狱，做牛做马，他就有点后怕。他就老是想动手，就老是没有动手。至今，还只是在梦里动过一次手。

他就是这样，难怪那次放了教书匠春云先生回山寨，被张五毛抽了两大鞭子。张五毛边抽边说，你呀，就缺了这一点，心要狠手要辣。蛇嘛，你不咬人，人家就打了你的七寸，扒你的皮，抽你的筋。张五毛甩掉鞭子，一副很痛惜的样子。春生看着，他不怪兄弟们的禀报，也没一点要怪老大的意思。老大早就讲过他这一点，老大早就想把位置传给他，可他硬是这样的不争气。他真是没用，他对不起老大，他更对不起香月妹子，他用手捶着自己的脑袋。他哭了。

他哭过之后，也想改一改毛病，狠一回心，把该了断的了断。想归想，究竟没有了行动。春生不得不承认，老大说他“成不了器”的这一句话是正确的，是看准了的。

春生是看得开的，哪能处处皆如人意。像现在，他已经感到满足了。与香月并排坐在一起，肩靠着肩，手摸着手，彼此能听见深深浅浅的呼吸声，彼此能听见对方咚咚的心跳。茫茫世界，又算得了什么？！他俩就这样久久地紧挨着坐着，久久地无言无语，他们视黑暗如白昼，视大地如婚床，视天空如婚被，那一盏盏灯火跳动着，就是贺客们的笑脸、一朵朵红艳艳的鲜花。

“梆——梆——梆”，黑夜里响起敲更的声音，随即有了慵懒的、拖沓的脚步声，远远地走过。

时候不早了，他俩不约而同地立起身来，拍了拍身上的灰尘。身上润润的，好似落了露水，不干爽。风一吹，香月不禁打了个冷战，脚步踉跄了一下，春生赶紧上前一扶，就一同向街尾走去。

高沙镇上是一个商贾云集的地方，三省七县交界之地，有七七四十九条街道纵横交错。说是镇，都喊市。春生和香月走过的这条街是高沙镇上最繁华、最富裕、最长的一条街，自东向西，自西向东，一家一家店铺数过来数过去，三百六十五家，不多不少，三百六十五家店铺。有人说，你要是一家店铺逛上一天，或吃或穿或玩或乐，一年也走不出这条街。这条街的街名叫长裕街，好懂得很。“长”自然是长了，一溜儿两排，三百六十五家店铺立着；“裕”自然是富裕了，客栈、药铺、赌馆、妓院、布庄，五金百货、副食小吃、杂耍……应有尽有，三省七县的人来到高沙市，第一去处便是长裕街了。三更的街上，竟还有许多家店铺亮着灯，照着春生和香月行走的脚尖，他们就一脚紧似一脚，朝街尾走去。

出了街尾，往东便是蓼湄书院了。不过，现在已改叫蓼湄学校了。这所书院原先很是有名，明末年间开办，出过不少名学雅士。走到今天，已经满目苍凉，黑夜乌鸦的三两叫声，叫得人毛骨悚然，全身冰凉冰凉。春生和香月也不管太多，木木地滑进了黑暗，滑进了肃杀荒凉中的蓼湄学校了。在一处有灯的窗下，他们立着了。春生刚想伸手去敲，已见高大的木门半开着，他一手挎着包袱，一手牵着香月，一闪，就进了门。香月的双脚木木地不听自己的使唤，由了春生的安排。

忽然，黑暗中是电闪雷鸣，白惨惨的光直照，容不得香月藏身。香月吓出了一身冷汗，双手合十，口中喃喃念道，保佑我，保佑我和春生哥——平安无事！

09

教书匠青云先生没想到恩人春生要拜托他的是如此一件大事：金屋藏娇。他的命是春生大哥捡的，做牛做马都不过分。可拜托的事，全然不苦不难，还十二分的惬意。一个如花似玉的姑娘往他眼前一推，说，青云先生，香月妹子就交给您了，一切交给您了！青云先生的眼睛直亮，手足无措地说，我能行吗？我能行吗？春生大哥，你可放得下心？春生大哥走过去，拍了拍香月妹子的肩，又望了几眼青云先生，爽朗大笑，香月妹子，你就尽管好好地待着，青云先生会待你好的。我是一百个放得下心，你说呢，青云先生？

青云先生跟着笑，眼睛不敢看香月，也不敢看春生，他看着书案上跳动的油灯火光。他的眼睛看一下，又移开到别处，有几分不适应的感觉。

春生大哥爽朗声落，已疾步出院，穿过讲堂，打开校舍大门，又一拐，上了长裕大街，没了踪影。香月站在黑夜中，擎着一盏油灯，望着没有人影的前方，泪水簌簌而落。青云先生伴在香月的右边，也是久久地翘首无语。

从那一夜起，香月就开时寄住在蓼湄学堂的青云先生家中。说是青云先生的家，其实就青云先生一个人，无妻儿家眷，厅房二间，几柜旧书，几把木椅，一套锅盆碗筷……别无长物。倒也收拾停当，极为整洁讲究，香月却不知怎的，坐也不是，站也不是，睡也不是。若是看见青云先生，更是怪了，看也不是，喊也不是，手足更是无措。倒把青云先生弄糊涂了，忙急急地躲开了，一个人去院子里看树木，听蛙鸣。香月就烦自己的莫名其妙。第一夜，她久久地不肯上床去睡，木木地立在窗前。后来，上了床，也是靠着床头，不合眼，听那一阵紧似一阵的夜风，听那夜风中夹带着的声声鸟兽声，她的心随着床前油灯上的光一跳一跳。她整夜没睡。儿时，娘总说她认床，说她只有睡在自家屋里的床上，才甜甜地睡去。不管到哪里，就是屋里再豪华讲究，床上再舒适软和，她也睡不着。她耳边响起娘的声音，想起草寨村落里她家的那座土砖茅草房，想起儿时的伙伴们，想起做游戏时与他玩过家家时的春生哥……想着想着，她就能睡上一会儿。醒了，她的嘴角上还挂着一丝微笑。很多个夜晚，街上的灯熄了，她还站在窗前没睡，月亮睡了，星星睡去，她还靠在床头没睡。慢慢地，她又想起儿时的情形，想起草寨村落的那山、那树、那人。

香月住在里间正屋，青云先生看书，吃睡在外间书房。里间正屋与外屋书房有一门相通，原先只是挂一帘子，进进出出，手一撩，方便得很。香月住了进来，第二日青云先生就找了一木匠上门，打了一扇木门，木门背面做了闩，从里面可以闩住，木门前面装了锁挂，从前面可以上锁。青云把一把锃亮锃亮的铜锁、两片锁匙都一齐交给香月。香月惊诧于青云的细心，她心里是想着要装一个门，要插上闩，要挂上锁。但她只是心里想着，又没有说出口来，况且寄住在人家屋檐下，也不能提这提那的。怪就怪，青云先生的眼睛好像看穿了她的心思一样。

又几日，青云先生从闹市上挑了几袋上等的羊毛线回来。进了屋，也不大喊，就在里间与外屋的间隔门上敲三下，就走开了。过了一会儿，香月走了出来，第一眼就看见门前木椅上摆着的几袋毛线。香月眼睛一亮，一手抓住。捧了一把毛线的她，方才环顾屋内，已不见青云先生，想必是上课去了。她把毛线揉了一下，又揉一下，还挨着脸庞一蹭，绒绒的，柔柔的，软绵绵的，还温温的，真是讨人喜欢。香月又剪了短短的一截，拿到火边一烧，手一楞，鼻一嗅，她不禁欢快地喊着，好毛线，上等的好毛线！她发现自己不应有的高声大叫，凑窗去看，院子内外并无一人，她放心了。她又放心地再跳了一圈，把毛线举着，小孩子一样，像儿时上山采了一大把杜鹃花。

高兴着，她又一次大大称奇了。她压根儿还只是心里的一点点想法。她终日无事可做，除了她和青云先生的饭菜，买米、买菜、打油等一应抛头的事儿从不要香月沾，就是淘米、洗碗、扫地、抹桌椅、洗衣服的事儿，青云先生也是抢着干的。香月说，我不干点事，心里闹得慌。青云说，你掌着大勺，一天一个谱儿，色香味俱全，要搁在皇宫里，起码是个三品顶戴的御厨，我不就成皇帝老子了！香月听他这么一说，扑哧一声笑了。

有了毛线，香月就有了干不完的事情。她飞快地挑着毛线，嘴中哼起咿咿呀呀欢快的小曲。她每日早早地起床，安排妥饭菜，就守在饭桌前，一针一线飞快地挑着毛线。早晨中的光线朝窗子上射了下来，罩了她一身。青云先生从院中读书归来，一进门，一下呆了，他惊诧于面前这幅绝美的图画，图画中美妙得无法言说的美人的一举一动、一颦一笑。

香月第一次主动开口，说，青云先生，你看啥呢？快快开饭吧！青云回过神来，径直走到餐桌前坐下。坐下后，他不敢再去看眼前这幅惊人的图画，他怕在如此美妙的图画前不能自制。香月又说，青云先生，你手中的书卷，我替你放好。香月伸手去接，青云忙推托，说自己来自己来。站起身，不想推托时香月手却握住了青云的手，两人一惊，书卷掉在了地上，又同时去捡，都蹲下来时，青云先生的脸碰上了香月嫩白嫩白的粉脸，青云先生的脸火烧火燎起来。

早上，青云先生和香月谁也不说话，谁也不去看对方，各自低着头看着自己碗里的饭菜，但都在回想着刚才的一幕一幕，脸上堆上了颜色，青云先生脸上火烧火燎，额头上还渗出了汗，香月的脸上一边飞来一朵红云，她羞着头，放下碗，又去飞快地挑着她的毛线。香月的心里提醒自己，快点挑，挑密些，挑紧些，春生哥穿着就越暖和。今早，青云先生的心里泛起了涟漪，他有滋有味地嚼着可口美味的饭菜，心里美气得再也矜持不住，第一次把饭菜嚼得很响很响。

早晨，他握着书卷，踏出院中，往教室里走去，他抬头看了一下天空，天空上泛出金黄一片，似一朵向日葵在向他笑着。他边走边低低地说了一声，今天，太阳很好！

10

赵团总想起飞奔的白马。

赵团总想起葱花。

赵团总看见高大的白马上坐着自己的葱花。

赵团总站在自家的青砖瓦房下的石阶上，用手托着黄澄澄、锃亮锃亮的烟杆，嘴中正吐出丝丝缕缕的烟雾，双眼透过薄雾看去，看得好远好远。逾过门前的小溪，越过长长的镇街，穿过田垄，爬上层层山峦。

报告团总，已查出下落。有一小兵从镇街那头的团防局脚步齐整地一路跑来，约跑在离赵团总两米远，立定，又立即一个敬礼，说话铿锵有声。

赵团总收回双眼，捻断了思绪。

他说，情况怎样？详细报来。

小兵刚刚稍息，见团总一问，“啪”的又是一个立正，敬礼。然后，上前来替赵团总握住了那杆烟枪，凑近赵团总身边私语了一阵。赵团总眼珠子一转一转，亮一下，又亮一下，脸上泛出青块、白块、红块，嘴中呼呼地喘着气。

朦胧中，高大的白马飞奔而来。赵团总伸手去抓缰绳，白马对天长啸，腾空一跃，烟尘滚滚，立刻无影无踪。他高声大喊，追，追，跑到天边也要把他追回。

团总，追什么？我在呢，我就去。小兵扶了团总一把，让他靠在红木躺椅上坐下问，团总，追什么？赵团总没有回话，向小兵扬了扬手，示意他退下。

小兵把赵团总烟枪的火拨了一下，就小心地把烟枪放在团总的手上。小兵走出青砖大瓦房时，他想团总今日有点怪。站在窗前的石阶上他又朝厅堂里坐着的赵团总看了下，发现赵团总把手上的那杆烟枪舞得飞快，舞一会儿，又拿枪嘴狠狠地从空中挖几下。然后，“当”的一声磕在红木椅子的雕花扶手上。

小兵的汇报，只查到那匹白马进了白马山上。那白马山山高五百丈，山中鲜果无数，鸟兽无数。每隔五十米就是一座哨台，台上架有枪炮，垒有层层叠叠的石块。谁若犯上山来，不说枪炮齐轰，只要从石块堆中抽下一块，噼噼啪啪满天飞舞着石块，准叫你哭爹喊娘，作鸟兽般逃下山去，后怕得要命。白马山是张五毛的地盘。此人一向谨慎，既不横行乡里，大肆作恶，也不过分巴结乡绅官吏。赵团总心里早已忌恨多时，只是向白马山上高高地望一眼，就望出许多无奈。无奈之下，赵团总还是不能失去自己的权威，时不时地放出风来，要攻打白马山，杀个片甲不留。很长一段时间，白马山上了无动静。

赵团总领一队人马齐集白马山下，人喊马嘶，高高的旗杆在空中舞来舞去，风刮着旗帜，猎猎作响。赵团总坐在马上望一眼白马山，又看看他身边的这支队伍。他一脸的笑。一下，他就感觉到自己俨然一个胜利者，威风凛凛，仿佛白马山不是立在山上，而是倒在了他的脚下。张五毛吗？还不是死卵一条，竖不起来。

张五毛也许是害怕了。以前逢年过节，就安排春生骑一白马下山，驮了点心，驮了丝绸，驮了银两，也去赵团总高大的青砖瓦房里。春生想不通，没有一次爽快地来去，他说，弟兄们辛辛苦苦，一年到头抢的一点东西，还要孝顺那龟儿子，我不干。张五毛拍着桌子，你说了算，还是我说了算。春生气鼓鼓地说，你害怕了，我们不怕，要去，你自己去！张五毛声音小了几拍，又温和了许多，说，也不是怕了。就冲这白马山，他赵云卿就是点齐五百人马，也未必攻得上山来。停了一下，又说，你们不是不晓得，远远近近好多座山好多窝土匪，哪一个与团防局没有一腿？明里暗里不都穿着一条裤子，隔三岔五都去赵云卿家里喊爹喊娘，献这献那。春生嘴里嘟囔着，别个是别个，咱也不能跟着人家屁股去献媚！张五毛在头椅上站起来，“啪”的一掌砍在了雕花木椅的扶手上，红木扶手上裂开了一条缝。他把声音提高到八度，简直是吼了，我把话说开了，去，你也得去；不去，你也得去！几年了，我领着弟兄们一起干，我多喝了？我吃好了？还是少干了？还是少操心了？你们又不是不晓得，向来官匪一家。我们不求当官的庇护，但也不能隔了仇啊！说着说着，张五毛的声音哽咽了。春生忙上前扶着张五毛坐下，说，大哥，我去，我去，我立马便去！张五毛双手握住了春生的双手，一再交代，你要谦恭些，多解释，多讲好话。心要诚，话要软，眼要活。去是去了，春生虽然心里死死地向大哥交代，临场都发挥不了。每回都是阴阴地去，阴阴地不说话，惹得赵团总收了礼物后仍然不高兴。有一次，春生没踏下台阶，就听到赵团总抛来一句气话——交了这么一丁点印子钱，还像死了人似的，我是上门去讨吗？春生听到，气直冲头顶，双手握得咯咯作响，脚也停住了。片刻，春生还是跨下了台阶，上了马，往马屁股上狠狠地一鞭，白马长嘶一声，狂奔而去，消失在长长的镇街里。

赵团总就记着白马山。赵团总就记住了那匹狂奔的白马。赵团总站在自己高大的青砖瓦屋前的石阶上，再一次狠狠地咒骂着，四处无人听见。他一手托住烟枪，骂着骂着停了下来。他猛吸了几口，又立刻吐了出来，那烟雾好浓好浓，灰白，慢慢地变黑，又一碗一碗的。

他妈的，又是这匹该杀的白马！他妈的，这匹得瘟疫不得好死的白马！赵团总没等小兵走下门前的石阶，已在心底狠狠地咒骂过两次了。

……

整整一个下午，赵团总都在思前想后，掂来掂去，顾左顾右。

他要择一个最佳的方案。

黄昏的夕阳，点点滴滴洒进屋子，跳在手上。他把手一握，一拧，那块块片片的夕阳就被他握碎了。

他握碎的不仅仅是几块夕阳。在方圆百里十里，他手中握着的是一个世界。

第二日清早，天还没亮，无一声鸣啼无一句狗吠，赵团总那杆黄澄澄、锃亮锃亮的烟枪上就一点一点跳动出火苗，那烟枪四周便有丝丝缕缕如云如雾的薄烟绕开去，一路晃晃悠悠出了大门，下了台阶，穿过长长的镇街，爬上团防局高高的操场上。两百团丁，脚步整齐，整装待发，一个个精神抖擞。赵团总舞着那长长的烟枪，突然，朝操场上那棵老柿树下吊着那枚大大的铜炮弹壳一挖，铜烟杆头与铜炮弹壳一碰，发出“嗡”的一声闷响。赵团总甚是凄厉的一声喊，出发——队伍离开了小镇，朝白马山进发。

今日，赵团总没骑他那匹心爱的乌龙驹，破天荒选了一匹高大的白马。白马全身雪白，无一根杂毛，又柔和，又温驯。赵团总想，他把白马骑在了跨下。

11

肖四爷已经许多时日没有派人去镇街打探消息了。他知道，打探也是白打探。赵团总那杆老烟枪绝不会因小失大。上山的路那么陡，打上山是要银两铺出路来的。在那杆老烟枪看来，他肖四爷那一小木箱银两远不如一小坨钓青蛙的棉球。肖四爷听到那匹高大的白马从白马山上飞下又飞上后，完全失去了信心。

那天，他依旧是拄了拐棍去肖宗祠堂。一路上，他心情低落。有人远远地打招呼，他装作没听见，有人走近来喊，他没作声，只把拐棍在石板路上轻轻地敲两下，算作招呼了。两只蝴蝶在他身旁飞来飞去，一上一下，一前一后，一左一右，忽而作腾空状，忽而作盘旋状，忽而作低回状。他烦躁得要命，拄着那根拐棍在空中乱舞，拍打着蝴蝶。两只蝴蝶没一点害怕，一身轻灵灵的，一偏，一跃，就避开了。肖四爷拄着拐棍的手在半空中停了，他实在是太吃力了，呼哧呼哧地喘着气。他不禁心情低落到极点，自叹，我老了，真是老得不中用了！小小的蝴蝶也来欺负我……话到了嘴边，他咽了一口气，硬是把悲落的话堵了回去。那蝴蝶如他肚里的蛔虫一般，钻惯了他的花花肠子，一齐跃上来，一只立在他的头顶， 一只朝他的脸上扑来，扑一下，走开，又扑一下，走开。他又急又羞，伸出左手驱赶着蝴蝶，他疾步往前走，那蝴蝶又快速飞向前。他停下脚步，那蝴蝶也总在不远处停下。然后，或头上，或肩上，或脸上，到处乱窜，惹得肖四爷心乱如麻，又恼又羞。尤其那只大大的雄蝴蝶更是猖狂得很，在他脸上飞快地窜来窜去，极有麻痛的滋味。肖四爷慢慢地把那只拄了拐杖的手抽了出来，让拐杖靠在他的身上。他明显感觉到那只雄蝴蝶这会儿在他脸上得意地跳着舞，做出奇形怪状奚落着他。他的两只瘦手握得咯咯作响，然后伸开来，突然狠狠地往脸上拍来，风一样快。“啪啪”两声重响，肖四爷只感脸上火烧火燎。接着“哐当”一声，那根靠在身上的拐棍倒在地上，与石板路面撞出声响。肖四爷又往脸上一扫，似想扫到作威作福的蝴蝶，脸上却光光的一片。没等他细想，就听到嗡嗡嗡一阵响动，一尺开外的正前方两只蝴蝶在欢快地跳着舞。

肖四爷实在是没办法，于是只顾一路向肖家祠堂走去。两只蝴蝶一路跟着，一路欢快地跳着舞，时不时还到肖四爷的脸上、肩上、头上飞舞着。肖四爷不管，他走他的。二愣子在背后追着喊着肖四爷，肖四爷头也不回，径直向祠堂里走去。二愣子喊，四爷，我有事！ 肖四爷才回了一下头，又想到那两只蝴蝶。有事？它们两个才有事呢！二愣子就看着那只大大的蝴蝶，在四爷面前耀武扬威，飞来飞去。肖四爷先一脚踏进祠堂门，两只蝴蝶紧随其后，刚想跟了进去，二愣子已先闪进门后，随手把门一推，严丝合缝地关上了。一只蝴蝶关在了门外，一只蝴蝶关进了祠堂。关在门外的乱窜着，啪啪作响。关进了祠堂的蝴蝶到处乱飞，想找寻出口，门上，窗上，屋顶上，总是找不到出口，祠堂内黑森森一片，只有神龛上有一盏油灯，微弱得只见一星灯火。

肖四爷回过头来看着，看着关进祠堂里的这只雌花蝴蝶，他笑了。雌花蝴蝶没完没了地飞，到处寻找着出口，它害怕极了，它发现自己跌进了无边无际的黑夜，它发现自己钻入了四面森严的旧堡垒之中。它不敢停，它要寻找出路，它要寻找光明，它要去天空下呼吸新鲜的空气。飞呀，飞呀！肖四爷没有动弹，有点鄙笑地看着乱飞的花蝴蝶，二愣子跳着，拍打着花蝴蝶，满屋里追逐着。肖四爷把拐棍往地上的石板上戳了两下，说，莫追了，有它自己停的时候！二愣子停了下来，朝肖四爷示意的地方看到了一个玻璃瓶子。他捡起瓶子，看见四爷笑了，又点了点头。二愣子心领神会，全神贯注等候着瓮中捉鳖的一刻。

花蝴蝶越飞越慢 ，越飞越低。二愣子擎着那个大大的、深深的玻璃瓶一动不动，肖四爷站在一边，手握着那个玻璃瓶的瓶盖。花蝴蝶忽然看到一个光亮的开口，好敞亮，它虽然已没有力气了，仍是一寸一寸地靠近，一步一步地往前蹭，它终于跃进了“出口”，它停了下来。“哐当”一声出口封上了。不敢有丝毫的松懈，往出口的正前方拼尽全身力气飞去。明明是亮堂堂的，它却找不到出口，又四周去找、去撞，头上、肩上、身上、背上、手上、脚上都撞得好痛好痛，却始终找不到出口。

花蝴蝶不得不承认，它再一次跌入亮堂亮堂的黑暗。在旁人看来，却是一个精致的玻璃世界。

肖四爷如释重负地坐在那张八仙桌边，他还是习惯性地把那根拐棍平放在八仙桌上。他玩弄着手中这个大而深的玻璃瓶，他看着花蝴蝶在里头扑腾着好看的翅膀，他满意地笑了。肖四爷对二愣子说，快去弄一个钻子来，在瓶口上多钻几个孔，让它平平安安待在里头。二愣子顺手从腰间拔出匕首，一边往瓶口凿洞一边对老爷说，老爷，我跟你说，管他白马不白马，先抓住花蝴蝶再说。二愣子看一下玻璃瓶中的花蝴蝶又看一眼老爷，哈哈大笑，边笑边拿眼角去瞟老爷。老爷也笑了，脸上却只是皮肉松动了一下，说，你这个鬼脑壳！知我者，二愣子也。花蝴蝶看着明晃晃的刺刀，一闪一闪，直往里刺，它跟着蜷缩着。

二愣子受到了老爷的奖赏，屁颠屁颠的，凿好后，把玻璃瓶往手中掂一掂，抛起来，接住，又高高地往上抛。肖四爷怒喝，干啥？二愣子，你干啥？这也是你摸得的？二愣子惊了，满脸疑惑，我没干啥？我替老爷高兴呢！肖四爷一把抢过玻璃瓶，又白了二愣子一眼。

肖四爷没好气地说，你走。他从桌边站起来，一手拄着拐棍，一手托着玻璃瓶，背转身去。

二愣子一惊一乍，说，哎哟，看我这木脑壳，只顾抓花蝴蝶高兴。哎哟，天大的喜讯，我忘了禀报老爷了。老爷，我这就说，我这就给你说来。

肖四爷悄悄地侧转了一下，给了二愣子半个身子，说，你不说我也晓得大半了。要说，回家再商量，你走！

二愣子委屈地走了。他本想让老爷表扬他的能耐，懂得他的忠心。他不该玩弄起那个玻璃瓶，他有点后悔。后悔倒是其次，他边走边痛恨那个木匠，一句话要了他十两银子。木匠的一句话实在太重要了，他咬咬牙给了。这会儿，他想趁着老爷高兴，把事说了。老爷一高兴，他说二十两也不在话下。不管你认不认，都是为了老爷，为了老爷快活。哼，就是你不认，我也要把它算进账里头。难道还要我二愣子白搭？！他想着，竟有点来气。来气的时候，二愣子就上镇街窑子里去。嗯，窑姐个个都好，你再有气，她也会把气熨平了，顺了，舒畅了。二愣子也晓得，老爷再看得起他，老爷终究是老爷，是主人，二愣子终究是个管家，是个奴才。老爷来气，他二愣子只能受气，他不能把不快写在脸上，他只能把气窝在心里。

肖四爷一句催一句要二愣子走，他不想要二愣子看着他一次一次跪在肖家的列祖列宗面前，他更不能让二愣子听到他在列祖列宗面前哭哭啼啼求这求那。肖四爷虔诚地烧着纸钱，火呼呼地烧着。火光一下一下映过来，玻璃瓶上反着白生生的光。

12

白马山下，人喊马嘶，旌旗飞舞。赵团总在观看着地形，等待着动静，计谋着。他深知此地山势显要，虚实未知，断不可轻易发兵。就是发兵，胜败难料，想要的人未必就能得到。这样一想，不如免去两兵交战。一边鸣锣敲鼓，大壮军威，一边派人与白马山大土匪张五毛交涉，令他交出春生，放下山来。

赵团总立马着团丁们一齐喝喊，交出春生！交出春生，一切皆与白马山无干！喊了许久，山上都无应声。一山的树，静静地列队而立，傲然俯视着山下的一片狂闹。赵团总手一挥，再喊。又是一齐喝喊，交出春生！交出春生——山上起了薄薄的一层风，树叶中有簌簌的响动。赵团总手持望远镜久久地望着，然后，手又一挥，喊，喊凶一点，不怕他们没反应。团丁们敲着棍棒，挥舞着刀剑，吼，不交出春生，杀上山来，片甲不留，寸草不生！张五毛听着，我家团总等不得太久，你且速速决断。

这边，赵团总已写好书信一封，折了，捆在一支箭尾，令一弓箭手射了出去。弓箭手弯弓张背，“嗖”的一声，箭头已稳稳当当钉在半山腰白马山寨插着旗子的木杆上。不一会儿，就见有人爬上木杆，赵团总在山下又用望远镜望了一下，嘴角露出一丝微笑，心中自是得意，小小毛子，也敢跟我较劲？！能文能武，有谁能比？况且我是官，你是匪，官要匪亡，匪不得不亡。一得意，又把手一挥，再喊，羞辱他们。团丁们一个比一个喊得凶，一个比一个喊得猖狂，连辱骂人家七娘八老子、祖宗十八代的话都吼上了。

一个时辰过去了，山上仍没有回音，也没见多大声响。只有山顶的老树上飘出淡白淡白的炊烟，缓缓地远去。赵团总见自己的团丁喊叫声渐渐地弱了许多，斗志也无刚来时那样高昂，有许多人望着山顶的炊烟发呆。他一想，不好，山上土匪此时攻下山来，对方精神抖擞，酒醉饭饱，我方饥饿疲惫，又无戒备，必遭大殃。

赵团总慌忙撤后半里。稍事休整，烧火做饭，重整旗鼓，决心要战一场，一定拿下白马山，除去这颗眼中钉、肉中刺。在他手中的范围内，绝不允许有谁对他赵团总半点不敬。那匹白马常在夜梦中扰得他睡不着。他是一方团总，百姓举荐，民众爱戴。哪能搞得团中无防，民不安宁？当然，他偷偷地想，要不做出个样子，秋收时如何摆着那杆大烟枪收“保护费”，收了费也要做做样子，好再收，好一年比一年多收。同时，乡绅们求做的事，也不能不当一回事。就譬如肖四爷这档子事，他思前想后，还得管管。要不管，他也怕乡绅们一起在背后嚼舌根。

约过了一杆烟的工夫。赵团总和他的团丁们匆匆进了饭食，拍拍肚子，吩咐队伍听赵团总口令，再次向白马山进发。尚未走出一百米，一匹白马朝白马山上飞驰而下，一声长嘶奔至赵团总面前，与赵团总的白马并肩而立，还嗅了嗅赵团总的白马，把尾巴一甩一甩，尾巴始终向上翘着。赵团总一眼瞧见那白马尾巴上扎着书信一封，忙吩咐团丁取下呈上。他一边看，一边生气，把几碗石块似的浓烟吐了出来。他把那把杆烟枪在手上掂了掂，本想伸过去把那匹白马狠狠地挖几下，却被树叶缝隙间掉下的一块阳光晃了眼，他的烟枪伸到半空中停了。他不知是冲谁笑了一声，又不知是说给谁听。他说，匪不敢同官斗，还说是什么皇上讲的王法、官场潜规则。这回算是较上了，他妈的一班鸟土匪！

13

青云先生每日都是早早地起床，先去院子中那棵老柿树下打一路太极拳。青云先生的太极拳很得精髓，一招一式，一气一运。练完太极拳，青云先生就提着菜篮子上长裕街买菜。他择菜，总择青青淡淡的瓜果蔬菜，总择鲜鲜嫩嫩刚上市的买。他买菜，不还价，不看秤，只笑眯眯地看着卖菜的，惹得那些卖菜的从不敢短斤少两。每日秤完，还要往青云先生筐里多抓一把，爽朗地喊，青云先生，走好哟！明天再来。青云先生就和卖菜的一个个混得烂熟。有些卖菜的有了事，也愿和青云先生说道说道，请他出主意。写信、写状纸找他，逢年过节、贴福字、写门联也找他。青云先生不推托，提起笔来，笔走龙蛇。啧啧，先生的笔，生了风一样。啧啧，先生的笔下，说啥有啥，要啥有啥。啧啧，先生的脑瓜子灵，笔杆子活，字横竖是好，句子顺溜。谁不晓得，先生就是先生，横笔倒写，高沙街上能站出几个？青云先生也不回话，随他们称叹、争吵，眼睛定定地看着纸面，气定神闲，笔走龙蛇，手一转，笔戛然而止，成了！大家拍着手笑。笑过，就不忘在挑剩的菜堆里抓两把青菜放在青云先生的篮子里。青云先生又不声不响地拿了出来，放回菜堆中。卖菜的脸上有点窘，立马责骂自己，看我这死眼色，倒把先生拿错了。笑着又挑了好几把鲜嫩的蔬菜。青云先生仍是不要，说，我一个人吃不完的，多谢了！推推拉拉，终是没要。卖菜的就愈发地在人前人后赞论青云先生了，七娘八老子的事也都和青云先生说，边卖菜边和青云先生胡侃。

个把月来，卖菜的当中有人发现青云先生的举止有所不同。买菜吧，分量多了一倍不说，还隔三岔五割肉买蛋，这可是以前没有过的，谁都知道青云先生喜素不喜荤。买了菜，也不和他们闲聊胡侃了，急急地挑了菜篮往回赶。有人问，青云先生也不歇歇，说道说道？嗯，今儿个不了，下回吧！有人问，青云先生，走这么急，是不是出了事？青云直摇手，没事，没事，真的没事！我要赶课呢！甩开步子，走了，头也不回，落下一堆人，一个个很是疑惑。更让他们疑惑的是，以前写信、写对联、写状纸，你随他走就是了，他家里有纸有墨有好狼毫。你一边立着，他一挥而就。现在，就不，他不让你跟着去，问了你写什么怎么写，就告诉你，明早我买菜时带了来，莫急！若你实在要得太急，他就立马在街上买了笔买了纸买了墨，在菜场里铺开，挥起笔来。买纸买墨买笔的钱，都是青云先生掏，他一点也不心痛。

怪了？很多人都是这么想的。

青云先生不管，打完太极拳就上街。他日日早来早去，依旧笑眯眯地买米买菜。他一路脚步轻快，回到家，香月也已早早地起了床，在内屋飞快地打着毛线，红彤彤的太阳从山那边攀上来了，爬到她的窗上，鬼鬼地眨着眼，抛过来一团火烧般的红光。红红的光线罩了香月一头一脸，环绕着她全身上下。红晕中的香月飞纱走线，神态安详得很，美丽极了。青云先生往往是看得呆了，定定地站着不动，提着菜的篮子“啪”的掉在了地下。香月听见响声，抬起头，把毛线搁在一边，站起身。看着青云先生，捡起地上的菜篮，说，噢，早回了，我这就去准备。青云先生这才意识到自己的失态，避开香月的眼光，他感觉自己的脸上在发烧。他马上到书架上胡乱拿了一本书，折身走到院中去了。

吃饭的时候，香月看着院子里萧条的柿树，静静地听着一阵阵晚秋的风吹过。香月夹着一口菜的手停在空中，她看着青云先生说，天要变脸了，又是一个冷的冬天呢！青云先生边吃饭边附和着。他看不出香月要说什么，但却感觉到香月说出的话很冷。他吃完最后一口，放下碗，说，多加件衣裳，院子里凉了！香月夹着那口菜迟疑着正要伸入嘴中，望着窗外刮着一阵比一阵大的风，又把那口菜放到碗中。一双眼久久地望着窗外，望着窗外远去的群山。许久，许久，才收回眼睛，叹道，起风了，天凉了，山上的日子难熬了……香月边叹边把碗推到一边，又走进里屋去了。

青云先生知道香月又在想山上的春生哥了。青云先生没有作声，边收拾桌上的碗筷边在心里想着。他从书架上取出今天上课的书和教案，站在里屋与书房相通的门前，说，有好些日子了，也没见春生大哥下山来。我寻思着，我得上山瞧瞧，带点吃的穿的，你看看要得么？香月坐在里屋，里屋与书房的门是打开的，她站起来捧着那件毛线，哽咽着说，难为了，难为青云先生了。边说边递过来那件毛线。青云先生接着，好沉好沉，暖融融的，软绵绵的。

香月就和青云先生这么对站着，中间只隔着一个低矮的门槛。刚来时，香月每夜都要闩了门才能睡着，起了床又要在外面挂上锁。慢慢地，虽挂了门却不上闩，虽带上门挂却不上锁。后来，门也不挂了。其实，早前里屋和正屋中间只挂一门帘，并无门的。门为何物？只不过人为地装上，又人为地开启。毕竟，门只是人心灵的一扇窗户。香月太了解青云先生了，难得春生哥是如此敬重青云先生，放心地把她托付给青云先生。

青云先生是个信得过的人，是一个好哥哥。她当真把他当作哥哥来待，她竟满腹担心地说，青云哥哥，我昨夜里一夜睡不着觉，心怦怦直跳，我害怕。我梦见山上山下，杀声震天，到处都是一汪汪的血。青云先生见香月越说越担心，眼圈都红了，全身无一点力气，抽搐着。青云先生用手扶住，拍了拍她的肩膀，让她镇定，不要担心。香月只觉得全身轻飘飘的，渐渐地全身要倒在青云先生的怀里了。但隔着那低矮的门槛，香月的脚踉跄了一下，青云先生用力一扶，她站了起来，立直了。

青云先生把毛衣递给香月说，你快准备把东西清理一下，多带点吃的，我这就去和坤阳先生换一下课，立马便上山！一转身，便出了院子。

当青云先生再次来到镇上时，他背上有一个大包，有点沉，他急匆匆地走，不和人打招呼。别人主动上前招呼，他也支支吾吾，多是点一下头就走过去了。这在以前，是绝无仅有的，青云先生在镇上出了名的有礼有节。他一边走一边觉得很不自在，他朝左右看去，看见许多怪怪的目光在他全身上下巡视。有好多人还围在一堆，嘀嘀咕咕，指指点点。他想着，是不是他的装束、他的举动引起这些人的猜疑，或是别人晓得他的行动，还是他替别人包养女人有伤风化引起大伙的鄙视？他一路走，一路想，脚步不禁慢下来了。他走近朱三豆腐坛前，说，都嘀嘀咕咕啥呢？朱三却不见回话，仍扎在“蒜头鼻”的菜担前，几个人窃窃私语，一副神神秘秘的样子。青云先生喊，朱三，朱三。朱三口上应着，脚底沾了胶似的没动。青云先生又喊，朱三豆腐，我喊你呢？朱三远远地回，我应着呢！先生早上买好了菜，这会儿又不买菜。你不晓得，出大事了！

青云先生终于知道，他不能前去白马山送吃的穿的了。

白马山下，两兵对阵，胜负难料。

街头的风吹过来，青云先生紧了紧衣服，背着一个又大又沉的包，径直走了。

14

赵团总撤回团丁后，躺在家里生闷气。大辣椒婆并不晓得男人的心思，在他面前晃来晃去，一会儿喊人端茶，一会儿敬烟。男人不喝茶，撤了，忙叫丫鬟去端参汤。到了正厅，她亲自端着，唯恐参汤溢出来，踮起脚，一身肥肉一颤一颤的。男人并不去接，汤刚出锅，冒腾着热气，放不是，不放也不是。那钵子很烫手，她就那么忍着。她一口一口地吹着热气腾腾的参汤，汤面上泛起一圈一圈的涟漪，热气吹散开去又聚拢起来。大辣椒婆吃力地端着吹着，额头上的汗一股一股地冒，又一线一线地在脸上流。男人并不去看，摆了摆手，示意她端走。大辣椒婆很固执，她不能白白地就端走她的一番好心好意。她仍然端着参汤，眼睛充满爱意地注视着自己的男人，她想要男人读懂她的眼睛，读懂她的心意。她焦急地等待着，感觉自己额头、脸上的汗如山溪的水流。男人并不如他所想，半睁半闭着眼睛。大辣椒婆才感到她的努力和固执已是徒然，心不禁一酸，她把一大碗参汤重重地放在木椅旁边的茶几上，走进了里屋。隔了不久，大辣椒婆又走了出来。出来时，完全没有刚才的不快，一脸兴冲冲，边走边喊，老爷，老爷，你快起来看看，看看屋里添了什么？

喊，喊魂！ 赵团总白了她一下，没好气地呵斥。大辣椒婆见男人已经答话，并无气恼。又走近男人身边很神秘地低声道，有人来过，快去里屋看看，添了什么东西。大辣椒婆晓得里屋是男人的命根子，男人一日三次要去里屋转悠。她想，她这么一说，男人多大的气，也会即刻丢到爪哇国去了。果然，男人跳了起来，吼，添，添，添个鬼呀！又一手抓起那钵汤，朝大门外直直地摔了出去。那只大汤钵在空中旋了一个圈，转了三百六十度，直直地抛下，落在门前的石阶上，蹦跳了几下，稳稳当当地扣在第三石阶的中央。汤钵并未摔烂，那参汤却四处飞溅，流得满地都是。大辣椒婆先是一惊，又一怔，木了。醒了过来，她立马十二分地痛惜，看着流了一地的参汤，然后委屈，然后害怕。大辣椒婆“哇”的一声哭喊着再次走进里屋。

“啪”的一声，里屋的门也关上了，大大的哭喊声也被关住了。不一会儿，还有断断续续的哽咽声从门缝中传出来，不过那声音已很低很低了。

与其说赵团总是在向女人发脾气，倒不如说是在向自己发脾气。赵团总走进里屋，与其说是看大辣椒婆，倒不如说是去看里屋一坛一坛的金银财宝和新添的东西。赵团总一走进来，大辣椒婆立刻噤了声，用手擦了脸上的汗水和泪水。她走到东头那个坛子前，打开坛盖，一双肥嘟嘟的肉手伸进去，掏出来，又伸进去，又掏出来……摆着坛子的木地板上铺开了层层叠叠、金灿灿、银晃晃的一片。大辣椒婆用眼睛示意他细看，赵团总就用眼光一遍遍看过去，又一遍一遍翻过来，还用眼睛一件一件的掂量轻重。他的眼睛射出一道一道的光亮来。

这个财大气粗的梅晚娘！这个深不可测的葱花姑娘！赵团总边看边叹，心中打鼓。

哎哟，哎哟，赵大团总，辛苦，辛苦！人未到，话已从屋前石阶上了厅堂，一路进入里屋，直冲入赵团总的耳鼓。不容赵团总多想，疾步走出里屋，是不是“说曹操，曹操到”？

赵大团总，幸会，幸会！辛苦，辛苦！来人却是肖四爷和他的管家二愣子。肖四爷一双瘦手紧紧地握住赵团总的一双大手。

肖四老爷，久等，久等，让你久等了。赵团总落落大方地给肖四爷让座，并未显出半点尴尬和有愧的样子。

赵团总在厅堂中央坐下，肖四爷在左手上边坐下。左手下边还有一个座位，赵团总好似并没看到，也未示意二愣子坐下。二愣子知趣，站在肖四爷身后，替肖四爷拿着那杆锃亮锃亮的红木拐棍。

赵团总问，何事惊动肖四老爷？敢劳你老亲自上门，令寒舍生辉，在下深感荣幸。赵团总问时根本没正眼去看肖四爷，他托着那杆铜烟枪，深深地吸了一口，又缓缓地吐出丝丝缕缕的烟雾，双眼或睁或闭，晃晃悠悠地摇着头，如入仙境，视若无人。

肖四爷坐在左手上座，早已怒火中烧，无数次在心底咒骂赵大烟枪。无奈，求人做事，看人脸色，只好沉着对待，不露声色。看赵大团总说到哪里去了！我肖某人是来拜会拜会，并无他事。早就该来，只是人老体衰，脚不中用。边说边捶着他的细腿。那腿果然皮包骨头，细细瘦瘦，让人不能怀疑。

一客气，赵团总睁开眼，脸上堆了笑。吩咐道，四爷来了，还不看茶！哎哟，瞧我这脑子，光顾说话了。

肖四爷也返过头去，问，孝敬赵团总的一点心意敬上了么？二愣子躬身点头，爽朗应声，这就奉上。

赵团总射过一道光来，说，哪能这么客气？四爷跟我，谁跟谁呀！一高兴，手一摆，示意二愣子在左边下手坐了，说，四爷手下的人了不得，每一回来看我，都很讲究礼节，我看着顺眼，坐吧，别站着，都一家人，不要生分。二愣子看了看肖四老爷，坐下了。

坐定后，肖四爷和二愣子慢慢地品着茶。肖四爷边品茶边拿眼偷偷去瞟赵团总。赵团总吞云雾时，只一瞬，飞快地避开，又各自想着心事，不知如何开口。

到底赵团总收人钱财，未能替人消灾，存有一丝愧疚。况且，肖四爷上了门来，有礼有节，不追不问。赵团总勉强一笑，说，四爷，那事……肖四爷即刻打断赵团总的话，不急，不急，我想和赵团总说说明年的“保安费”，乡绅们都催我来禀报合计。我何德何能，恐难胜任，唯赵团总马首是瞻，按吩咐去办，绝不打半点折扣，请赵团总一百二十个放心！

好的，好的，那就拜托四爷了！赵团总边说边喊着大辣椒婆，快，快给四爷端一钵参汤来！大辣椒婆还在一惊一乍之中，见男人用眼光挖她，就亲自到伙房去了。不一会儿，大辣椒婆亲自端上一碗参汤，恭恭敬敬地摆到肖四爷旁边的茶几上，参汤还冒着热气，与刚才盛给赵团总的无异，只是盛汤的钵钵矮些。肖四爷侧身远远地看见门前石阶上有一个打落的汤钵，眼睛眨了一下，忙推让，赵团总，还是你喝！赵团总眼睛尽头也看见了地上的那个汤钵，一时愣了。大辣椒婆见男人没有回话，就说，四爷，你喝，我家云卿喝不惯的！赵团总忙不停地说，是，是，我一直喝不惯的。

赵团总一边看肖四爷喝汤，一边问四爷身体，说，参汤好，参汤好！四爷要多喝，身子骨最当紧，比天王老子都重要，其他都是次要的！

肖四爷一听，再也忍不住了，说，我都一把年纪了。唉，穿金戴银，燕窝鱼翅，也见得惯了。快入土的人了，就是不甘！赵团总也是晓得的，我一直有块心病，没落下个青屁股的崽啊，愧对列祖列宗啊……肖四爷唉声叹气，说得泪水涟涟。

不是我不帮你，四爷，你听我说……赵团总听着心里愈发愧疚难当，解释着说。

肖四爷不容赵团总解释，走上前向赵团总表态，我也不想抓那个坏我好事挨千刀的小土匪了！我只求寻了那个香月妹子成家生崽，平安无事，了此残年。

二愣子也走上前，向赵团总禀告，香月妹子就寄住在高沙镇上蓼湄学校青云先生的屋里。

赵团总拿烟枪的手动了一下，眼珠子一翻，眉头一皱，烟枪很响地磕在茶几上，茶杯晃荡了两下，差点掉了下来。顿了一下，他斩钉截铁地说，四爷，你只管去高沙镇上把她提拉回去，喂养得壮壮实实，生个传宗接代的种！那个教书匠，我就磕两下烟枪，准保吓得他不敢吭声。白马山上那帮小土匪，今天早上我已带了人马去敲山震虎了，让这帮王八羔子也晓得我赵某人的厉害，量他们贼胆包天，也是不敢下山的，谁不想留着自己四两小命呢？

是，是，赵团总说得极是。今儿个，有了您赵团总的这句话，肖某人从此心宽气顺。二愣子，快快回去喊一顶轿子，多带上几个人，去蓼湄学校带人，我随后就到！赵团总，赶明儿一定亲自上门来请您喝喜酒！

哈，哈哈哈……两人双双握拳致礼，相视大笑不止。

上卷

第三章　水部

15

青云先生几乎是一溜小跑回到学校。奇怪的是，背上的东西一点儿没觉得沉。边走边想，该如何告诉香月姑娘？香月姑娘能否承受得住？香月姑娘老是想不开，万一哭着闹着犯下傻事，我怎么向春生大哥交代？春生大哥到底如何？是捉了伤了杀了，还是被追得四处躲避无处藏身，或者早已下山远走他乡？一连串的问题都在青云先生的脑袋中跳出，又一一被自己否定。翻来覆去，令青云先生的脑壳发懵生疼。

青云先生径直往院内走，边走边喊，香月姑娘，香月姑娘！香月已准备开始打扫书房，门开着，听见喊声，走了出来，看见青云先生一身汗，背上的背包还在，香月更有点惊了。她先是帮青云先生取下背包，又准备去书房端茶。青云先生却一手抓住香月的手，疾步走进书房，摆手让她坐下别动，自己把门掩上，紧了紧，上了闩。

青云先生说，香月妹子，你听我说……

香月打断了青云先生的话，站了起来，定定地看着他，问，出事了么？青云先生，是不是真的出了什么大事？

青云先生咳了一声，先把自己镇定下来，再去看香月，接着说，香月姑娘，香月妹子，你别乱想，我给你慢慢说来。

也不知说了多久，香月就那么不动声色地静静地听着，听着听着，香月的眼中溢满了泪珠，缓缓地从脸颊上淌了下来，淌到下巴上，一滴一滴地滴下来。香月坐着的凳子前方紧靠着一盆抹桌椅的水，尚未擦洗的水清清的，静静的。香月的眼泪一滴一滴地滴下来，隔着一定的高度，落到盆中，发出“叮咚，叮咚”的声响，然后，搅乱了一盆清水。

青云先生听见，再不说话。他隐隐地听到“叮咚，叮咚”的声响，不是落在水盆里，而是一下一下地敲在他的心坎上。

香月“嚯”的一下站了起来，说，青云先生，我要去一趟白马山！语气异常坚定。

青云先生忙站到门前，一手把住门闩，一手横拦在香月身前，他是绝不会让香月一个人就这么出去的。青云先生双眼紧紧盯住眼前的香月姑娘，字字句句地讲，香月姑娘，春生大哥把你托付给我，我要对你负责，我要对春生大哥负责，你万万不能走出这扇门！

香月靠在门边，呜呜咽咽地哭出声来。春生哥，我要看我的春生哥，我的春生哥怎样了？他到底怎样了？我看不见了，我想他了，我要见他。我一刻都不要停留，我要立刻见着他。他是不是瘦了？他是不是饿着了？他是不是冻着？他是不是伤着了？他是不是受痛了？他要不要紧？他有没有事？……青云先生死死地把往门外冲的香月扯住，一把把香月揽了过来，让她的头靠在他的肩上，让她好受一些。香月靠在他的肩上更是悲痛不已，全身都抽动起来，哭说，青云先生，我的心口痛呢，一绞一绞的，难受……青云先生把香月揽得更紧些，一只手在她的头上摩挲着，一只手替她擦去脸上的泪水，说，香月妹子，我是知道的，你想着春生大哥，你心里疼着春生大哥。顿了一下，又说，你哭出来吧，哭出声来就会好受些。

好久，好久，香月很是伤心地长长地哭出一声，她哭喊着，春生哥，我的春生哥呢……哭喊声久久地回荡着，冲击了整个院子，盘旋在蓼湄学堂的上空。有几只立在屋顶的鸟雀似乎受了惊讶，扑棱一声飞散开了，啾啾地哀叫着。

香月缓缓地抬起头，一脸的泪水，如涨满的河水溃堤。香月一副可怜无助的样子，令人痛心。青云先生看着，眼热鼻酸，忙移开了去。他说，先坐下，休息一会儿，我再上街去探，回来再想想办法。香月坐下，手却紧紧地护住心胸，看着青云先生，说，青云先生，我的心口疼得厉害，你给我倒一杯水来。青云先生转过身去倒水时，喉结抽动了几下，不让香月看见。

青云先生一闪身，走到院外。他好似想起什么，又回转去，把门挂挂上，又下了一把锁，冲门里喊，香月妹子，先委屈一下，我去街上看看，一会儿就回来，你就好好歇着吧！然后，他就大踏步地走出院子，向街上走去。

青云先生今天早晨已是第三次出现在街上了。这条街他常常来，一日一次。也没见着有什么独特之处，就是有吃的、有穿的、有玩的、有乐的，再就是街两边一长溜儿铺子林立着。清晨就有人上街吆喝，东边的早市名副其实的早，有月光的夏天，月亮还没落下去，早市就忙起来了，买的卖的，常常把月亮当作太阳了。深夜的长裕街，是一个熬夜的赌鬼，是一个到处乱撞的酒鬼，街上的夜灯，是他们心中的太阳、月亮和星星，照着他们前行。当然，中午的街上人是最多的，叫卖声也是最大的，却让人烦躁，这个时候青云先生是绝不去街上的。青云先生也是晓得的，小镇正是因从早到晚都这么热热闹闹的，就被很多人说成好像是繁华了。青云先生日日地来来去去，并无觉得或繁华或冷清。他只是上街买些瓜果蔬菜，也去糖果、干货、茶叶之类的摊担上溜达，有礼节地招呼着认识和不认识的人，也有一搭无一搭地和商贩拉三扯四，谁打老婆了，谁婆媳不和了，谁偷东西了，谁和谁眉来眼去了，谁在谁的屁股上捏了一把……青云先生是读书人，是教书先生，本不想听，一街的家长里短，却还是天天灌到他的耳朵里。他也跟着这些人或笑或叹，说了笑了叹了就走了，那些商贩、顾客也各自忙着自己的事去。

小镇就是这样一日一日地淌过，谁也没瞧见有什么不同。太阳还是那个太阳，月亮仍是那个月亮。阴晴圆缺，雪霜冰冻，黑夜白昼，白光黑影。

但今日，青云先生却觉得大大的不同。首先，街上的商贩、顾客就少了许多，行人更是没见几个，街市上少了几分热闹；其次，那高声叫卖的吆喝很是低了以前几拍，那抑扬顿挫的声腔也没有以前好听，讨价还价的也不见几个，买了东西提起来就走，不闲聊、不胡侃、不说笑了，这样一来，街上就颇有几分冷清和神秘了；最后，就连一些熟的、半熟的顾客，混得烂熟的摊贩，都是一律怪怪地说笑着，眼光看着他，不认识他似的。隔远了，还用手指指点点，令他很吃惊。

他一路去打招呼，一路去问，竟大多摇头走了，有几个虽没走，也把头摇得像拨浪鼓，嘴憋得死死的，什么样的话儿都敲不开。青云先生急了，他在朱三豆腐摊前，一把拽了朱三，扯至僻静处，问，今儿个早上怎么了？都一个个犯了病似的。

朱三豆腐毕竟和青云先生交往日久，时不时要烦劳青云先生舞文动笔。他看一眼四周，嘴角动了动，压低了一贯的高声大气，说，别问了，赶快回家去吧……

青云先生看着朱三豆腐一启一合的厚嘴唇，犹如一口一口叭水的鱼，分明看见那水一点一点儿干了，鱼现了肚白，翻腾着，啪啪作响，叭水的鱼愈发地困难，搁在无水的边沿一动不动，嘴仍在一启一合，艰难地呼吸着。青云先生觉得脑壳懵了，嗡嗡作响。朱三豆腐一推，说，咋还不走啊？再慢，就来不及了！

啊，青云先生全身一激灵，跳了起来，觉得立刻要如鱼一样游弋回去。青云先生的脑子里老是浮现自己成了一条翻了肚白的鱼，艰难地呼吸着的画面。

是谁在水中自由游戈，在他的前头？

冥冥之中，青云先生有了某种预感。

16

肖四爷走出赵团总的青砖大瓦房时，心里头如瓦房上的玻璃亮瓦一样亮堂透彻，拄着的拐棍被他提在手上，全然不像以前走路弓着腰，拐棍一下一下敲在地上，敲得石板路剥剥作响，他健步如飞出了门，下了台阶，上了轿。

肖四爷上了轿，这才记起二愣子已打着马先回金屋了。他记起后，就觉得有点不妥，还是要保密些的好。不然，到口的肥肉又打了水漂。前次，吹吹打打热热闹闹，还不是到头来一场空。就是找上香月家门去，一个老实巴交的农民屁都放不出一个，随你骂，随你吼，随你拍桌子摔东西，不作声，像做错了事似的，蹲在角落，一口一口地猛抽旱烟。那眼里有太多的浑浊，看不出是喜是忧，还是一切都无所谓。反正，你来了就来了，骂了就骂了，走了就走了。然后，又费时费钱费力费神，求爷爷告奶奶四处打听，才好歹有个影子。

肖四爷掀开轿帘子，说，走快些，可别误了大事！两个轿夫“嗯嗯”地应着，一声喊，四爷，可坐好咧！肩一挺，迈开步子，一摇一晃走起来。肖四爷又老又瘦，没几两肉，很轻，抬起来并不费事。肖四爷坐在轿里上上下下地颠簸着，左左右右地摇晃着，若在往日他是受不了这罪的，抬不上两三米远，非得把两个轿夫骂得狗血喷头不可。

今儿个，不！肖四爷躲在轿子里偷笑。笑过之后，还哼起了一句戏文。戏文是什么谁也听不清，但大家却听得出清戏文里头的高兴劲儿。肖四爷唱完这句戏文，又揭起轿帘，喊，能不能再快点？两个轿夫都异口同声地说，四爷，你能经受得住，我们可是折腾不了了！肖四爷看看在这冬日的早上，两个轿夫身上却冒着腾腾热气，又客气了许多，说，我是要赶事呢，能快就快点。四爷，实在不能再快了，再快就赶上飞马了。轿夫一边尽力往前奔走一边有气无力地回复着肖四爷。

肖四爷想说，我就是要赶上飞马呢，我就是要超过飞马呢，我就是要抓住飞马呢……想归想，但肖四爷终究没有说出口。肖四爷又一次偷笑着说，就是说了，这些蠢人，又哪个听得懂呢？

肖四爷本想换乘一匹飞马，找一回飞的感觉。但他拍了拍皮包骨头的身架，还是不敢冒险，怕把老骨头拍散了架，还有好多的荣华富贵没有享用哩。他对着轿后骑马的家丁说，你们不用护着我了。快快打马回去，要二愣子在家等着我，闭门不出，两块嘴巴给我紧闭着。骑马的家丁们还在犹豫着，说，四爷，我们还是护着你走，要不然……肖四爷显然是有点生气了，说，你们走，走啊，一切等我回来再做决断！

家丁们骑着马呼啸着去了。大路上卷起了一团一团的黄尘。

肖四爷忽然看着黄尘中有一匹高大的白马在飞驰。马上，他告诉自己，这只是一种幻觉！绝不可能再出现了。

他一路上不是在替自己打气，就是在闭目养神，双手合十，求神保佑，平平安安，这回再不要出事了。他之所以要差遣家丁骑飞马去赶，原因之一就是要二愣子严把口风，悄无声息地上城里去，悄无声息地从城里回。只要带回我肖家大屋中，大院紧闭，铜墙铁壁，连一只蝴蝶也别想飞出去。要想搞得多热闹，就有多热闹；要想搞得多排场，就有多排场……哈哈哈——另外一个不便言说，他肖四爷这回要去肖家祠堂里三叩九拜，感恩祖先。这件事，就是对二愣子他也不能说。

肖四爷日日地看着那个高大透明的玻璃瓶，看着玻璃瓶里那只极乖态的蝴蝶，就很是安宁和悠闲。若哪一日看不到，手里痒痒，心里也痒痒的，这不，就个把时辰，肖四爷又想起那个玻璃瓶，又想着那只穿红花衣服的蝴蝶。

轿一到肖家祠堂门前，他就喊停下。停下后他要轿夫原地等着，不要乱走，他去一下祠堂里取东西，即刻就出来。轿夫也早想歇了，说，四爷，你尽管去，我们等着就是了。肖四爷紧了紧身上的绸褂子，又拍了拍身上的灰尘，拄着那根拐杖，跨进了祠堂门。一进去，重重一声便把祠堂门掩上了。许久，许久，肖四爷从祠堂里出来，却不见手上拿着东西。

回到家，二愣子果然在上房候着，愣愣地坐在屋里。屋里就他一个人，门是掩上的，窗户也没有开。肖四爷一回来，二愣子从椅子上弹起来，叫喊，老爷，事不宜迟，快点喊拢人，抄家伙，走！肖四爷见二愣子老老实实待在屋里，心里高兴，本想赏句好话，话未出口却听见二愣子一阵叫喊，顿时火起，骂，死喊，你要打锣吗？！前回我都还没和你算账呢！二愣子立马瘪了。

肖四爷一屁股坐在厅堂的椅子上。他一边拿过茶几上的玻璃瓶，在手里玩来玩去，一边放低嗓门说，你过来，人不要多，你一个，我一个，再要一台轿子，轿夫要选两个高大的，要找自己人，不怕花银子，开双份。你要精神点，带着那把枪，关键时，看我眼神。二愣子弓着腰，贴在四爷的身边，有点担心地问，人是不是少了一点？是不是去赵团总身边借几个兵？肖四爷一只瘦手拍了拍二愣子的肩膀，说，该用时用，钢要花在刀刃上！应该吸取上次的教训了，要神不知鬼不觉的。好了，快去准备吧。二愣子迟迟疑疑地往外走，边走边问四爷，还要准备什么？肖四爷用拐棍一笔一画地在地上划着字，二愣子认得那几个字是：绳子、毛巾、锁。

肖四爷坐在轿里，蔫蔫地。二愣子骑了白马跟着。见了人，二愣子就说，我家老爷病了，赶往县城里去瞧病，有几次还停下轿子，翻起帘子让你看。果然，肖四爷病蔫蔫地坐在轿子里，间或还有轻轻的呻吟声，不由你不信。

金屋到街上本来就不远，但遇见一拨又一拨的熟人，二愣子一次又一次不厌其烦地讲，又停轿子，又掀帘子，没有一个不信的。就有很多人说，这肖四爷怕是病得不轻，唉，富贵又有何用？又没生下一个“青屁股”的崽，可惜，可惜！当然，很多人都是口上这么说，心里都是幸灾乐祸得不得了。不过，这又有谁能看破呢？人啊，就是怪，口里说的，脸上挂的，心里想的，总是不一致，有时竟相反，这其中奥秘，又有几人能看清，又有几时能让人猜得到呢？二愣子跟了肖四爷这么多年，风里来雨里去，鞍前马后，也常常看不准理不清老爷的情绪和他藏在内心深处的心结。

他们一起上了长裕街，拐进了蓼湄学堂，就再也无话。只有哐哐的步子声，清清脆脆的马蹄声。把轿子停在一边，马也拴在树下，二愣子闪进门去，逢见人，只说找青云先生写对联，一径往里去。

门上挂着锁。二愣子站在门前，不作声，用手笔画着。肖四爷远远地见了，忙招手要二愣子回来。肖四爷、二愣子钻到轿里，将轿帘拨开一条缝，注视着对面挂锁的房子。两个轿夫蹲在地下，拿手一下一下地扇着风。

不久，有一个人慢慢地走过来了。走到轿子边，还看了蹲着的两个轿夫一眼，倏忽，溜到房门前，掏出钥匙片。门开了一掌宽，他闪了进去。

闪进去的时候，他看见轿子上下来两个人影，飞快地朝这边跑了过来，两个轿夫这时也站起身来，跟着跑。他想退了出来，锁上门，觉得不行，就推门上闩，晚了。

两个黑影一长一短都闪进了门内。

17

自从那日赵团总率兵攻山以来，春生的眼皮就一直扑扑直跳，跳的又是右眼。俗话称，左眼跳财，右眼跳凶。春生不能完全不信，撕了一角红纸，沾了点口水，贴在了眼皮上。春生边贴边嘀咕，有凶挡凶，有灾避灾；吉凶难免，失财免灾。

春生其实从骨子里并不相信这些，就如他的爹娘每年都要虔诚地请“财神”一样。请“财神”无非是招财进宝，祈求富足。一进了腊月，春生就看见很多人背着包出门了，有男人，有女人，有老人，有小孩，也有残疾人、卖唱乞讨的人。但这些人到了谁家的门口，一律都是唱着，财神爷爷到你家……接财神啰！你或在剁猪食或在端碗扒饭，只要听到唱腔或喊声，就立马洗了手出来，边走边整整衣服，双手接过“财神爷”，一脸的笑，迭声道谢。把“财神爷”端放在神龛上，转身去箱底翻出几个小钱，或是端出一碗白白的米饭，或是捧上一升米、一盘黄豆、几根红薯，大多还总是有点歉意地说，赶明年好年成托“财神爷”的福，富足了，礼信断断是不能少的。一个走了，一个又来了，整个腊月、正月牵线似的，打着快板、唱着“财神歌”的声响满溢在村子上空。谁家往日再爱叫的老黄狗也不吠了，侧耳静静地听着。春生太小，少不更事，每日跟在送财神的人的屁股背后，看着满天的红纸飘飞在村庄里，上了神龛，上了大门，上了房门，上了灶门，一张、两张、三张、四张……“财神爷”一个个富态龙钟，左右两边是善财童子，手上金链脚下银锭，让春生遐想。

春生问爹娘，“财神爷”灵吗？当真能招财进宝，送来财喜吗？爹娘忙拿手去堵儿子的口，可不敢这么说，可不敢这么想，心要诚，诚则灵。“财神爷”哪有不灵的！春生第二年再问过爹娘一次，他看见家里依旧喝不饱肚、穿不暖衣，依旧穷得叮当响。爹娘都不说话，但却在他的小屁蛋上狠狠地扇了一巴掌，扇得他的屁股好几日都火烧火燎，麻痛麻痛的。自此，春生再不敢问。

虽然他见着爹娘接“财神”的时候仍是十二分的虔诚，眼睛里却再也见不到太多的激动。

春生想着有朝一日自己也去送“财神”，替家里挣回几升米，熬个白白的稀饭喝一喝。想着想着就感觉自己的嘴巴就搁在碗沿上，嘴一转，一个圈，滋溜几声，那碗就底朝天了。他就笑，笑得很灿烂，眼睛里有炫目的白。天是白的，地是白的，村子里也是白的，自家屋墙上也都是白的，很多人都一身白，门前挂着的白纸在空中呼呼作响，春生一步一步地走近，他的脑袋一片空白。他，如一扇土墙訇然倒下，如一排小树被拦腰折断。他跪倒在门前，门上原先贴满红红半扇门的“财神爷”不见了，白纸、白花在那上面跳着舞，他“哇”的一声很响亮很无助地哭喊着。

春生想着想着，眼睛里就噙满了泪水。他望着山下，无限地伤感，山下有太多的牵挂，山下有太多的伤痛。他煎熬在山上，他只得煎熬在山上了。

他常常一个人无由地落泪。别人把他当成土匪了，他真真地成了土匪了！他是土匪，但却常常不动“青子”（刀）；他是土匪，一个人爱在夜里抱着一把二胡，尽拉一些凄惨的曲子，一拉，悲悲切切，凄凄惨惨。伴着曲子，还低低地吟唱着，西北连天一块云，凤凰落在乌鸦群，白云黑云都是云，黑云过后是白云……嘭嘭嘭，大当家张五毛把门板擂得生响，又吼，呜里哇啦，哭尸，想“背毛”（把人勒死）？！大当家张五毛住在上楼，他住在下楼。能够一个人单住一房的，在山上只有他和大当家的，这是非比寻常的待遇，他就更加诚心地替大当家的管钱管账，跑前跑后，撰文立规。大当家的虽少言语，有时也凶，但对他春生确是另眼相看。

春生有时还是很尊敬大当家的，也为他们一窝土匪很是不平，说，土匪就是土匪，不当婊子不立牌坊，不像贪官污吏，不像地主恶霸，不像土豪劣绅。大当家的张五毛常说，家有家法，匪有匪规，譬如第一要听从号令，第二不准扰害百姓，第三不准打仗尿裤子。譬如，“七不偷八不抢”：喜车丧车不抢；邮差不抢；摆渡的不抢；背包行医的不抢；耍钱赌博的不抢；挑八股绳的不抢；车店不抢；僧侣道人尼姑不抢；鳏寡孤独的不抢；单身的夜行人不抢；当然开棺材铺的也是不抢的，怕犯忌。还有很多很多……春生就觉得土匪是说到做到的，不像地方当官的人嘴上说的是一套，心里想的又是一套，不像地方上那些有头有脸的乡绅，别看一身光光鲜鲜，有礼有节，眼珠子一转一转，尽做些见不得人的勾当，杀人不见血。当然，若是老百姓一个个天天能顶着红光子（太阳），守着炉子（烙饼），枕着枕龙（枕头），也早知足了，心满了，也不至于上山去当土匪。

大当家的敢说敢做，春生一直很佩服。尤其昨日早晨，大当家的为了他一个“崽子”（小土匪），敢和赵团总较劲。大当家的那日也犹豫了很久，一边是山下杀声震天，旌旗飘飘，一边是山上很多兄弟的反对。他们一个个拜倒在大当家的脚下，都说占了这个白马山头，百几十号人都要讨饭吃。若是惹恼了赵团总，就说今日能堵住，日后处处找茬，天天断粮，和以前睁只眼闭一只眼简直是天壤之别。民不敢跟官斗，匪也绝不能得罪官，巴结还来不及呢！向来是官匪一家，匪要靠官。这点道理，相信大当家的不会不懂！事不宜迟，请大当家的速速决断!

春生站在一边，一副听候裁决的样子，眼睛只看着大当家的，他不看旁边的这些人，大当家的也不看他。大当家的最看不起他这副样子，大当家有好多次都跟他说，当土匪靠的是胆壮，别一副听天由命的样子，一天到晚无穷的心事，夜里还抱一把二胡拉魂。有活干了，临了狠不下心下不了手。春生知道，大当家的不是指责他、鄙视他，那眼睛里有一种恨铁不成钢的意思。春生也想着硬朗胆壮一些，不辜负大当家的一番心意，但每回干活的当儿又心软了，以至于那次到了口的肉都没叼上，把个教书匠青云先生放走了。春生饱饱地尝了一顿鞭子后，竟不恼，清醒了许多，他是成不了钢的铁!

春生摸了摸眼皮上的红纸，发觉没粘牢，要掉了，又取下来，沾了一大把口水，牢牢地贴上去。贴稳了，还用手拍了两下，春生看有人朝他看，他不管，走上楼去找大当家的。大当家的房里挤了一堆人，春生走到门前看见有几个当家的围着大当家的，看起来刚才有过激烈的争吵，见他走了进来，都一个个黑着脸不说话。春生觉得尴尬，拔腿要往外走。大当家的看到，喊住他，招手让他进来。他停住脚不进不退，其他几个当家的意识了什么，一个个退出来，和大当家的打了一下招呼，似是根本没看见他一样。

那些人走后，他才迈进屋去。大当家的示意他坐，他却不坐，笔直地站着，大当家的，我寻思着，我该下山了！说这话时，春生不敢看大当家的。

春生等了很长一段时间，耷拉着脑袋，心里七上八下的。猛地，大当家的一拍桌子，桌子上的匕首掉下来，直直地扎进木板里，呵斥道，想拔香头子（退伙）？！大当家的眼睛鼓鼓地瞪着他，春生瞟了一下，把头耷拉得更低了。

春生想起土匪中间流行着一句话，挂柱容易，拔香头子难!

18

青云先生一个人被关在房子里，口里塞了毛巾，手上、脚上都被麻绳捆紧。他想喊，拼足吃奶的力气喊，除了“呜呜喔喔”几声含糊不清的声响，他也听不清自己在喊什么，但他一直在喊着，边喊着边挣扎着。他全身扭曲着，绳子没有半点松动的迹象，仿佛他愈是用力挣扎，那绳索愈是吃紧，他感觉到绳索深深地吃进他手上脚上的肉里头。他仿佛没感到疼痛，只有无休无止的焦躁。他眼睁睁地看着香月妹子的口中同样被人塞了毛巾，被人推上了轿子。香月在被推着上轿子的路上跳着哭着，哭不出声音，泪水淌了一脸，脸始终转过来往后看着，眼睛里有太多的痛苦和无助。尤其临上轿的一刹，香月再一次深深地一瞥，青云先生全身都震颤了。可青云先生只能看着，远远地，毫无意义地看着。那顶红轿子远去了，他还是在窗口上那么看着，街口的树木在冷风中猛地一颤，宽大的树叶哗哗地飘落一片又一片。

他看见那个老鬼也是上了红轿子，与香月挤坐在一块，还用一只枯树似的瘦手死死地揽住香月不放。老鬼放下轿帘时，抛一个狡黠的干笑而去。他分明还看到老鬼在轿里颠来颠去，高兴得把胡子捻来捻去，一脸的得意和满足。

青云先生气极了。他想冲出去和那个老鬼拼命，他想就是搭上这四两命换回香月也是值的，但一切都是徒然。他愈来愈悔恨自己的无知和无能。今天早晨，街上的气氛已是个信号，自己怎么就没有感觉到呢？况且朱三豆腐明明还提醒了他，他也没有冷静下来想想办法，只顾噔噔噔地跑回家中束手就擒。自己擒了就擒了，还要赔上我香月妹子，对得起春生大哥吗？自己真是太没用了，明明回家途中看到一顶轿子、两个轿夫，不想想，不问问，不防避着。进了门，又想出，又想进，真是个丈二和尚摸不着头脑。进来也只有两个人，其中一个还是老鬼，他和对方撕扯了几下，就不敢动了，乖乖地被人绑了，被人塞了毛巾，无非是人家拿一杆黑亮黑亮的短火抵住了他的前胸。

他悔啊！他熊啊！

他更觉得没脸去见他的春生大哥了。他全身更加用力地扭曲，汗渍斑斑的脸上一脸的痛苦，他用头一下一下往墙上撞，往窗户上撞，他真想把自己撞死了算了。“哗啦”一声，一块大玻璃摔了下来，打在青云先生的头上，又“哐当”一声落在了地上。青云先生并没停下来，只略微感到头上一热，然后有一阵钻心的痛。他无意识地用手去扫，双手被绑在后面动弹不得。突然，头一沉，身子矮了下去，他一下栽倒在墙角边，什么也不晓得了。

他不知睡了多久。梦里是香月一步一回头的挣扎，脸上淌满着泪珠。他喊着香月，香月没有应。他急切地呼喊着香月妹子，香月不仅不应答，还背转了身。他忙伸手去扯香月的手，一滑，香月的手不见了，只留下一只空空的白袖子。定睛看时，香月已飘在远处，回过头来又是深深地一瞥，和被硬生生推上轿时回过头来的眼神一模一样。那眼神里有太多的内容，但有一种，他想他是读懂了，香月要他赶快去告诉春生大哥，他冲香月点了点头，香月也冲他一笑，忽地，不见了。

他大喊，香月，你回来——他醒了，方知是在梦里。脑壳仍是一阵一阵钻心的痛，他不管，他想着梦中的承诺，快快地脱身，快快地上山。他从墙角的地上爬了起来，右脚碰到几块玻璃，玻璃有大的、小的、长的、短的，都一律是新裂的开口，锋利无比，有一块稍大的边上沾满了血，血都硬化了，干皱着。青云先生眼睛一亮，他一点不记恨玻璃和玻璃上吸着的血。他瞅准了一块凶手似的大而锋利的玻璃，背转身把双手伸去玻璃口上一上一下地蹭着。隔一会儿，他的身上就抽动一下，但他更是愈来愈快地一上一下地蹭着。倏忽，他双手同时往两边一分，抬上来，“嚓”地一下手上的麻绳已断，双手满是血痕。他来不及细看，抽下口中的毛巾，又去解脚上的绳索，再去开门，门从外面锁着，他用肩膀撞了两下，响动着都不见开，他从门边倒退三步立定，然后飞起来重重地一脚朝门上踢去。

他走到院子中，上上下下打量了自己一番，不禁眉头皱了一下，他想返回去洗把脸，再穿一身干净的衣裳。一念之间，他还是加快了脚步走去，临出院门时，他用双手把脸干擦了一把，把头发往脑后擦了一下，把衣服抻了抻。

他上了街，一步快似一步往街那头走去。冬日的太阳老高老高地挂在正顶上，红黄红黄的，圆圆的，不扎眼，不暖人。青云先生只顾昂头走路，但他还是感觉到一路上有好多人在看他，嘀嘀咕咕，指指点点。他只顾走自己的路，昂着头，快步向前。

快到街头时，他被人喊了一句。他听见了，却并不去看喊他的人是谁，想装作没听见似的走过这条街。因为长街上遇到的熟人实在太多，每一个熟人都是一个“炸弹”，得绕过去。他得绕过一个一个“炸弹”，奔向“前方”，“前方”的白马山上还不知道“后方”的情况。临到街头，还是被人喊住了。那人又喊一声，青云先生！喊声不轻不重，吐字清楚，读音标准，音调中还有几分尊重。那人随着喊声走上前来，问，青云先生，不认得我了吗？青云先生只得停下脚步，忙拱手还礼，赵团总呀，赵团总好！我还嘀咕是谁呢？青云先生没有不认识赵团总之理，学校春秋两次开学，赵团总每一次都要舞上烟枪讲上一晌午，而青云先生每回都要给这些头面人物准备讲稿的。赵团总每回都唯独说青云先生讲稿好，又唯独不照青云先生的讲稿讲。赵团总讲，都讲呷肉的，贼呀，匪呀，刀呀，枪呀……最后就拍着胸脯讲赵某人一定竭尽职守，保民平安。当然，在这样的场面上，“保安费”是只字不提的。青云先生对赵团总说不上有太多的好感，也说不上有太多的反感，他也看不出赵团总到底是怎样的一个人物。逢人家在他面前或褒或贬，他始终保持着缄默。

赵团总呵呵地说，好，好，大家都好！边笑边伸过那杆烟枪，那意思是要青云先生抽一口。青云先生心中嘀咕道，你又不是不晓得，我不抽烟的。在学校里，你就递过至少不下三次，我每次都当面正经地告诉你，我一不抽烟二不喝酒。青云先生不晓得，他赵团总只要遇见有点体面的人都是这样，尽管晓得你不抽，他也要做做样子。但是，若有人求他办事，他一杆烟枪舞着，从不伸过去。青云先生忙推托，不会。赵团总，你抽，你慢慢地抽，我还有事。讲完，他跨前一步，准备走人。

赵团总一步跟上，很关切地问，青云先生，有什么事？你尽管言语一声。

青云先生欲言又止，说，小事，小事一桩，哪敢麻烦赵团总，少陪了。

青云先生走前了几步，赵团总又在背后喊住他。赵团总赶上来，很是细心地上上下下打量了青云先生一番，问青云先生，到底出了什么事情？可别瞒我了，大事、小事，我都管得着的。我嘛，竭尽职守，保民平安。边说边指着胸脯，很是得意地从口中丝丝缕缕地吐出好多好多薄薄的烟雾。

青云先生拍了拍身上，羞羞地回，还不是早上起来摔了一跤，没事，没事，真的没事！他礼节性地拱一拳，飞快地走了。

赵团总在后边喊，有事无事，尽管找我！

19

肖四爷坐在轿上一路颠回家去，逢人路过，他就掀开轿帘一角，探出头来，主动地打着招呼，一脸高兴。惹得很多人大声说，四爷，真是命好，好得这么快？肖四爷就记起自己来时是生了病的，问的人尽管不是真问，最多是表达一种关切，大多只是打声招呼而已，是一种礼节，但肖四爷还是觉得很有必要认认真真地答，不厌其烦。他说，是呀，是呀！上县城里看了老中医，又扎了银针，顿时就见效了。边说边把右手活络活络，又双手抱拳，托福，托福！

回到家，肖四爷要二愣子把香月背到楼上的里屋，吩咐解了绳索，取下毛巾，二愣子看着肖四爷，一脸的担心，那意思是问怕不怕走了，寻了短见？肖四爷打了个手势，二愣子赶忙把门窗关上。

一会儿，楼上响起了一阵又一阵噼啪噼啪的响动，继而是哭喊声、咒骂声。慢慢地，大大的哭喊声已变成低低的哽咽声，响动声也停了下来。二愣子和府上的家人都侧耳听着，眼睛瞅着上屋，有几个在厅堂上走来走去，做好一副随时准备冲上去的样子。唯独肖四爷端坐在厅堂上，一根红木拐棍搁在身边的茶几上，他一手托着那个大大的玻璃瓶，翻转来看，间或把瓶子在空中轻轻一抛，接住；又抛，又接住。几下后，左手稳稳地托住玻璃瓶，伸出右手，把拇指和食指弯成一个“O”状，食指用力一叩，冲出去，撞击在玻璃瓶上，“啪”的一声，声音很沉闷，贴耳去听，又嗡嗡作响，很有点味道。肖四爷连续扣击了三下，把玩着那个玻璃瓶，瓶里的花蝴蝶受了惊吓，扑腾着翅膀，到处乱撞，撞到哪里都像是一个出口，透亮着，却总也撞不开，眼睛涌出泪水，它不死心，一味去撞。也许是撞累了，它趴在瓶底一动不动，眼睛里的泪水已干，出现一道刺人的白光，犹如愤怒的火焰。肖四爷嗤嗤地笑着，起了身，走到厅堂上的鱼缸前，把玻璃瓶伸到鱼缸里，玻璃瓶又圆又高，立在中央。鱼缸也是圆的，放进去水动了一下，大鱼缸套着玻璃瓶，一环套一环，鱼缸里的水一圈一圈地荡漾开来。加之花蝴蝶在中央，红鲤鱼一个个见了欢喜得不得了，游来游去，总亲近不了。肖四爷很响地笑着，喊道，看，快来看，几有味呀！二愣子和家人都走到鱼缸前，但他们实在看不出有什么味道，一脸的茫然。再看，再细细地看，你们也许就能看出名堂来了！肖四爷几乎是哈哈大笑，这在一般时候是没有过的。二愣子和一班子家眷还没看出名堂来，只顾“哦哦”地应着，脸上堆着笑，不拂老爷的兴致。

随着肖四爷的把玩，有很多人都忘了楼上的事情，只有二愣子一直在侧耳听着。他忽然听到一阵沉闷的响动，他飞一样上了楼，一脚把门踢开，惊呼着，来人，快来人呀！四爷，不好了，出事了！众人抬头看时，二愣子双手捧住香月，香月穿一身白绸布褂子，很安静秀气，一副惊人的美。瞬即，有人尖叫了一声，血——肖四爷也看到了，香月头上汩汩地流着血，鲜血浸湿了她的头发，往下，把她的衣服也浸湿了，流到胸前，即刻就流成两朵带血的玫瑰。

肖四爷喊，快，快去请郎中！自己就噔噔噔地爬上楼去。二愣子看见，喊道，老爷，慢点，你没拿拐棍？肖四爷一看，自己真的没拿拐棍就上了楼。他站在楼梯顶上有点气喘吁吁的，他扶住楼梯扶手，朝二愣子喊，快，快放在床上，包扎，包扎，赶紧止住血！一家人都忙乱起来，跑上跑下，大喊大叫。大太太、二姨太、三姨太都得了信，跑上来，围住老爷一声声喊，老爷，老爷，老爷，你怎么了？你可不能有事呀！……肖四爷定了定神，屏住气，一把把几个娘们推开，老爷我还没死呢！你们要把我气死才行，快到里屋去！

肖四爷不知什么时候又下了楼梯，坐到厅堂中央的椅子上，斜斜地靠在高大的红木椅上，身子窝在里头，很不显眼。他的精神一下子消失殆尽，一副痴呆的表情，尽管手中还托着玻璃瓶，他的眼光却没有集中在玻璃瓶上，眼光是散的，洒向大大的、空荡荡的厅堂。

老爷，老爷，血止住了，人也醒了！二愣子如释重负，躬身站在肖四爷坐着的椅子旁边，屁颠屁颠地报喜。肖四爷一下子坐立了起来，头也抬了抬，眼睛有神得多了。他欠起身，二愣子立马把拐棍递了过去，他拄着拐棍把身子站直了。二愣子问，上楼去看看？ 肖四爷站了几秒钟，并不见移步。正当二愣子去扶时，肖四爷已坐了下来，把拐棍又伸放在红椅边的茶几上。肖四爷说，我还是不去了，找一个心细的丫鬟陪着，一步不离！二愣子又问，还关不关窗，锁不锁门？肖四爷摆摆手，又摆摆手。

二愣子走了。过了一会儿，二愣子又下来了，说不闹了，人还是呜呜咽咽地哭着；又一会儿，二愣子又来报信，说不哭了，人都痴痴的，不说不笑。再过了一会儿，二愣子又来了，说好些了，能说两句了，只是还是不肯进一口汤水。

……

肖四爷一个下午都端坐在厅堂上。二愣子来来去去地汇报，他始终不发一言，不表一态，只略略地点一下头，表示知道了。

晚上，楼上彻夜亮着灯，明晃晃的。香月睁着眼，心中却看不到一丝光亮。梯下，厅堂里肖四爷一个人坐在那把高大的红木椅上，灯也不点，手里拿着玻璃瓶，他闭着眼睛却并没有睡，他的心中亮堂着哩！黑夜过去，明日定是一个亮晃晃的世界！

第二日，肖四爷早早地起了床，早早地洗漱完，还刮了胡子净了脸，头发上也抹了油，一梳一梳，梳得很慢很慢，整得头发整整齐齐，很精神。大太太端上的好几套气派的衣服，他都不满意，穿上了，又脱下，又穿上，又脱下，试了几次，他终于看上一套米黄色的西服。这套西服，他只穿过一次，十年前蓼湄学堂的学校典礼上穿过。那次校典，美其名建校十周年，其实是开办了新学。台面上的人物一律都西装革履，当官的、做学问、有钱的，都是如此。他捐了钱，还不少，也就可添到末席了。他上台去，竟也一样套了西装，米黄色的，台上台下响着很多掌声。掌声是冲新学新思维来的，乡下地主的打扮也跟着时代前进了。当然，肖四爷不知道也不是这么想的，他想着自己还不太老，又年轻又精神，到秋末一定要加倍地收回来！他见台上台下冲他鼓着掌，他也站在上头很响地鼓起来，边鼓边笑。这时他就看见主席台上唯一不鼓掌的是那个赵团总了，那赵团总不仅不鼓掌，而且还不穿西服，着黄皮军装，勒了武装带，屁股上还挎了短火，一杆铿亮铿亮的烟杆托在手上，喷出丝丝缕缕的烟雾。他极看不惯。台下也有一个人不鼓掌，很独特，穿一身蓝布褂子，却戴一副金丝眼镜，就是这个青云先生。

肖四爷忽然想到，这命运真是作怪，现在的这种局面，就是一个水一样的香月把他们几个人都串在一起了。

肖四爷穿戴整齐后上了楼，走到门前，把拐棍递给二愣子，示意他站在门外。他走进里屋，让那丫鬟出来了，然后轻轻地掩上了门。

没多久，肖四爷出来了。

20

春生从没想到要“拔香头子”。若“拔”了，拔到哪里去呢？天下乌鸦一般黑，何处又是他立足之处？可是，他不下山一趟，心里头一直七上八下的。他从大当家的屋里出来后，看见二当家的、三当家的，还有几个弟兄等在门外，好像是有要事相商。春生知道，肯定明天有“买卖”（抢劫）要做。因为，凡是要做“买卖”，提前一天几个当家的都要碰碰头，谋划谋划，这样“买卖”才能做得顺畅。有两次，大当家的还把春生也喊上。做“买卖”的前一天，“崽子们”不要做任何事，吃酒、喝茶、摔牌、睡“死觉”都不要紧，反正第二天早上，太阳上了树梢，清清爽爽一齐到聚义堂里集合就行。

春生下了楼，朝楼上喊了一声，我睡死人觉，还不行吗？“嘭”的一声把门关上了。楼上有人探出脑壳来看，进去向几个当家的禀报。然后，把门窗都紧闭了。春生闩了门，如枕木般直挺挺地倒在了床上，头朝下，挺尸一般不动。然而，仅仅一会儿，春生从床上一跃而起，一个脑壳从门缝里伸出，之后，一个黑影从门缝里悄然而出，箭似的跃入屋前的树林里。

春生躲在屋前的树林里好久，眼睛四处张望寻找机会，他今天非得下山一趟。到三更半夜，他神不知鬼不觉地闪进屋子，囫囵觉都不睡，只迷糊一会儿便上聚义堂，让二当家的、三当家的瞧瞧，给大当家的长一回脸。

春生下山不久，就在半路上遇见青云先生，青云先生衣衫不整，露出焦急的神情，不等青云先生说完，他一手揭下右眼上的红纸，娘卖个球，果然……他把拳头握得咯咯响，眼睛里喷出火来，拔腿就走。青云先生一把拉住春生，扯到路边的大树下，嗝嗝地说，春生大哥，是我对不起您，是我没能保护好香月妹子！边说边用手去捶自己的脑袋。春生一手挡开，不怪先生，怪只怪那娘卖球的，吃香喝辣的，吸人血的，不得好死！说完，一脚跨到路中，我要和他拼命！青云先生再次把春生扯到大树下，说，要拼命，也要先救出香月妹子才是！春生这才冷静下来，随青云先生坐在树丛中商量良策。

不久，春生从树丛中走出，走上山路，上了官道，朝镇街进发。青云先生本想同春生一起走，去肖四爷家救人也多一个帮手。春生不准，说你不是去帮我，去了，你不仅帮不了我，还要我分了心保护你，救香月的事不是打水漂了吗？春生还有句话没有说出口，他想说我是一个土匪，你是一个知书达理的先生，大庭广众之下都晓得，不是拖累了先生吗？春生知道青云先生不仅不是一个贪生怕死之人，而且十二分的义气（这种义气他第一次与之见面便领略了）。春生没有说出口，说出来只会更增加青云先生一同救人的决心。春生转了口，说，我一个人，独来独往，方便得多，三更半夜潜进肖府，你就等着在屋里接应就是了！青云先生说，是吗？有了接应的工作，也是在救人。想着，心胸里不禁涌动着一股豪迈之情。

青云先生摊开四肢，睡在大树下，呼吸着新鲜的空气，树叶间洒落下斑斑点点的阳光，有丝丝暖意拂在他的脸上。他要养足精神，准备今天晚上的接应。若这次接应成功，定要光明正大地替春生哥保护好香月。他心中顿时有了一个好主意，反正他现在没有老婆，择个时日和香月来个假成婚，成婚之时，请上赵团总上门喝酒，做个主婚人，赵团总今早不也很是关切着他，以保护百姓平安为己任吗？赵团总主了婚，你肖四爷这个老鬼还敢来抢？我就是和香月一起上街遛街，你肖四爷也只能干瞪眼，心里窝火罢了。当然，这得征求春生大哥和香月妹子的意见，以他的义气春生大哥不会怀疑，以他的人品香月妹子也是信得过的。这样一想，心里舒坦多了，再不似现在看见春生大哥这么羞愧难当了。

青云先生不悔恨自己空练一套太极拳无用，更不悔恨自己文文弱弱，百无一用是书生了。如此绝妙的主意，谁能想到？！就是孔明再生，周瑜回魂，也只能一个一个——认输！

日头偏顶时分，镇街在青云先生眼前出现，镇街上高高低低的房顶上有了或浓或薄的炊烟，有的直，有的斜。他下意识地用手摸了一下肚子，不摸还好，一摸，像窝了几只布谷鸟一样“咕噜咕噜”直叫唤。他不禁加快了脚步，只要拐过团防局，就上了镇街。镇街上香味扑鼻，糕饼点心，挂面馄饨，小吃怪味，应有尽有。刚一拐到团防局门口，青云先生的脚不听使唤地停下来了。团防局门口围了好多人，他三步并作二步，拨开人群，团防局操场上的旗杆上绑了一个人，头用黑布蒙着脑袋，他一看身形和衣服便知道那个人就是春生大哥。

青云先生想过去问春生大哥，到底怎么了？还未近身，就被几个团丁用枪架到一边。春生大哥被结结实实地绑在上面，满身血痕，但他一点儿不惧，这会儿咬牙切齿不停地骂人，骂狗官赵大烟枪，骂肖四爷那个老鬼……赵团总站在旗杆的上手，一手托了烟枪，一手持了短火，不急不恼，来来回回地踱着方步。停下来的时候，看一下旗杆上绑着的人，看一下团团围观的人，他就嚷上两句，镇上百姓都往旗杆上看，那里绑着白马山上大土匪一个，烧杀抢掠，匪性难改，无恶不作，百姓深受其害，敢怒不敢言。我等为民除害，保民平安。春生在上面嗷嗷嗷地叫着，骂着，却早被下面围观群众的巨大声音盖住了，只有青云先生仍然听得清春生大哥义正词严的声音。

有人扯了一下青去先生的衣角，惊奇地问，青云先生，大家都在找你呢！不想你却在这儿。青云先生没有作声，点了一下头。有很多人回过头来，都问，青云先生，也是想不到啊！想不到什么？有人说，土匪猖獗，光天化日，撬门入室，伤人夺财。是吗？又有人说，青云先生，不要想不开，失财免灾。免什么灾？青云先生如坠五里云雾中。

这时，有人朝他这边大踏步地走过来了，一巴掌拍在他的肩膀上，跨上一步，同他一字排开站定，清了清喉咙，叫喊着，满街百姓，你们听着，这就是蓼湄学堂的青云先生，要不是学校里的学生来报案，我还蒙在鼓里，青云先生的房子被一抢而空，青云先生还被捆绑打伤，大伙看看，听青云先生说说！

青云先生呆了，他一下子成了失盗的主人，遭土匪殴打和众人同情的人。他实在是一时说不出话来。赵团总站到他对面，向他深深一躬，说，青云先生，让你受惊了！是我赵某人没有竭尽职责，深表歉意，还请您多多包涵！青云先生始料未及，赵团总没等他回过神来，一个转身，厉声冲旗杆上绑着的人大吼，人证物证俱在，怕你抵赖不成？我等为民除害，定要严惩不贷！赵团总托着烟枪，举着那杆短火，眼睛瞄一下，又瞄一下。

青云先生急了，大喊，赵团总——赵团总反过身来，并不见扣下扳机，看着青云先生，嘴角有一丝不易察觉的狡黠的笑。赵团总朝青云先生走来，走到他身边时，突然，停住，回头，喝令他的团丁放下犯人，打进死牢，等候处理！

人群散开，蒙着脑袋的春生仍然骂骂咧咧，团丁们押着他走过青云先生身边，不知道是跟青云心有灵犀，还是透过那块蒙着的薄薄的黑色纱巾可以看到青云，春生特意偏头看了他一眼。青云虽然看不清他的表情，但心里有一丝慌乱。他不知道春生会不会怪他，或者误会了他。

青云先生很晚很晚再走回他的屋里，太阳早已西沉下去。

青云先生一夜无眠。

21

赵团总捉拿春生之由来已久。是从春生骑一匹白马驰骋在镇街时起，那耀武扬威的神态，不可一世，傲慢无礼。提着银礼到他家里，高昂着头，说话硬邦邦，完完全全一副例行公事的样子。此前，他还听说民间流传这个家伙敲了梅晚娘一笔。赵团总为这事还上了梅晚娘的门，梅晚娘矢口否认，绝无此事。更可气的是，竟还有人在背后散播着梅晚娘和这个土匪有点“那个”的流言。不然，为什么好端端的白白地搭上二十担粮食？但也有人说，那人不是土匪，是梅晚娘的远房表弟呢。远房表弟个屁！赵团总吐出一口浓浓的烟雾，在心底骂着，我什么不晓得！梅晚娘从哪里又冒出卵个表弟呢？根本就无影的事。梅晚娘就是葱花，就是许多年前与他朝夕相伴过家家的那个嫩得出水的小葱花，只不过小葱花做了方圆百里名声震天的梅晚娘。顶家的梁柱早早地断了，她就支撑着这个偌大的家业，不再娇嫩，不再胆小怕事，把一个大家治理得井井有条，服服帖帖，她就更显威信。

赵团总一再地问梅晚娘，到底出了什么事？不说我俩儿时的事，况且如今我掌着一个团防局，要人有人，要枪有枪，讲出来，我替你摆平了！摆平什么？又没有什么事。梅晚娘并不多看赵团总一眼，反问着。赵团总就恼，说，我是担心着你呢！梅晚娘有点怪怪地看着他，说，是吗？我有什么事出呢？

赵团总是问不出什么了。赵团总知道自打葱花成了梅晚娘后，就像变了个人似的。葱花以前总是一口一个“卿哥”的，跟着他瞎跑，什么话儿都要同他说。可现在，赵团总无论怎样盘根究底地问，都问不出一个屁来。赵团总就断定她肯定有很多事情瞒着他，心里头想事呢！

果然，他把团丁开到白马山下，准备捉拿山上那个土匪“崽子”时，她又冒头了。哼，白马山上的土匪毛子还以为要来一场“削发”。一匹白马换一条人命，有这等便宜事吗？要不是她差了人来，不管胜算几分，他一定要带兵冲上去，拼个你死我活。他心里窝着火呢！她差了人来，又有亲笔信，信下落款竟是“葱花”，他心头窝着的火一下子浇灭了。信中内容都是为土匪“崽子”春生说情，说是朋友，放过一马。“朋友”二字，刺得赵团总眼痛。还朋友，还表弟呢？！心中的怒火一下子点燃，呼呼地一蹿一蹿，蹿得老高。是攻是撤，他实在拿不出主意。

他最终还是放弃了攻山，把队伍撤回到镇上。上了镇街，到处宣扬他剿匪成功，白马山上清了山，告诉老百姓大可放心，日后尽享太平吧！队伍浩浩荡荡开回，锣鼓声震天，彩旗飘扬，百姓夹道相迎。赵团总骑着白马在前头，一路拱拳答谢，脸上堆满笑容和得意。

赵团总心里却窝着火，且不小，回家就把一顿无名火泼洒在大辣椒婆身上。大辣椒婆实在不晓得做错了什么，只一味地哭。赵团总第二日去团防局仍是窝火，见着操坪旗杆下拴着的白马，喊来勤务员，说，把那匹天杀的白马杀了，中午犒劳犒劳弟兄们。当赵团总一口一口撕扯着烹烂的马肉时，心中方才平静一些。

赵团总的心中仍有怒火在烧，他只得暂且忍了。他在等待着机会。果然，机会来了。肖四爷上门抢人，青云先生不可能不去通报春生。长裕街是必经之路，他耐心地等待着。青云先生来了，又去了。他预料春生不久将会出现在小镇上，他吩咐团丁布控好，振作精神，一举拿下。事情说难也难，说容易也容易。

赵团总在团防局他的办公室里踱来踱去，一口一口吸着烟，又丝丝缕缕吐出薄薄的烟雾来。已经是深夜了，他的办公室还亮着灯，他在准备明天如何处置那个土匪，该整理的材料已整理好，他还是不放心，又重新细看了一次，觉得没有什么不妥之后，他把那叠材料锁进自己办公桌的抽屉里。他靠在那偌大的靠背椅上半睡着。那夜，办公室的灯彻夜亮着。

第二日清晨，赵团总第一个起了床，走到操坪里喊团丁们，喊一个就吩咐一件事，再拍拍他们的肩。团丁们一个个走了，肩负各自的担子，一个个抓紧去落实了。

没到吃早饭的时间，团防局就坐了“三尊菩萨”，一个个都黑着脸，不说话。他们不是一同来，都是来找赵团总的。先是梅晚娘，再是肖四爷，然后是张五毛。各自又不跟对方行礼，也不交谈，一直干坐着。

赵团总知道，他们都是冲春生来的，又都一律的提着重礼，有主张严惩的，有主张立马放人的。

一下子把赵团总推到了浪口尖上——放还是不放？赵团总感到煞是难办，屋里的气氛紧张极了。他拔腿走出办公室，要勤务员进屋去倒茶水。他走到操坪上的旗杆下，望着空旷旷的操坪，琢磨着。

团防局办公室里端坐着的三个人，一口一口地品着茶，猜测着对方来的来意，想着如何对付。当然，他们更想得到赵团总的确切答复。同时，他们也晓得赵团总的答复往往与送礼的轻重成正比，所以今天来时没有一个不备重礼的。

怪的是，赵团总却避而不谈，只一味地让他们坐着，让他们喝茶，自己却一个人却偷偷地跑出去。

赵团总再一次回到办公室里，双手抱拳，今日之事顺延，你等且回，待我重新考虑，定会给各位一个满意的答复。

赵团总走进东首关犯人的监牢。

22

香月在肖家大屋安静地住了下来。

她不再哭，不再闹，也开始说话了。与常人一般，有说有笑。她也肯下楼来了，与肖家上上下下搭个话儿。她还到大屋院落里来来回回走动，晒太阳，乘凉，看花花草草，看蝶蜂飞舞。

有几个人隔远了看着，嘀嘀咕咕地说，女人呀，要认命！命中没有不强求，命中注定躲不了。这不，看这个女人逃走了，还不是乖乖地回来了。回来后蛮听话的，肯定是想通了。女人啊，什么事情都要想得通，想得通了，就再也不会干傻事了。女人嘛，嫁汉嫁汉，穿衣吃饭；日里烧灶火，夜里暖被窝，把爷们伺候好了，弄快活了，是我们女人的本分。那几个女人隔了院墙，故意把话说得高声大气，从墙外硬邦邦地抛过来，等待香月的反映。

香月不接话，痴痴地看着招蜂引蝶的花朵。

香月在心里想着，她一定要把难熬的日子熬过去，不枯萎。

肖四爷那日早早地来到楼上她的卧房，关了门一个人低低地对她说，我这把年纪了，也不图什么，只求不绝了后。等你给我落下了后，要留要走随你。我若是先撒了手，你也不怕，我留下个遗嘱，要走要留还随你。肖四爷说得真诚，一点儿不像骗她。

香月晓得现在只能“等”为上策，留得青山在，不怕没柴烧。春生大哥把她寄住在青云先生家，也是等风平浪静了，有朝一日从山上下来不再为匪，与她过几天安静日子。她定定地看着肖四爷，开了口，说，也行，你讲话可得算数！我也有一点，你必须答应。否则，我死不答应的。你不能敲敲打打办婚事，在外面只能说我是你买来的一个丫鬟。

肖四爷没想到香月竟是这个条件，先是一惊，继而答道，行，行！还不是一个样。香月很是坚持，不一样，绝不一样，你必须照我的办！否则，我死不答应。肖四爷说，好，好，我答应你还不行么？别死不死的，晦气。

今日，肖四爷早早地上了镇街，神神秘秘的，连二愣子带没带，香月隐隐感觉到出了什么事情。念头一闪，她的心老是“怦怦”作响。一个早晨，她站也不是，坐也不是，洗漱妆扮，她没有心思，饭也吃不下。她又跑到楼下，来到院子中的花草前，看招蜂引蝶的花朵。

突然，有个人影在墙外一晃，很熟悉。她听到有人喊她的名字：香月，香月。她抬头去看，院墙内外一片安静，没看见什么。再看时，发现有人跳了几下，她看清了是青云先生。青云先生半爬在墙上，说，香月，出事了，春生大哥出事了，前日我上山找他，半路上遇着他下山来找你，不想到镇街上被赵团总放了“阴老鼠”，捆在了团防局的旗杆下，讲定今日要处理的，不知如何是好？我左想右想还是告诉你好。

香月一下子惊呆了，僵在那儿久久地不说话。青云先生喊，香月，香月姑娘，看看还有什么办法好想？

中卷

第四章　火部

23

此时赵团总得到一个惊天的消息，愕然陷在他那宽大的靠背椅上，久久地注视着窗外，那条沿雪峰山逶迤而来的公路，以及公路尽头的地方……

日本鬼子往西南方向败退，此时已濒临县城，一旦过了雪峰天险，将直逼芷江和重庆。

赵团总并不知晓日本鬼子败退的任务，还有他们的狼子野心！只觉得面对他们，那就是要如何阻挡他们，消灭他们。此时，一切一切的矛盾，那都不是矛盾；一切一切的问题，那也都不是问题。所以，如何处置那个白马山上的土匪，也就不是最大的问题了。

他走进东首关犯人的监牢，尽管在心里还没有一个定准，但毫无疑问他在考虑的是日本鬼子的问题。当然，日本鬼子的问题是最大的问题。

其实，他作为一个团总，更是在考虑自己的问题。山那边，国民党的军队已经严阵以待、设阻伏击，还有一些共产党的游击队也在虎视眈眈。那么，他也要做出些姿态，一是响应上面的号召，二是要确保自己的地盘免遭杀戮和掠夺，三是要树立自己的威信和影响，以便自己在这一方，仍然是个可以决定一切的地头蛇，有着举足轻重的地位。他拥有的这一切，不能因了这些日本鬼子有丝毫的改变。他的心中陡然有个决定，于是他走向东首监牢的步伐更快、更稳健了。

赵团总到了东首监牢的办公室就命人把春生押到他这里来。房间的正中挂了一幅蒋委员长穿着一身军服、手握佩剑的威风凛凛的照片，赵团总环抱双臂，手托着下巴愣愣地望着这张照片发呆，他心里想着，春生这小子到底跟梅晚娘是什么关系呢？还有个青云先生，这两人是削尖了脑袋往这里送重礼要保他这条狗命，肖地主呢却是恨不得一枪早崩了他，要了他的狗命，我倒要看看这小子有什么能耐，该怎样把他给打发了，好给梅晚娘和肖四爷交差。正思忖着，下面的人已经将春生押了进来。

看到春生五花大绑的，扭着脑袋偏向一边，眼睛也不看他，根本是无视他的威严，赵团总心里的怒火一蹿就跳得老高了，他心里直哼哼，你这个屌人，乳臭未干的毛头小子，老子吃的盐比你吃的饭都多，你又算哪根葱呢？别给你脸还不要脸，要不是看在梅晚娘求情的份上，早就一枪送你上了西天，哪还能轮到你在这里跟老子摆谱、蹬鼻子上脸的！赵团总一想到梅晚娘就又压下跳蹿不已的火苗，葱花呀，我的心肝宝贝，为了你，老子是什么颜色都看了，什么窝囊气都受了，跟你真的是冤家呢！唉，也罢，就当是上辈子欠了你的，这辈子来还吧。到此，赵团总打了个哈哈，又对下人说，怎么能把春生兄弟绑着呢？人家可是梅晚娘的客人呢，快快松绑，快快松绑，说着便亲自上前帮他解开绳子，还帮他拍了拍身上的灰尘。

春生卸了捆在身上的绳索，也不待赵团总吩咐，自己一边在一张凳子上坐了下来，一边端起桌子边上的茶水自顾自地喝了起来。赵团总也不介意，他挤了挤一脸的横肉，说，春生呀，你知道日本鬼子攻到哪里了吗？春生一仰头，眼睛都不眨一下，说，我哪里知道这个，我又不是线报员，也不是搞情报的。赵团总故意叹了口气，说，这些狗娘养的，都他妈的攻到老子的眼皮底下来了，听到上面来的消息说，都已经到雪峰山下来了。嘿嘿，这应该不是攻到这里来了吧？是被赶到这个山窝窝里来了吧？正好利用这里的天险一锅端了他们呢。春生朗声笑道。赵团总尴尬地挠了挠后脑勺，说，那也是他们自寻死路，好好的日子不过，要跑到咱们的地盘上逞威风。看你没有读过多少书，倒也晓得些许道理，如今国共都在抗日，你说要是你在这种情况下会怎样选择？

老子肯定也会抗日，国难当头，肯定不会做缩头乌龟。春生说完轻蔑地看了一眼赵团总。

好！有种！老子就欣赏有血性的爷们，有胆识，有谋略，是个人才。赵团总哈哈大笑，走过来拍拍春生的肩膀，你呀，要是个没有头脑、没有骨头的爷们，梅晚娘也不会这么来保你，听说还有个美若天仙的香月妹子为了你也是死活不从肖四爷。你呀，真的是艳福不浅呢，有人要你的命，又有人要保你的命，真的是让人又爱又恨呀！春生一听到香月就变得激动起来，他双手抓住赵团总的肩膀，摇晃着他，你们可以杀了我，怎么处置我都行，可就是不能伤害我的香月妹子呀！

瞧你，瞧你这猴急劲，一提到美人就乱了方寸吧。如今这时局，什么肖四爷都不是你要考虑的问题了，不就是一地主土豪嘛，日本鬼子一来他也什么都保不住了，他那么大一家子，几房姨太太，还有他自己的小命，他自己都顾不过来呢。可不要再儿女情长了呀，你是条汉子，也是真爷们，你想想要是让日本鬼子占了咱们的地盘，还容得下你和你的香月妹子吗？日本鬼子的“三光”政策你又不是不知道，香月妹子这么乖态的姑娘还能逃过他们的狼爪吗？放心吧，只要你听我的话，一切都会给你安排好的，香月姑娘也定会安然无恙。

真的吗？

我赵云卿什么时候打过诳语？！

那好，你要怎么安排我？

有两条路由你选，一是去参加国民党的军队抗日，二是参加游击队抗日，这两条路我都有人送你过去，就看你想参加哪个队伍。

24

香月每天假装侍弄花草，踮起脚尖往庭院的围墙外望，她总希望看到那个熟悉的身影出现，如天兵天将般出现在她的面前。可是日子一天天过去，她总也听不到任何消息，这里的人都防着她，她就像一只关在笼子里的金丝鸟，渴望着外面的世界。

她知道要靠肖四爷的财力去救春生哥，因为谁都知道赵云卿虽然杀人不眨眼，但一见到金子眼睛就放光，他是个时刻都不忘敛财的人。不管你是何方神圣，只要有银子什么话都好说。在这一带方圆几十里，靠他的腕力敛收了不少财物，还有上百条真家伙，下面养着几百号人马，比起周围那些打野草的土匪和民团，他可不是好惹的，在这一带可是响当当的人物。不管是什么军什么商贾什么乡绅土豪都要给他几分颜面。肖四爷曾经拿钱去买春生的命，香月心里着急，但又不能表现出来。这不，这天她在院子里给花浇水时，就听到隔壁的四姨太跟三姨太在嘀嘀咕咕，香月提着浇花的瓶子假装路过，然后悄悄地贴在窗户上听，只听得四姨太那尖声尖气地说，那个死妹子，真是不知道好歹，我家四爷花了那么多的银子好说歹说总算让赵团总暂时饶了那小子一命。香月这丫头真是不知道死活，没有肖四爷出面，春生和她都没有好下场，早就见阎王爷了。

三姨太接着说，也不知道老爷是哪根筋歪了，非要香月给他传宗接代，要个青屁股的崽，这方圆几十里难道就挑不出一个愿意给他生崽的来？

可不是嘛，这个香月就是个狐狸精，害人嘞！你看看老爷一见到她就眼睛发亮，为了她可舍了不少家底了，还有个春生也是要死要活地要保她的命，听说还有青云先生也被她迷得昏头昏脑，茶饭不思呢。

是嘞，是嘞，这人有时候真是搞不懂，看着眼前的东西不想要，非要去想些天远地远又不心甘情愿的来。以老爷的威望和势力，方圆几十里，哪个穷苦人家不想攀亲呢？老爷也真是大方，到她家去，一舍就是二十多担上好的晚稻米，我嫁到这里来这么多年了，老爷对我娘家从来没有这么大方过。

唉，真的是人比人气死人呢，不说了，不说了。哪个叫她是个狐狸精呢？我们这样平常的女子哪里能斗得过狐狸精呢？老爷是被她迷了心窍了。

唉，说来说去，谁叫咱们的肚子不争气呢？给他下个青屁股的崽出来也许就没有这么多的事情了。

哼，也难说，就是你给他下了个青屁股的崽，老爷也不定就这样算了，这世上哪有不吃腥的猫呢？男人嘛，有两个钱都那样。

听到这里香月就弓起身子离开了，她怕听久了会被人发现。

香月又到庭院的花圃里浇水去了，看着一对蝴蝶在互相追逐，不禁想起儿时跟春生哥在山上采蒗摘花的场景来，那个时候多开心呀。春生见到野花就帮她摘过来，有时候那些花开在断崖的缝隙里，香月远远地看着，欣赏着这些花开在绝壁里孤独的美丽。春生马上心领神会，猫着腰去摘。香月喊都喊不住，说那里太危险了，她不想要那朵花，春生偏要想尽办法给她采过来，不论多么危险，他都能举着那朵跑到香月的面前，满头大汗，笑得好生灿烂。那个时候多么自由多么开心呀！香月想着不禁眼睛一红，差点落下泪来。这个时候庭院的外面来了一个人，那个人轻轻地呼唤着她，香月没有听见，她完全沉浸在悲伤之中了。那人喊了几声，见香月没有反应，又猫着腰靠近过来，在庭院的外墙拿了几块砖头垫在脚下，又急急地喊，香月，香月妹子。这次香月仿佛听到有人在喊她，声音好生熟悉，她不禁扭头一望，就看到青云先生趴在围墙外面，一头大汗，气喘吁吁，显然已经来了好久，趴在那里快支持不住要掉下去了。香月赶紧跑过去，轻轻地喊，青云大哥，你怎么过来了？

青云说，听说赵团总找春生谈了话，然后他人就不见了，我到处找人打探消息，谁也不知道他是死是活，也不知道他去了哪里。本来不想告诉你的，怕你着急，但是想想，还是应该告诉你，也许你能从肖四爷那里打探到什么消息，他跟赵团总来往密切。

香月着急忙慌地说，我知道了，青云大哥，你赶快回去吧，不要被他们发现了。青云先生又看了一眼香月，好像有好多话要跟她说，那眼神里满是内疚和想念，但香月不允许他说了，急急地赶他下去，他也就只好走了。

25

草寨村住进了一支神秘的队伍。

白天有人轮流站岗，晚上就进到山里集合，不知道在搞些什么名堂。他们都穿着当地老百姓的衣服，进进出出的，跟村里搞庄稼的汉子也没有什么分别。只是他们腰上硬邦邦的真家伙让人知道不是普通的百姓，应该是练家子之类的，但也不知道属于何方神圣。

这里的老百姓只知道日本鬼子进雪峰山这边来了，据说有一个联队（团）的兵力。这支队伍从装配上看应该是冲着日本鬼子来的，他们每天神秘地进出村里和山里，开会都不在屋里开，每天晚上都是点着油灯到山里去集合。对老百姓也很亲切，从来不乱拿他们的粮食和物品，是一支纪律严明的队伍。

这里面有一张香月非常熟悉的面孔，用头巾扎着脑袋，说话严谨，眼睛有神，面孔刚毅而英俊。他就是香月的春生哥，可惜香月做梦也想不到他的春生哥加入了一支人民的队伍，并且到他们童年玩耍得最快乐、最难忘的草寨村了。她的春生哥经过一段时间的磨炼已经成熟多了，做事果敢刚毅，思维敏捷，身手矫健，有勇有谋。他们正在策划一次保证大部队一举战胜日本鬼子的战斗，他们迂回在雪峰山下面，给游击队提供后勤物资和医疗保障，同时打一些出其不意的游击战，打乱鬼子的战略部署和计划，给他们造成错觉，找不到主力攻击的对象，像一群瞎子被人牵着鼻子追着打，到处逃窜。

春生生长在这里，对这里的地形非常熟悉，他自告奋勇做了这次作战计划的主力策划者和执行者。率领这支队伍的大队长陈安为圆满完成这次为大部队顺利挺进开拔的任务，扩大党组的精干力量，发展春生为预备党员，并任命春生为支队小队长，他们在草寨村驻扎了几天就领着这支神秘的队伍往雪峰山西南方向转移了。

雪峰山巍峨盘旋，地势险要，树木茂密，野兽出没，要是没有春生的领路，光这几十个人开拔进雪峰山，很快就会被雪峰山吞没。春生领着队伍往经常在山里打猎的猎人走的小路走，避开野猪和毒蛇出没的地方。他告诉同志们，雪峰山是山连山、峰连着峰的大山，地形复杂，野兽出没，最高峰海拔有近两千米，每当天气阴沉，云雾厚重之时，这里就会雾霾不散，奶白色的雾纱涌动，笼罩在半山腰上，让山峰半隐半现，形状万千，变幻无穷，远远看去，像极了人间仙境。队伍向上攀延，行走到一块宽敞的空地上时，天色已晚，陈安队长要大家停下来休息，春生带着几个同志到附近捡些干树枝和柴火，准备晚上点燃驱赶野兽。

晚上，山里风声猎猎，气温陡然降低，大地似乎沉沉睡去，山里活着的生灵在夜间发出自然的鼾声，猫头鹰的叫声绵长而凄厉，像一个失去孩子的母亲在撕心裂肺地呜咽，听得大家胆战心惊。春生依靠在一棵年代久远的银杏树上，都说银杏树是夫妻树，果真如此，这两棵银杏紧靠在一起，真的像是一对相携相扶的风雨同舟的夫妻。它们安然挺拔的样子让春生敬佩不已，大自然真的是鬼斧神工，让这些生命有着各自的样子。他不禁想起了香月，想起他们经常在山里出出进进，跟这里的树木和野兽都好像成了好朋友，野兔在他们脚下窜来窜去，毒蛇也不伤害他们，从前的日子是多么美好而惬意呀！要不是可恶的地主恶霸，土匪横行，他和香月早就成了夫妻。如今还多了日本鬼子这外来的侵略者对他们强取豪夺，他们哪里来的安生日子好过呢？春生想起香月就很担心她的安危，真想像天兵天将一样出现在她的面前，救她出水火，两人远走高飞，在山里隐居，男耕女织，多好的生活！可如今，他被迫跟香月分开，尝尽相思之苦，可也无可奈何，自己被多方人马讨要性命，身不由己。唯有等把日本鬼子赶出了中国，再去救她了。我的香月妹妹，你一定要挺住呀！想到这里，为了给同志们打气，给大家解解乏，活跃一下气氛，春生招呼大家围在篝火边，听他讲大山里的故事。这支队伍的人员来自全国各地，有平原地区的，有城市出来的富家公子，有激进的学生，他们很多人对大山的神秘充满了好奇，自然想听。

春生说，有一次一个山民进山来砍柴，爬到一座山峰顶上的时候累得气喘吁吁，大汗淋漓，口干舌燥，他很想找块凉快的地方歇息一下。四处一望，嘿，近处就有块墨黑色的大磐石，他一屁股坐上去，还凉飕飕的，真好，正好可以躺下休息一下。这块石头足够两个人躺下睡觉，里面还蛮凉爽舒服，他也正好累了，躺下就睡。他睡得真香，居然还梦见了跟他老婆做爱呢，真是舒服极了！他舔了舔舌头，把流出来的涎水擦擦，就醒了。突然，他感觉到不对劲，下面的这块石头怎么会动！他感觉到身子缓缓地随着石头游走，却有两个不同的方向，他感到挺纳闷，就干脆爬了起来，一看，可不得了！你们猜，他看到了什么?

他看到了什么？别打哑谜了，快说呀，瞧把人给急的。一个东北汉子迫不及待地嚷嚷。春生笑嘻嘻的，说，再给你们五秒钟猜猜。队伍里开始议论纷纷，这么大块的石头，会是什么呢？有人说是千年乌龟，可是乌龟怎么会同时从两个不同的方向移动呢？大家都把疑惑的目光投向春生，希望他解开大家的疑团。

春生顿了一下，清了清嗓子说，同志们，听好了呀，他看到的是两条墨黑色的公母巨蟒，足有十几米长一条，洗脸盆口沿那么粗，刚刚也许正在交配呢，两天蛇紧紧地盘在一起，他还以为是块大石床，待他看清后，当场吓晕，醒来后，两条蟒蛇已经不知所踪。人群中发出一阵唏嘘，大家不禁倒抽了一口冷气，说，这么大的蟒蛇，把这个人吞下去都有可能。春生说，可不是，如果他没有吓晕，到处乱窜，惊了它们的话，很可能会被它们吞到肚子里去了。蛇喜欢攻击动的东西，也是为了保护自己，你动，它以为你要攻击它、伤害它了，它也就会向你发起攻击。还有一种蛇，不知道你们有没有听说过，我们这里叫作鸡公蛇，就是遇见了人就喜欢跟人量高矮，把身子拉得长长的，如果你没有量过它，它就会向你攻击，喷出毒液来咬你，这种蛇毒性很大，一咬中，你就必死无疑。如果你量过了它，它再怎么拉长身子也不比你高，它就会全身瘫软而死。这种蛇生性好斗，凡事都要搞赢，不搞赢，它宁可死。

同志们听得目瞪口呆，纷纷说着，头一次听到这样的故事，不知道是真是假。春生得意地笑着，说，不是哄你们玩儿，都是正儿八经的故事。这里头的野猪有三四百斤重呢，它们的两颗大牙都能攻击人，把人咬死。据说还有老虎和狼群在这里出没，所以大家尽量不要掉队，要紧跟队伍，人多力量大。

26

话说赵团总把春生支走后，过了些日子，备好礼物就去梅晚娘那里讨好卖乖去了。他不仅垂涎梅晚娘的美貌，对她手下几十号精干彪悍的人马和殷实的家底都很感冒。加上儿时跟葱花一起玩耍长大，感情自然也是深厚。

可是这个梅晚娘性情古怪，性格固执，不对眼的人她根本不会多瞧一眼。自从夫家去世，她从来没有动过要找个男人的念头，正当最好年华，青春貌美，居然不思春？赵团总打死他也不信，男欢女爱，自古以来都有佳话，她梅晚娘也是有血有肉的女人，不可能就真的不食人间烟火吧。就拿他自己来说，有几房姨太享受着，隔三岔五地还要去找相好的女人发泄一番，有时还不算，还要去找些家里穷得揭不开锅的黄花大闺女开开荤，给她家里十几担粮食就可以了。可这些都是些没用的消遣，在他的心里权当是玩儿，他也知道这些女人也当是陪他玩儿，无非是一些利益之交。他心里最看重的女人还是梅晚娘，他虽然没有达到过目的，没有跟她有过肉体之欢，却对她五体投地，她说要他向东，他绝不会向西。这人还真的是一物降一物的，在这世上，方圆一带谁敢不服从他？他唯独拿梅晚娘没有办法，对她低声下气，极尽讨好之能。当他听到有人说，梅晚娘跟春生有那事的时候，他心里对春生恨得牙痒痒的，恨不得立马灭了他。可是梅晚娘百般袒护他，处处为他着想，想方设法保护他，赵云卿也就不敢擅自动春生，只得想了个万全之策，送他去抗日去了。战场上子弹对谁都不长眼睛的，听说日本鬼子武器精良，队伍强大，又手段毒辣，他春生上了战场，不死也得脱层皮，或者缺胳膊少腿的。到时，看你梅晚娘还对他上心吗？

想到这里，赵团总那张圆脸就舒展开来，好像一下喝了蜂蜜，心里甜腻腻的。梅晚娘出来接见他的时候，脸上不见一丝笑容，冷冰冰的。可是赵团总也不介意，在他看来，梅晚娘不笑也很乖态，有一种古香古色的古典美。总之，在他眼里，梅晚娘怎么看都是好看的，都是美的。那样的美是神圣不可侵犯的，他不会容许任何人靠近梅晚娘一步，梅晚娘是他赵云卿的心上人。

可是这只是赵云卿的个人想法，她梅晚娘可不是这样想的。她见到赵云卿时连个笑容都懒得给他，不像春生。一想到春生，梅晚娘心里就一阵刺痛。她想起跟春生做的那事不禁春意荡漾，那样有力的节奏和温暖的抚摸是那样舒爽而惬意，在他的身子下面，她梅晚娘情愿做一条小鱼。想到此，她不禁身子一阵颤抖，仿佛春生正在眼前。可定睛一看，却是赵团总那个喇叭头，心里就波浪翻滚，一阵恶心。可她也不能尽露鄙夷和不屑之色，毕竟他还是放过了春生一马，手底下也有百多号人马养着，指不定什么时候会派上用场。

梅晚娘吩咐丫鬟给赵团总上茶，赵团总趁机从怀里掏出一块怀表来给梅晚娘，说，这是下面的人在外面押镖的时候从一个富商那里得来的，据说是漂洋过海来的东西，稀奇得很，就送与你吧，这样珍贵的东西只配你拥有。

梅晚娘用眼睛瞄了一下，说，这么珍贵的东西我可怎么敢收下呢？还是你自己用着吧。

见梅晚娘推辞，赵团总就急了，他马上站起来走到梅晚娘身边硬要塞到她的手里，他握着梅晚娘的手，把怀表放在她的掌心，再用手合上。梅晚娘低着头，手被赵团总握得紧紧的，她抽了几下，赵团总却握得更紧了，她听到了他发出的粗重的喘息。她感到一阵恶心，嘴巴上却轻轻地问了一句，春生呢？你把他送到哪里去了？

赵团总陡然像泄了气的皮球，松开了梅晚娘滑嫩的手，低声说，你放心吧，他好着呢，他去雪峰山上参加抗日去了。

哦，真的没有看错他，是条汉子！说到春生，梅晚娘的脸色就好看了，笑得灿烂而自然，笑成了一朵花儿。

27

香月得不到春生的消息，成天茶饭不思，郁郁寡欢。肖四爷看在眼里，不免也有些担忧，担心香月身子瘦了，给他下不了青屁股的崽了。

这天，他特意到香月的厢房里来了，问她在这里习惯了吗，需要什么尽管言语，虽然对外面说是肖府买进来的丫鬟，但实际上你还是我肖四爷的心肝宝贝呀。香月听着就觉得恶心，但也没有像以前那样强硬了，这段时间，青云也没有来看她了，不知道发生了什么事情。她也一直得不到春生的消息，不知道他是死是活，心里非常担心和害怕。尽管肖四爷家里的人都告诉她，肖四爷用财礼疏通了赵团总，赵团总已经放了春生，没有要他的性命。但是这些都只是他们的话，香月没有得到青云先生的消息，是不会相信他们的话的。见到肖四爷今天好像是真的很关心她，香月就拉了张凳子要肖四爷坐了，给他倒了杯茶，递给他的时候，香月讷讷地问了声，四爷，你知道青云先生这段时间去哪里了吗？肖四爷说，你不是只担心春生的吗？怎么又问起青云先生来了？

见香月脸色不好看，肖四爷又转口说，哦，听说他这段时间离开了蓼湄中学，还带了好些东西出去了，谁也不知道他是搬走了还是去了哪里。

真的吗？香月有一种不好的预感，她急急地问，那是怎么回事呢？他不是要教书的吗？他到底去了哪里呢？情急之下，她抓住肖四爷的手摇晃着，她这一摇晃，把肖四爷摇得是心旌荡漾，看着香月着急的样子和急得发红的脸蛋，闻着她身上的暗香，肖四爷感到下面肿胀，难以自持。他一把把香月拉到怀里，然后把她往旁边的床上拖过去坐到床沿上，香月被他紧紧地抓住胳膊，本来想要挣脱他的，但转念一想，青云先生的去向还不知道呢，得不到青云先生的信息，她就得不到春生哥的确切消息呀！我的春生哥呀，你到底是在哪里呀？香月心里惦记着春生的死活，她也就失去反抗的力量了。她一迟疑，肖四爷那张老脸就贴了过来，在她白玉般的脸庞上狠狠地亲了一嘴。香月正要推开他，却又听得他说，不要急嘛，我已经派人去打探消息了呢，就知道你不信我们的话，硬是要等青云先生的话来你才会落心的。

香月被肖四爷用手臂箍得紧紧的，箍得她几乎喘不过气来，肖四爷的老脸紧紧地贴在她的脸上，手也被他抓住，她无法挣扎，只得急急地说，你要答应我，一定要把青云先生找到，并且要他到这里来告诉我。

肖四爷嘴巴说着好呢好呢，你就落一百二十个心呢，你的春生哥和青云先生我都会好好地把他们带到你面前来的，只要你答应了我，从了我，什么都不是问题，我保证他们会安然无恙，平安无事。

接着，肖四爷把香月紧紧地压在身子底下，野蛮地撕开了她的衣服，看到香月白雪一样的肌肤，肖四爷发疯般紧紧地搂抱着她，香月感觉都要被他箍得断了气，他笨重的身子压在上面，香月无法挣扎，全身无力，然后下身一阵刺痛，她长长的睫毛颤抖着，两腮的泪水纵横四溢。

第二天，香月就开始高烧不断，可急坏了肖四爷，一个劲儿地指挥府上的丫鬟轮流伺候着，一边派人去找城里最好的大夫。

可不管肖四爷多么着急，换了多少个大夫，中医的，西医的，来来去去，香月的高烧总是退不下来，还不时陷入昏迷。肖四爷不时叹气，求求你们了，快点让她把烧退下去吧，我们肖家可还要靠她传后的呀，肖家的列祖列宗可要保佑香月平安无事呀！接连几天，香月仍然是低烧高烧连着来，最后肖四爷真的天天去肖家祠堂烧香跪拜去了。肖府里面就乱成一锅粥，几个姨太太也只得天天陪着四爷去祠堂祭拜祖宗，生怕一不小心，香月的事情就会责怪到她们的头上。

香月在昏迷中不时梦见春生，梦见他们不是在草寨村玩捉迷藏，就是在山上采花摘果子。春生在捉迷藏时捉弄她，害得她总也寻不到他，急得满院子地喊着，春生哥，春生哥……春生就在后面蒙着香月的眼睛，要她猜是哪个。香月就咯咯地笑，还有哪个呢，不就是春生哥嘛。然后他们好像又在山上采花，春生跑到前面那个崖上去摘了一朵硕大的打碗花过来，那花开得灿烂而艳丽，香月看着就很喜欢，要春生哥给她带到头上，春生说打碗花不能插到头上的，只能用来看，插到头上了就会有不好的兆头，因为碗是能打烂的，打烂了就代表着分离，是不好的兆头。你看它的茎多么细嫩呀，水灵灵的，一掐就断了。可是香月不干，非要春生给她插到头上来，春生拗不过她，只好给她扎到后面的马尾上。打碗花的茎部真的很细很嫩，一插到上面就断了，一朵好端端的花也碎了，香月急得直哭，春生就把香月的头搂到怀里，拍着她的背，哄着她，香月就在春生的怀里睡着了。

香月感觉自己在春生的怀里躺了很久，睡得都头昏了，然后她就睁开了眼睛。接着，看到自己原来是躺在一张大床上，周围围了一圈人。一个大夫模样的中年男人说，终于醒了，你们给她喝点姜汤吧，应该算是挺过去了，没有大碍了。肖四爷站在一边，嘴巴里面嘟囔着：天佑肖家，天佑肖家呀！感谢肖家列祖列宗！

28

青云身着青色的长袍，背着包袱走了好久的山路，太阳当空照着，明晃晃的，刺得眼睛生疼。青云走得满头大汗，背上濡湿了一大片，于是走过一段斜坡时就在一棵大树下面寻了处遮阴的地方坐下来休息。树上的秋蝉扯着嗓“知了知了”地叫，青云自言自语着，真的是好笑，你总是“知了知了”，可你到底又知道了什么呢？真不知道他是说给自己听，还是说给树上的知了听。

休息了一阵，青云取出水壶喝了口水，准备接着赶路，他还想着在太阳落山以前赶到梅晚娘那里呢。天气这么热，带的干粮也不多，在路上早就吃完了，青云瘪着肚子赶路，却也心甘情愿。他想起那次去肖家院子看香月的时候心里就痛，香月明显消瘦了许多，面容憔悴，脸色阴郁，那双幽幽的盛满一潭深水的眼睛看起来更深了。他知道香月是为春生的安危担忧着，也是为了春生能活命委屈自己在肖家过那种度日如年的生活。可他却只能眼睁睁地看着香月被软禁在那里，没有自由，没有快乐。为此，他痛苦万分，最后干脆关了门，带了些随身的东西出去找梅晚娘。从高沙步行到梅晚娘那里有百多里路吧，一天时间是赶不到的，路上还得歇息一天，可为了得到春生的确切消息，他只有这么做。因为他知道赵团总对梅晚娘的早年情结，而且这个赵团总可以不买任何人的面子，但却一定会买梅晚娘的面子，他想去请梅晚娘出面得到春生的确实下落，也好给香月妹子交差，免得她日思夜想，茶饭不思的，人都瘦了一圈了。

到了第二天太阳快要落山的时候，青云才赶到山门的那个山寨，也就是梅晚娘的地盘。寨子门口有个壮年男子拿着一杆长枪指着他，问他从哪里来，到这里干什么。青云放下包袱，对那人拱手作了个揖，说，兄弟，行个方便，我从高沙市过来，是蓼湄中学的青云先生，烦请通报一声梅寨主，就说青云求见。那个壮年男子就进去通报去了，约莫过了五分钟，那人就小跑着过来了，拿出一块黑色的布给青云，要他蒙上眼睛。青云接过黑布自己把眼睛蒙上，那人就引着他往寨子里走去。

青云凭感觉走了几分钟，那人说停下，青云就停下了，那人帮他解开黑布，青云揉了下眼睛，适应了一下光线，看到眼前是一间堂屋，那人做了个请的手势，青云就抬脚进了堂屋的门槛。堂屋的两边是两把黑木漆的太师椅，中间放了一张桌子，上面摆着一杯热气腾腾的绿茶和一个茶壶。堂屋的正中贴着一张红脸关公的画，下面的香案上摆着三个红艳艳的苹果，还有糖果糕点之类的供果，屋子里檀香缭绕，清香怡人。看着这些摆设，青云心里就知道梅晚娘是个看重情义的女子，非一般女子可比，年纪轻轻，身边又没有个可以主事的男人，把几十百号人马管理得服服帖帖的，又能让方圆几十里都对她敬重有加，没有两把刷子还真是不行的，真的是有勇有谋，女中豪杰呀！难怪那个赵团总一直对这个梅晚娘念念不忘，垂涎三尺，一直没有娶正室，看来这个梅晚娘也真是值得他等待的。

大约过了一盏茶的工夫，青云就听得身后一声悦耳的称呼，哟，大名鼎鼎的青云先生到寒舍来不知所为何事？青云赶紧起身作揖，说，拜见梅寨主！小生过来叨扰了，还请梅寨主见谅。梅晚娘今天身着一件青蓝色的淡花旗袍，云鬓高挽，身上该凸的地方高高凸起，该瘦的地方瘦，显得清丽淡雅，风韵十足，青云看了也不禁心里一跳。比起香月妹子，梅晚娘更多一份成熟的风韵之美，显得稳重深沉，睿智风雅。香月妹子清纯脱俗，让人一见倾心，梅晚娘则是韵味缠绵，仪态万方，让人流连忘返。两人可真是各有千秋！

梅晚娘请青云先生重新落座，叫下人重新续茶，她和青云各坐在一张黑木漆的太师椅上。青云拿起茶杯，用杯盖轻轻拨弄了一下茶叶，对着杯中轻轻地吹了几下，咂上一口，不禁感叹着：好茶，好茶，是上等的云峰毛尖吧？梅晚娘笑而不答，只是说，先生是高雅之人，什么东西一看自然就会明白。青云苦笑一下，说，莫要羞我，我今日就是有事来请梅寨主帮忙呢。梅晚娘略略侧身，问道，先生何事？直说无妨。

就是我那春生兄弟，被赵团总抓去后一直没有音讯，不知道他现在怎样？我对任何人的说法都不敢相信，只信得过梅寨主。青云很是急切和诚心。

哦，前不久，赵团总为此事专门到我这里来了，告诉我已经放了春生兄弟。说他已经参加了抗日队伍，现在应该在雪峰山上跟鬼子交战吧。谅他也不敢骗我，这么多年，他在黑道白道混江湖，也失信于人过，也做了不少伤天害理的事情，但他还从来没有在我这里做过坏事，也从来没有放过我的“鸽子”。

那是，那是！他对谁都可以不忠不义，但这方圆百十里外谁不知道他对你的交情呀。所以他对我说的话，我心里都是要打个问号的，只有问了你梅晚娘才能作数。

你就为了此事一个人徒步百多里路过来了？也不雇顶轿子，或是喊辆马车？真是佩服你呀！听说那香月妹子被肖四爷看中收了房，是吗？过了一阵，又说，是香月妹子惦记着你那春生兄弟吧。

青云听出了这话的弦外之音，脸上不禁一红，他讷讷地说，梅寨主想到哪里去了呀。那春生兄弟是我的救命恩人，他将香月妹子托付于我，不想在我家里被人掠走，小生心里惭愧呀！如今，他们被迫分离，物是人非，我是于心不忍呀，希望能为香月妹子做些实事，解决她心里的担忧烦恼呢。

梅晚娘幽幽地说，我懂的，自古英雄为美人呀，说明那香月妹子也非凡夫俗子，肯定也有她吸引人的地方，让你们一个个心甘情愿为她奔走相帮吧。其实，红尘俗世，一切都要讲究个缘分呀！

是的呢，都是缘分吧，就比如你梅晚娘，比如香月妹子……青云和梅晚娘各怀心事地寒暄了一番。最后，梅晚娘提出请青云在寨子多玩几日，看看山里的风景，也体验一下庄稼人的生活。青云婉言谢绝了梅晚娘的好意，他心里想着早点回去看香月，把这个消息早些告诉她，也好让她安心。梅晚娘心里有些失落和幽怨，但也没有强留，她给青云安排了马车，差人连夜送回去了。

29

春生带着这支游击队伍在雪峰山上跟日本兵从侧面不时地突击一下，搞得那些日本兵方寸大乱，以为是大部队赶到了，在山里急得团团转，却又无可奈何。春生对这里的地形熟悉，又会利用这里的天然屏障作为保护，让日本鬼子看不到他们的身影，时不时地被他们从后面或是中间截下来一半，打得他们落花流水，损失惨重，却又人影子都没看到一个，真像是天兵天将一般，来得快，去得也快，根本看不清他们到底有多少人马。

由于游击队配备的武器落后，大部分是小米加步枪，手榴弹都很少，子弹也不多，只有大队长陈安配着一把收缴的短枪，还有两把长枪，其他的大多是鸟铳、砍刀等。别看那些是打猎用的鸟铳，却令日本鬼子闻风丧胆，只要被击中，满身铁砂，虽不致当场毙命，但铁砂剥又剥不掉、扒又扒不出，喊爹叫娘，痛苦不堪。日本鬼子以为是新式武器，喊作“嗅枪”。他们就怕极了这支“嗅枪队”，来无影，去无踪，上山下山奔走如飞，不时又从山里哪儿冒了出来。这支游击队就这样采取流动作战，放一枪就走人，不恋战，保存实力。他们最大可能地削弱日军的力量，打乱了日军的作战部署，为大部队赶到这里争取时间。春生用在大山里的生活经验就地取材，以山里的石头和树木作为武器，利用猎人放的逮野猪的陷阱来对付日本鬼子。倒也取得了一些实效，让日本鬼子在这座大山里惊慌失措，军心大乱。但是游击队也面临着弹药和粮食匮乏的局面，战士们特别饥饿的时候，春生就会想办法逮野兔和蛇用来充饥。可这些东西也都是靠碰运气的，不是每次都能逮到野兔和蛇，时间久了，他们连山里的青蛙都逮光了，还有野菜也采得冇影了。实在没有办法，陈安队长就找春生商量办法，是不是派人下山去想想办法，看能不能从老百姓家里借点粮食，或者从那些开明的乡绅地主家里征用一些，能坚持到大部队赶到就行。

可是等大部队赶到这里至少还得半个月呢，这半个月他们吃什么呢？这支队伍有七八十号人马，坚持半个月也是要不少粮食的。春生思来想去，就想到了梅晚娘。因为梅晚娘为人还算英明大义，又是穷苦人家出身，也很支持抗日。相信以他对梅晚娘的了解应该会给他粮食。像赵团总虽然口头上喊着要抗日，却是吝啬鬼一个，十足的铁公鸡，在乡里一带敛收钱财、搜刮民脂民膏一点也不手软。要他拿出粮食用来抗日，那简直比登天还难。他的任何东西，就是一根毛也不会让别人拔到，任何人也管束不了他，就连他的父母都做不了他的主，这世上能够让他乖乖听话的人只有梅晚娘一个。肖四爷呢，虽然也有些家底，但是因为跟他和香月之间有着复杂的恩怨关系，春生也不想去找肖四爷说好话。以前他还是土匪，可以自由任意地闯到他家里去耍横霸蛮，但是现在不行了，他已经是一名共产党的预备党员了，参加了人民的队伍，都有纪律约束着，一切由不得他了。他的所作所为，都要先向组织汇报通过后才能执行。

春生把他的想法和这里的情况，都如实汇报给了陈队长。陈安沉吟了片刻，对春生说，这个梅晚娘倒是有正气，看你能不能争取她到抗日的战线上来。因为她手底下还有些实力和武器，可以用来帮助我们消灭更多的鬼子，为大部队的到来打下基础，她又有殷实的家当，这样我们打起仗来也就无后顾之忧了。

春生说，这个梅晚娘虽然是个深明大义、有情有义的女人，但是她的个性却很固执和古怪，又是特别有主见的一个人，不是一般人能够征服的。我倒是有借到粮食的把握，因为以前她就给过二十担上好的晚稻米。说到这里，春生的脸不禁有些发烫，他想起了跟梅晚娘在客厅做的那些事。

就是对收编她的队伍没有信心？陈安队长问春生。

春生低头看着脚尖，说，我只能是试试看，能不能完成这个任务心里还真是没有底。我嘴笨，肚里又没有多少墨水，这种做思想工作的活可能还得陈队长亲自出马才行。

那就这样吧，先借粮食，再问她有没有为国家、为人民做些实事的打算，因为日本鬼子的末日马上要到了，她也得为自己的出路打算一下吧。不可能永远待在山里当一辈子的土匪和寨主，你说她是个有胆识、有魄力的女子，相信她也能看清时局，为自己的将来做出计划和决定。你先做做她的思想工作，试探一下她的想法，做一下基础工作，到时我再出面跟她谈吧。

好的，那就先这样吧。我就先下山去吧。

嗯，再等等，你带几个人一起下去，相互好有个照应，你一个人下去太危险了。陈安队长见春生急急忙忙就要下山，马上喊住了他。

春生早已走了一截，边走边向陈安队长挥手，说着，不用啦，我就是在山里长大的娃，谁也没有我熟门熟路呀，我一个人下去就行了，鬼子也在山里，人多眼杂，容易暴露目标。

陈安队长急得直跺脚，就说，你要记得及时联系，有事就在老地方留下信号呀。

晓得的，队长就落一百二十个心咯。春生回头朝他使了个鬼脸，转眼就不见了人影。

中卷

第五章 山部

30

肖家院子这几天热闹得很，丫鬟们进进出出都面露喜色，长工做事好像力气也大了起来，大家干活都很积极。肖四爷的几房姨太太却愁云密布，怎的？香月妹子真的有喜了！这不正证明了她们几个是下不了蛋的母鸡吗？她们几个姨太太聚在一堆叽叽喳喳的，又高兴又担心，高兴的是肖四爷终于有了后人，就不会天天动脑筋去外面玩了，也不会再去招惹那些青楼女子，但愿香月给他生个青屁股的崽，老爷就收心了，她们的日子也会好过些。担心的是香月有了孩子，就会母凭子贵，集千般宠爱于一身，肖四爷肯定就会冷落她们几个了。所以她们是又惊又喜，不知道是该高兴还是该担心，几个人凑到一起唉声叹气，不知所措。

正好香月从这里路过，看到几位姐姐在那里闲聊，便也去打了个招呼，毕竟她觉得自己是寄人篱下，没个亲人在身边，也非常孤独和百无聊赖。她上去给几位姐姐请了安，便问她们今天是什么日子，怎么好像大家都在忙着准备喜宴。几位姐姐见香月主动跟她们请安，好像也没有母凭子贵的架势和咄咄逼人的味道，相反好像还对她们几个姐姐比较尊重，知道礼数，便也跟她亲热起来。毕竟大家都是一家人嘛，都是要在一个屋檐下过日子的，还得天天在一张桌子上吃饭，能聚到一起都是缘分呀！香月的温顺和放下身段的姿态很快赢得她们的好感，她们说，因为香月妹妹有喜了，四爷一高兴就要请族里的几位长辈过来叙叙旧，顺便庆贺一下，肖家已经很久没有办喜事了，也是热闹一下吧。

接着，几位姐姐争着说要为这个未出生的肖家宝贝准备衣服、鞋袜。三姨太说，我喜欢红色的衣服，看着就很喜气，我给这孩子准备一套红色的衣服吧。四姨太说她会织纱衣，等下就让丫头去买些白纱来，她给孩子织套贴身的纱衣穿，面纱的衣服隔着肉柔软舒服，不会伤害宝宝的皮肤。大太太说准备宝宝的虎头鞋，她纳的鞋底扎实、软和。二姨太说她给宝宝绣个香囊，好在满月的时候带上，又别致又漂亮。香月却羞得满脸通红，说，那就有劳各位姐姐了，孩子长大了也是几位姐姐的孩子，希望你们待他如亲生的就好，我到时会离开肖家，他就是你们大家的孩子了。当时四爷答应我，只要我给他留下了后，他就准许我出去。说着说着，香月的眼睛就红了。几位太太惊讶地说，那怎么行？孩子终究是离不开娘的呀！再说了，你还要给他喂奶的呀！不然孩子怎么办呢？香月说，四爷会给孩子找个奶娘的，这个自然不用几位姐姐操心，你们到时帮忙哄哄孩子就好了。大太太问，香月，你果真要离开肖家吗？

香月含泪点点头，她心里头还惦记着她的春生哥呢，只是她给肖家生了孩子，不知道春生哥还会不会像从前那样对她好呢？香月想到这里就很难过，脸上也黯然失色，没有要做母亲的那种激动和幸福。也怪不得她，毕竟她是为了救春生才不得已答应了肖四爷，一个没有感情的结晶怎么会觉得幸福呢？她们几个是亲眼看见了香月当时的毅然和决绝的，如果不是担忧春生的死活，只怕香月当时就寻了短见。同是女人，她们不禁也对香月的遭遇有些同情。

唉，没有办法，谁叫我们是女人呢？不知道是谁自言自语地咕噜了一句。

自从青云大哥过来告诉她，说春生还活着，上雪峰山参加抗日去了。香月心里才隐隐地放下了一点点，但同时又开始为他的安全担心，毕竟是在打仗，子弹可是不长眼睛的呀，香月每天都要去庙里拜拜菩萨，为春生祈福，希望菩萨保佑她的春生哥能够平平安安地回来。

31

赵云卿派人押运一批军用物资去了平江。几天后，国民党那边就有特派员过来了，据说国民党的军队是为了团结抗日力量特意派人过来衔接组织的。赵云卿的这支队伍在雪峰山下面一带也是威震江湖的，但他是狡兔三窟，上上下下，什么党派什么队伍都不得罪，只要谁有财力就靠拢谁。

据说这次可不一样了，国民党的军队对他下了大功夫，把他这支队伍从脚武装到牙齿，都是崭新的美式装配。配置精良，把他这土匪队伍武装成了正规的国民党部队，把他乐得跟什么似的，额头上都像装了盏罩子，明晃晃的刺眼睛。他命人租了顶抬轿，每天抬着那个朱特派员游山玩水，潇洒快活，耀武扬威，周围百姓见了都远远地躲开，不敢靠近。

这位朱特派员是北方人，看惯了北方的黄沙大漠和一马平川，来到这个山区，感觉这里真如陶渊明笔下的世外桃源，不仅风景秀丽，女人也都是水灵灵的，一个个都是美人胚子，山清水秀，美女如云，真的是一方山水养一方人呀！他每天坐着轿子，看着美景，喝着美酒，玩着美人，还真有种腾云驾雾的味道，感觉自己比太上皇还太上皇，都有点乐不思蜀了。

玩了十天半月，朱特派员才想起正事来。

这天，他跟赵云卿说，上头还有个任务需要他配合去完成。

赵云卿说，特派员尽管吩咐，我赵云卿立马执行就是。他低头哈腰地问，是个么子任务呢？征粮食还是押运作战物资？我赵云卿样样奈得何。他把胸脯拍得咚咚响。朱特派员哈哈一笑，说，那就好，那就好，我正为此事担忧呢。我们的情报员经过摸底调查，听说你们这里有个女寨主，叫梅晚娘，有能力有魄力，有家当有美貌呀！她的威名连我们的上峰都知道了，现在大敌当前，抗战时期需要团结更多的抗战力量，希望你能说服她加入我们国民党的队伍。只要她能答应入编，蒋委员长绝不会亏待她的，给她一个上尉军衔，物资和武器全部改良。赵云卿听了心里一惊，想想自己还不过是个中尉呢，军衔上还差梅晚娘一级，心里不免有些失落，但又不敢表现出来。只是说，这个，可能有点难度呀。这个梅晚娘生性古怪，有自己的个性和主见，绝不会听命于他人，估计凭我一人之力难以收编她呀！放心，兄弟，我也会出面的，以蒋委员长的威望和实力，相信她会认清形势，乖乖配合的。

嗯，如此甚好，如此甚好。

这件事你要尽快抓紧落实呀，据说共产党那边也对她感兴趣，不要被人捷足先登了呢。到时到手的鸭子给飞了，就拿你是问了。朱特派员哼哼冷笑几声。听得赵云卿心里毛骨悚然。

赵云卿接了这个任务，心里却一直没底。

梅晚娘的性情他太了解了，记得小时候他们一起玩过家家，赵云卿说，长大后要娶葱花妹妹当新娘，还摘了朵好看的花插到她的头上。葱花却说，要娶我的人一定要满足我的三个愿望才行，否则我不会嫁给他。赵云卿就说，是哪三个愿望，他一定会帮她实现的，要她告诉他。葱花却说，现在还不能告诉你，要到长大以后才能说，现在说了就不灵了。赵云卿说，早说了早帮她实现，他也好早些娶她。葱花却咯咯地指着他的鼻尖说，你呀，你真是个大傻帽，现在说出来的愿望能跟以后的愿望一个样吗？我要的是长大以后的愿望，现在我们都太小了，谁又能去实现长大以后的愿望呢？我要去周游世界，你现在能带我去吗？我想要统领一支自己的队伍，自己当女司令，你能帮我实现吗？赵云卿听了挠挠后脑勺，一下子就愣住了。那个时候他们都还那么小，他赵云卿还大葱花几岁，都没有想到那么深远的问题，而葱花那么小就那么有主见和有智慧，他在葱花面前总也达不到她的冰雪聪明，脑袋也没有她转得快。直到现在，他对葱花都是俯首听命的份，总也找不到反抗她的理由，历来都是她在主宰着他赵云卿。她要他干吗，他就得干吗，无法拒绝，也无从拒绝，似乎，更是不想拒绝。在她梅晚娘面前，他做什么都是心甘情愿的。这么多年了，他似乎从来没有要她听过他的话，梅晚娘也从来不会听他的话，什么事情都是她自己在拿主意。

有些事，从小到大，都没有改变，也许这就是命。赵云卿这样想着的时候，忽然就发了一阵呆。

32

这天，肖家院子里乱纷纷的，听人说日本鬼子从雪峰山上下来了，扫荡了草寨村，现在正往这个方向一路杀来。大家都赶紧想办法把家里值钱的东西藏起来，女人们把锅底的黑炭涂在脸上，有的换上了男人的衣服，大家都在各自做着准备，只有香月愣愣地坐在房里没有响动。肖四爷走进厢房，要她赶紧坐马车离开这里，他会派人护送她离开。可是，这会儿，大家都四散逃命去了，家里的长工也找不到了，几个丫鬟正在收拾细软首饰。肖四爷连连顿足，说，何得了，这何得了呢！

正在他慌乱收拾的当儿，村里的保长开始敲锣了，每敲一下就喊一声，大伙都听好了呀，皇军下来征粮食了，家里有粮食的赶紧拿到晒谷坪上来，大伙都在那里集合。然后他的身后就出现一队刺刀上插着太阳膏药旗的日本兵，一家一家“哐当”一声踢开门，把大伙赶到集合的晒谷坪里去。

肖四爷要香月赶紧藏起来，香月就躲在厨房的大水缸里，水缸是空的，肖四爷用一个大盘筛罩在上面。他领着家里的老老少少一起向集合的晒谷坪走去。

一个腰上佩着弯刺刀的日本军官站在前面，嘴巴里面叽里呱啦地叫着，就听到什么死啦死啦的，统统地拉出来……然后，保长就说，皇军说了，要大家都把吃的粮食拿出来，献给皇军，大家要老老实实的，不然就统统地枪毙！

人群一阵骚动，有人低声说，原来是在山上没有粮食吃了，下来抢粮食的。听说有游击队在山上跟他们交战，不知道情况怎样了。又有人说，就是有粮食也不给他们，小日本鬼子，欺负我们中国人，看他们能嚣张到什么时候？见大伙没有行动，上面那个拿刺刀的军官用手打了个手势，不知道是哪个方向开了枪，前面扑通就倒下去一个老人，人群发出一阵惊呼。

日本军官拔出手枪朝天鸣了几枪，人群马上就静了下来，大伙愣愣地望着那个日本军官，谁也没有说话。

保长带着哭腔喊着，大伙把粮食拿出来吧，赶紧的，保命重要！

有人把家里的米面都拿了出来，情愿的，不情愿的，很快大家都拿了粮食出来。地上堆起了一堆，不大，却堆得像一座小山，孤零零地落在偌大的晒谷坪里。

日本军官命令士兵把这些粮食装了起来，大家以为日本鬼子就这样要撤离了。没想到，日本鬼子装完这些粮食，又一家一家去踢每家的大门，把他们藏的粮食和养的鸡鸭都一一带上。顿时，整个村子被搞得鸡飞狗跳，乱成一锅粥，闹哄哄的。有人为了抢回粮食，当时就丧命在鬼子的枪口下，小孩吓得哇哇大哭，喊爹叫娘。村子里的老人大声喊着，你们快到镇上去找赵云卿呀！他手里有枪，有保安团，赶紧的，去报信，要他快点带人来！有人像是才醒悟过来，鬼子是要洗劫村子了，快逃呀！

大家喊着，奔跑着，村子里的空气弥漫着一股血腥的气味。

肖四爷也带着人赶紧跑进自家屋里，却见一群日本兵端着刺刀把家里的东西挑得到处都是，桌椅板凳都翻倒在地，丫鬟们收拾的细软服饰也被挑了出来，乱七八糟，四散一地……

肖四爷最担心的，是藏在水缸里的香月被他们发现了。他故意带着几个姨太太拿着东西往外面跑，想把鬼子引出来。不想鬼子根本就不追他们，只顾在那里东翻西翻。等肖四爷跑到堂屋的时候，他就傻眼了，原来香月还有几个丫鬟早被鬼子找出来了，押在堂屋的一角，一个鬼子端着明晃晃的刺刀在看管着她们。

肖四爷急坏了，那几个丫鬟倒无所谓，他担心的是香月。当然，最重要的是香月的肚子里还怀着肖家的骨血呢。肖四爷便麻着胆子走过去，跟那个日本兵打手势，表示他愿意把家里所有值钱的东西和粮食都拿出来，只要他们放过他的这位姨太太。

没想到，那个领头的日本兵走了过来，推开肖四爷，他用手拧了一下香月的脸蛋，说了声，花姑娘的，大大的花姑娘，呦西呦西的！那个领头的手一挥，示意那几个日本兵把这几个花姑娘带走。肖四爷赶紧走过去拦住他们，并告诉他们说，这个姑娘要留下，她肚子有孩子，不能去伺候皇军。

那个领头的日本兵就走了过来，看了看香月，又看了看她的肚子。他把香月的衣服撩了起来，果然看到她微微隆起的肚子，他的眼睛中闪出一丝不易觉察的笑意。他用手摸了摸香月如花似玉的脸蛋，接着就把她推倒在地上，用脚狠狠地踩着她的肚子，一脚比一脚高，一脚比一脚用力。香月发出凄厉的惨叫，殷红的鲜血马上流了一地，所有人一下子惊呆了。肖四爷也呆若木鸡，几个姨太太用手捂着嘴巴，不敢发出声音，眼睛盯得直直的。

肖四爷眼睁睁地看着，香月的肚子被那个日本兵踩得那个凶，原来高高的小山顷刻之间没了踪影，变成了平原，甚至成了一块凹下去的盐碱地。香月在那个穷凶极恶的日兵鬼子的脚下凄惨地叫喊着。忽然，一声凄厉的哭喊过后，人整个儿晕厥过去。

这时，肖四爷仿佛明白了什么，突然发疯似的扑过去，推开那个日本兵，扑到香月的身上，那个日本兵对着他放了一枪，场面一下子安静起来，村庄上空也立马出现一片死寂。一班日本兵个个手中拿起抢来的东西，得意地挺着胸昂着头，押着肖四爷家的那几个女人扬长而去。

青云先生不知道什么时候进来了，他在肖家院子到处找人，走到堂屋的时候就看到一地的鲜血，然后就看到肖四爷趴倒在地上，伏在香月的身上。

他大呼一声，香月，香月妹子！走过去把肖四爷翻开一看，他已经死去多时，眼睛还直鼓鼓地看着天上，一副死不瞑目的样子，青云先生缓缓地帮他合上双眼。青云先生赶紧又用手探了探香月的鼻孔，感觉还有气息，他抱起一身是血的香月走出了肖家院子。

等赵云卿带着人马赶到时，鬼子早已不见了踪影。

村子里狼烟四起，家家户户发出凄惨的哭声，天也阴沉着老脸。

33

这个时候，远在近百里外的梅晚娘也得知了肖家院子被日本鬼子洗劫一空的消息。她下面的人把消息传给她的时候，春生正在她这里谈游击队征粮食的事情。

春生得知香月的惨状，心情异常悲痛。听传消息的人说，明明看到日本兵把香月肚里的孩子踩成了一摊血，也看到了肖四爷的尸体。但后来香月却莫名其妙地失踪了，不知道是死是活。

春生紧握拳头在桌子上猛地一捶，咬牙切齿地骂了一句："狗娘养的日本鬼子！看老子不剥了你们的皮，挖了你们的心！"他走到窗户前，久久地眺望着远处群山的黛影，不禁想起自己儿时跟香月相遇的情景来。

那年的冬天，春生才满十岁，因为家里穷，爹娘同时得了肺痨，无钱医治，不久便相继死去。春生小小年纪掩埋了爹娘，就沿路讨米到了草寨村。当时他几天没吃没喝，又冷又饿，走到这个村时就昏倒在路边了。醒来的时候，看到身上盖了件大人穿的打补丁的土布旧棉袄，身边蹲着一个模样乖态的小女孩，两只眼睛像两颗水灵灵的黑葡萄，看样子比他小个几岁。小女孩手里端了碗姜糖水，正在一口一口地用小调羹喂他。看到他睁开了眼睛，她赶紧放下碗，冲着里屋喊着，爹爹，他醒了，他醒了，快过来看。接着来了个中年男人，摸着他的头说，还好，终于醒过来了，可怜的孩子。然后问他是哪个院子的娃，要不要送他回去。春生眼泪汪汪地说，我没有家了，爹娘也没有了。就这样他在香月家里住了下来，后来又有一个男人从山上下来，说是没有生养，想认个继子，就这样又把他带到山上去了。但是春生一有空就会从山上下来找香月玩，他们几乎天天见面，香月只要家里有什么好吃的就拿出来给春生吃。春生问她，你吃了吗？香月摇摇头，说，爹娘只给我一个饼，我舍不得吃，留着和春生哥一起吃。他们两个人在大山里你一口我一口地分享着快乐……

想到这里，春生紧握拳头狠狠地砸到窗棂上，又用拳头猛揍自己的脑袋，说，香月，你在哪里呀？我怎么就这样没用呢？说罢，泪水簌簌而下。梅晚娘拿起自己那块洁白的手巾走到春生一侧，默然不语，她只是不停地替春生擦去泪水。春生猛地一把把眼泪擦干，对梅晚娘说，那个肖四爷强抢民女，本来是罪不可恕，但看他最后终于良心发现替香月挡了子弹，洗去了自己的冤孽，还是派人把他的尸体掩埋了吧。他一家子老老少少，死的死，散的散，几个姨太太和丫鬟也落入日本鬼子手里，家里是人去财空，也是很惨了。梅晚娘点了点头，春生的吩咐我梅晚娘哪有袖手旁观的道理。

说话间，梅晚娘就命人火速赶去肖家院子，帮他们料理后事。

梅晚娘接着安慰春生说，你也不要太伤感了，吉人自有天相，香月肯定是被人救走了，我会派人打探她的下落，一有消息就会通知给你。

春生点点头，唉，我这可怜的香月妹子，真的是命苦呀！我要不是有重任在身，一刻也不得停留，早就去寻她了。

梅晚娘收起手巾，说，我就欣赏你这血性男儿，胸有大志，对自己喜欢的女人也是忠肝义胆，全力以赴。俗话说，男儿有泪不轻弹，看到你为香月用情如此之深、之切、之真，我梅晚娘深深感动，同时也为自己可怜，天下之大，竟没有一个为我梅晚娘赴汤蹈火、万死不辞的男人！如果我是香月，就是死了也心甘情愿。香月妹妹真的是有福之人呢。说罢，不禁掏出手巾来擦不由自主地流出来的泪水。

春生看到梅晚娘伤感垂泪，一时竟手足无措，他走到梅晚娘的身边，替她倒了一杯热水，递给她说，以梅晚娘的魅力，天下男人哪个不想拥有呢？只是晚娘太优秀、太完美了，天下没有几个男人能够匹配你梅晚娘呀。梅晚娘听罢，破涕为笑，嚷嚷着，你春生就尽拣好听的说罢，休要蒙我。上次一别，你就从来没有登过我梅晚娘的门槛，要不是为了征抗日救国的粮食，你哪里会想到我梅晚娘呢。你心里早已被香月妹妹装得满满当当的了，任何女人都插不进去。你是当局者迷，我是旁观者清呀！我们女人，对世间人情冷暖最为敏感，一个表情，甚至一个小小的动作，都能看出一个男人的心，自然懂得这些道理。

暂不说这些吧，香月的下落不明，我这心里也是七上八下。我与她从小一起长大，已经是血浓于水，胜似亲人了。鬼子已经抢了粮食进山去了，他们又可以维持一段时间了，我们的队伍还在山上饿着肚子呢。我得尽快把粮食送去，让同志们吃饱，好有力气把那些天杀的鬼子赶尽杀绝呀！梅晚娘，我知道你也是深明大义之人，知书达理，非等闲之辈，你能支持抗战说明你是眼光高远呀！如今这时局，只有共产党才是真正抗日救国的队伍，是穷苦人民翻身做主人的主心骨呀！现在日本鬼子也猖獗不了几时了，我们的大部队就要到了，你也加入我们的队伍吧。春生看到梅晚娘梨花带雨的模样，心里不忍，本来想多劝慰她一下，但是想到自己如今已是人民的队伍，肩负的重任还没有完成，他也不能像从前那样没有组织纪律，随便跟女人发生感情。梅晚娘说得也没错，他的心里早已被香月装得满满的了，任何女人也进不来了，他也不想欺骗和伤害梅晚娘。春生拱手抱拳面向梅晚娘。

梅晚娘沉吟片刻，说，粮食我可以答应你，抗日救国，刻不容缓，人人有责。至于加入你们的队伍，我还没有想好，我一个妇道人家，也只能尽力做些力所能及的事情。国家之大任，恐难以担当呀！

那好吧，我先押粮食进山，你先不要急于答复我，慢慢考虑好再说吧。

送走了春生，梅晚娘一个人坐在太师椅上，感觉寂寞如潮水般涌来，她看着堂屋正中的红脸关公，不禁陷入了沉思。

34

青云把香月带回宅子后，看着她满身是血，奄奄一息，感到凭他一人之力根本救不了香月。他也不是大夫，不会处理这些事情，生怕香月有个好歹。

他连夜雇了辆马车，载着他和香月向几十里外的县城去了。

他想起自己的一个表哥在城里开药铺，学过几年西药，常常能让人起死回生。

赶到县城的时候，已经半夜三更了，表哥的药铺也早打烊了。他急急地在门上重重地拍打着，扯着嗓门喊，表哥，快开门，快快开门，救人啦！有人不行了。他背着人事不省的香月，焦急万分。

过了几分钟，才看到楼上的窗户亮起了煤油灯，然后有人踩着木梯吱嘎吱嘎作响地起床下楼了。青云心里急得要命，接着听到里面有人拔门闩的声音，那人打着呵欠，不满地嘟噜着，谁呀，这半夜三更的。门刚打开一道缝隙，青云就急不可待地推开大门，差点把开门的人撞倒，嘴巴说着，快点，快点，快准备救人。那人一个趔趄，正要发作，看着青云背着一个满身血的女人横着闯了进来，惊得目瞪口呆。他结结巴巴地说，青云，这大晚上的，你……你这是？这个女人是谁？她怎么啦？

快别废话了，准备救人呀！青云冲着他表哥一顿怒吼。那人也被吓住了，急急忙忙帮青云把香月放到一张看病的床上躺好。

表哥先给香月把了脉，再把香月彻底检查了一遍后，说，幸亏你来得及时，不然过了今晚她就没命了。一是失血过多，没有及时采取措施她就会没命；二是她的子宫已经严重破坏了，马上得做手术。命虽说保住了，只是今后她就不能再生孩子了。

啊，怎么会这样？青云懊恼地一屁股跌坐在地上。

一个年纪轻轻的女人，不能生孩子了，她该怎么活呀！青云自言自语道。

现在你是要救活她，还是要她生孩子？真是的，人都快没命了，还怎么去生孩子？

你的意思是说，只要救活了她，她以后还是能生孩子吗？

我没有这样说，我说的是她现在必须手术，不然就没命了。就是救活了她，她以后也不能生孩子了。

哦，唔，我知道了，先救人吧。

几天后，香月终于醒了，脸如白纸。青云眼泪巴巴地守在她身边。看到香月终于睁开了眼睛，青云大声喊着，表哥，表哥，香月醒了，现在可以给她吃点东西了吗？表哥闻声过来，再给香月把了脉，说，现在还是非常虚弱，你少跟她说话，要她多休息。青云拍了拍香月的手，说，香月，你好好躺着休息，我去给你煮点吃的。香月无力说话，只是用眼睛望着青云，轻轻地点了头。

青云在厨房帮香月熬着白米粥，他知道香月受了重伤，什么都还吃不进，只能给她喂点稀粥，待有了精神再做调理。

看着稀饭冒出的泡泡，青云不禁暗自发呆，他心里想着，等香月好了后，该怎么告诉她呢，她以后不能再做母亲了，不知道香月会怎样。她肯定难以接受这样的消息，唉，还是不让她知道吧，这么残酷的现实还是不说的好。可是，不说的话，对香月也不好呢，她迟早会知道的，到时肯定会埋怨我瞒着她了。青云思来想去，不知道如何是好。稀饭溢出来了他都不知道，表哥进来厨房看到青云在那发呆，稀饭在炉子上翻滚着泡泡，流个不停，赶紧过来端了下去。

表哥大声抗议，说，青云，你没有心思做事就不要做，我可以吩咐伙计去做的，你在这里魂不守舍地干吗，一个稀饭都熬不好。我看你呀，是对那个香月妹子犯了相思病了。

青云赶紧起身，用手去捂表哥的嘴巴，手放在嘴巴边上，“嘘”的一声。接着低声说，你小着点声行吗？当心被香月听见了。

你呀，是真的得了相思病了。还以为别人不知道，是个人一看就知道了，还病得不轻。表哥抱怨着，接着又说，香月这姑娘是挺乖态的，长得清秀可人，在我们这个县里也找不出来比她更乖态的，是个数一数二的美人。问题是，她已经不能生孩子了，你如果娶了她，真不想有后了？不孝有三，无后为大呀，你就不怕叔婶反对吗？

表哥，看你想到哪里去了，什么后不后的，只要香月愿意嫁给我，我倒是求之不得呢。问题是，她要嫁的人不是我，是她的春生哥呢。

你看，你看，我说的一点没错吧，整个儿一单相思。你是一个教书先生，叔婶也留有家业，长得也风流倜傥的，你说以你的条件，找个什么样的姑娘会找不到呢？我也知道香月妹子是个好姑娘，男人见了没有不喜欢的，问题是她现在都不能生孩子了，这个是我作为表哥最不能接受的事实，我相信叔婶也不会同意你的。

快别说了，当心香月听见了，别老往人家伤口上撒盐。我正在发愁该不该告诉她呢。

当然要告诉她了，你不说我也会告诉她的，这是一个医生的职业道德，病人有权利知道自己的病，和以后需要注意些什么问题。

好的，那你告诉她吧，反正我是说不出口，你尽量好点跟她说呀，不要惹得她伤心欲绝。

瞧你这德行，还没有娶她过门呢，就当自己的媳妇一样去心疼了。真拿你没辙，真是随了叔叔的性格了，一辈子过不了美人关，过不了感情关。

青云陷入了长长的沉思。

35

梅晚娘送走了春生没几天，赵云卿又来了。赵云卿屁股后面还跟着个耀武扬威的狗屁特派员，随行给她带来一车绫罗绸缎和重武器。

赵云卿为了争取梅晚娘收编，带着他的随从和朱特派员特意住了下来。名义上，说是领着朱特派员来游山玩水的，山里的空气好，风景也好，在城里待得烦了，厌倦了，想来山区换换新鲜空气，顺便出来散散心。其实是为了要她入伙，为自己掌握最佳时机，顺便稳住梅晚梅。既然山上的日本鬼子都没有粮食吃了，那么那些游击队也肯定是没有多少粮食了。都对峙耗了那么久了，想必有粮食也早耗完了。他倒是要看看，春生胆子是不是有钵钵大，有国民党的正规军和特派员在此，看他怎么来搞梅晚娘的粮食。

可是这个傻乎乎的赵云卿哪里知道，春生已捷足先登，粮食早运到山上去了。他又失算了一手，还自以为聪明，真的是可笑之极！

自从春生离开后，梅晚娘便郁郁寡欢，也是看在和赵云卿多年的交情上，才在表面上敷衍应付。这个朱特派员，一来便看上了梅晚娘的美色，但每次都有跟屁虫一样紧贴在屁股后头的赵云卿，他总也没有机会向梅晚娘表现自己的殷勤和爱慕之心。有时候，朱特派员为了抬高自己，还不时地摆摆威风，端端架子。这让梅晚娘更为反感，但看在那些武器和丰厚的物资份上还是给他一点面子，毕竟在这穷山恶水的地方哪里来的这样的重火力装配。现在日本鬼子还没有赶走，在这个兵荒马乱的年月，有武器才能真正地有实力，才能更好地保护自己，何况她一介女流是多么需要用武器来巩固自己的实力和守住自己的地盘。梅晚娘一个柔弱女子，能够镇守寨主的位置多年，没有被多方土匪和其他势力分化瓦解，也是靠着自己缜密的思维，和对军事、人心把控的聪明才智和能力。在这些军事纪律和管理能力上，赵云卿这个经验丰富的土匪也对她佩服有加。

这天，朱特派员想邀请梅晚娘作陪一起去山寨外看看，想了很久也没有想到一个好的法子，又要支开赵云卿，要一举两得还真是比较难。正好，梅晚娘的贴身丫鬟菊花来告假，说是老家的爹爹病重，家里带信要她回去照料一段时间。梅晚娘便准了菊花的假，正要安排人去送送，朱特派员灵机一动，便摆摆手对赵云卿说，赵团总，你正好闲着无事，何不去送菊花一程？这年月，兵荒马乱的，一个弱女子在路上要走这么远，一路上各路土匪横行，还有日本鬼子，下山遇上那就麻烦了。你熟悉这里的道路情况，又有武器装备，你亲自送菊花到老家，以保证她的安全，不怕一万，就怕万一。我们在此打扰梅寨主这么久，吃好喝好玩好，不说分忧解难，也总要为她做点什么，也好对梅寨主有个交代。赵云卿也是老奸巨猾，他嘿嘿一笑，说，特派员所言极是，还请您少安勿躁，我派几个精干人手去护送即可。在这里，您大老远地过来，身负国家重任，是国家的大将之才，才是我们真正要保护的贵客呀！您在这里要是有个什么闪失，我们如何向上峰交代呀！晚娘，你说是不是呀？说完，向梅晚娘使了个脸色，梅晚娘心领神会，马上接口说，是呀，赵团总说得极是。菊花一个小小的丫鬟哪里有特派员的身份尊贵呀，我们当然首先是要保护特派员的安危了。

朱特派员见自己的计划没有得逞，便哈哈一笑，又说，那，也罢，我也是先入为主，有点操心过头了哈。也是真心想为梅寨主做点事情，勿怪！勿怪哈！

这个赵云卿也是聪明过人，好像是朱特派员肚子的蛔虫，他对梅晚娘说，梅晚娘，朱特派员也来了几日了，可否换个地方，带他去桐山里面看看？

那里是深山老林，猎人布置的陷阱多，野兽也多，怕是不安全呀！如果在这里待得厌烦了，我就带你们去附近转悠一下吧，也领略一下大山的神韵风貌。梅晚娘接着说。

好！恭敬不如从命呀！听说湘西一带巫术流行，神奇得很。你们这里的山民有没有会放蛊的呀？

哈，特派员放心，我们这里的山民淳朴厚道，不会做这些事情。会放蛊和会巫术的离我们这里起码还有几百里山路呢。那里是麻阳一带了，听说那里的土匪更厉害，还有个苗寨王很是厉害，威名远扬。梅晚娘道。

哦，如此甚好，如此甚好。有梅晚娘随行，我们也是大可放心呀！

说着，梅晚娘一行就来到山下。

朱特派员看到山脚下的溪水清澈见底，绿如翡翠，不禁走过去用手捧了一捧，洗了把脸，感觉沁凉舒爽，正要喝下去，刚好被梅晚娘看到，大喝一声，别喝！这里的水是从山上下来汇集于此的，一路上进过了多处山道水洼，怕有蛇在这里洗澡留下毒液。

啊！朱特派员听了大惊失色，赶紧从溪水中跑了回来，生怕有蛇缠上他的脚似的。

看着那水青幽幽的，那么干净呢，原来还有这么些问题，那你们平常喝的水呢？要到哪里去取？

梅晚娘便带着他们来到一个用竹子做成的排水筒前，梅晚娘说，这根竹子是从山里的水源处接过来的，是从地下引出来的水源，没有经过动物的破坏，直接用空心的竹子引到这里来的，这才是真正的山泉水，没有烧开就可以直接饮用的。梅晚娘向他们介绍说。

朱特派员赶紧接了一捧喝下去，接着大声称赞，说，好水！好水！难怪这里的女人都一个个长得水灵灵的，尤其是你梅寨主，更是花中之王呀！原来都是这水养出来的，真的是一方山水养一方人呀！说得一点都没有错。

说得梅晚娘脸上一红，两腮桃花飞起，更显得娇俏可人了。

朱特派员便趁机抓起梅晚娘的手放在掌心，两只爪子在那里摸了又摸，两眼色眯眯地望着梅晚娘。

看得站在一旁的赵云卿怒火万丈，却又作声不得。

36

青云等香月的身子恢复得差不多了，就要上山去找春生，好让他放心。表哥死活不同意，怕他路上遇上日本鬼子，小命难保。

青云执意要去，表哥也拿他无可奈何，青云便把香月安顿在表哥的家里，带了些干粮就走了。

自从香月知道自己不能再做母亲之后，好像变了一个人，在药铺帮表哥做事总是心不在焉，总是出错。比如说，表哥要她拿秤称中药，她却把熬药的瓦沙缸端了出来，要她去把晒在外面的野菊花和金银花收进来，她却端了个簸箕过来，搞得表哥哭笑不得，只得看着摇了摇头，苦笑着说，香月妹子，你还是去歇着吧，这里不用你帮忙，我一个人就行了。香月呢，看到自己待在这里整日无所事事，只是吃现成的，也感到不好意思，总想帮表哥做点什么，却总是越帮越忙，越忙越乱。表哥也不怪她，知道她心里装着事儿，身体也刚刚受到重创和刺激，精神恍惚，只是希望她能早日康复过来。

凭着自己的医术，表哥家在当地一带早就是名门望族，一条街上都知道他“祥云堂”的名号，都喊他祥云老板。

祥云老板店里有十来个伙计帮忙做事，抓药的，上山采药的，店里帮忙打杂的，帮病人熬药的，还有厨房干活的等，各做各的事情，配合得井井有条。祥云老板在当地的人缘也很好，待人和气，加上祖传的家业，生意越做越大，在其他产业也有股份和资产，都有专人分管。在当地算得上是富甲一方的商贾兼郎中先生。

祥云老板也是个心思细腻的男人，对香月的起居安排得井井有条，又吩咐厨房每天给她安排专人调理营养，香月也恢复得很快。一段时间后，她就又脸如桃花，娉婷婀娜起来，还是以前那个让人一见心里就怦怦乱跳的香月妹子，根本看不出她曾经怀孕过。

由于祥云老板总不安排她做事，总是要她歇着，香月闲来无事，就去买了些针线和绒线回来，自己绣起荷包、织起毛线来。她想着给她的春生哥织件毛衣，冬天来了他穿上就会感到暖和，她的心情也好了许多。她想着，也要给青云大哥织件，没有青云大哥把她救起，这样体贴入微地照顾她，她也活不到今天。

在祥云老板的精心调理下，香月慢慢地恢复了健康和自信，像朵含苞欲放的蓓蕾，也愈来愈开得清香弥漫了。不知不觉地，祥云老板也开始做事分神了，在闲暇的当儿看着坐在院里安静地绣着花的香月，竟也看得入迷了。甚至有点舍不得香月离开了。可是，一想到青云的嘱托，祥云老板就羞红了脸，暗暗骂自己不该对香月有非分之想。

香月身体完全康复后，也开始帮祥云老板打理一些店铺的事情和家务了。店里的老老少少也很喜欢跟香月一起干活，店里的吴管家总是喜欢开她和祥云老板的玩笑，说香月自从病好了以后，干活是里里外外一把手，家里家外安排得井井有条，完完全全是一副老板娘的样子了。店里的伙计就起哄，问老板什么时候可以请他们吃喜糖，香月就羞得满脸通红，跑到里屋不敢出来了。祥云老板心里也乐得大家开他和香月的玩笑，但是口头上却说，不要瞎起哄呀，人家香月心里可是有主的呢。

每次祥云老板到别的地方收账或参加商贸活动时，总是喜欢给香月带一些女人喜欢的小物件回去，像什么香粉呀，胭脂呀，还有金银首饰什么的。香月开始还推辞，不好意思接受他的礼物，但不管香月推不推辞，接不接受，祥云老板总是一如既往地坚持这样，也总是把那些小物件放到香月的屋里。慢慢地，好像哪次祥云老板出去没有带回来一点什么东西给香月，他就坐不踏实，心里也极为不舒服。慢慢地，香月也习惯了。她把这些东西都收在厢房的抽屉里，也没有拿出来用过。

祥云老板是个心思细腻的男人，他见香月不怎么用他买的礼物，就直接从外面买了绸缎回来要带她去裁缝店做几身衣裳。

香月说，我有衣服穿呢，用不着去做新的，别浪费了开支。

祥云老板把脸一板，说，做几身衣服要得了几个钱？别太小瞧了我，等下青云会说我这么吝啬，你到这里还帮我干活，没有付给你工钱，连身像样的衣服都没有，穿的还是以前的旧衣服，这不是打我的脸吗？

说着，不由分说就拉着香月去了裁缝店量了尺寸。

过了几日，就领着香月去裁缝店拿衣服，老板要香月试穿一下合不合身，香月就到里间穿了衣服出来。她一出来，店里的眼睛都“刷”的一下被吸引来了。衣服是淡紫色的旗袍，下面绣了两朵洁白的并蒂莲，穿在香月的身上非常合身，把她的身段勾勒得玲珑有致。缎子镶边，立领更是托着香月天鹅般的粉颈，莲藕一样洁白的胳膊，脸如桃花，暗香袭人，显得清丽脱俗，如一位紫衣仙子袅袅婷婷，看得店里的男人眼睛珠子都快要掉了出来，女人也是满眼的羡慕。

祥云老板看得目瞪口呆，但一看到店里其他男人失态的样子和异样的目光，赶紧付了钱，拿上衣服，拽着香月出了店门，生怕被人用眼睛多挖了几眼。

行走在深深的街巷里，祥云老板时不时偷偷地打量着香月，心里禁不住怦怦乱跳。

中卷

第六章　石部

37

雪峰山下的村民听到了山上一阵激烈的枪声，不知道又是谁跟谁交上火了。据说山上有游击队，有日本鬼子，还有土匪和国民党的军队。光听枪声，也不知道是哪方打出来的。

青云在山上走了几天，身上带的干粮早吃光了，水也喝完了，他又累又饿又渴。他想去找春生，却在山上迷了路。他打小就生在镇上，从小过着由奶娘和丫鬟伙计照顾的大少爷生活，没有去农村生活过，更没有去过山里，哪里能知道山路曲折盘旋。在镇上，后来爹娘生意做得大了，经营到外面去了，给他留下几间房产，还有照顾的伙计丫鬟。他读了一肚子的书，就把他们都辞退了，自己到蓼湄中学教书去了。

青云迷了路，非常焦急，却不想越是急就越是找不到出路了。后来他好像被人盯了梢，但他也不知道是哪路神仙，心里不免更加着急。

他正要往一棵大树下面的小坑跳下去躲一躲，却听到后面响起了枪声。青云心里一惊，难道自己进山惊动鬼子了？

他不敢大意，赶紧把身子一侧，躲到旁边一棵大树的后头，在树杈中间观察一下后面的情况。只见身后人影晃动，枪声密集，由于树木茂盛，灌木也多，两队人马隐蔽着双方各自放枪，青云也搞不清楚到底是谁跟谁在交战。但又不敢轻举妄动，怕动一下把注意力引到自己这边来了。

青云躲在树后观察了一会儿，正要抽身离开，却有几颗流弹飞来，一颗打在树上，打得树皮绽飞，另一颗却从自己头顶上擦过去了，几乎是挨着头皮飞了过去，青云摸了下脑袋，吓得不轻，再偏差那么一点点他就一命呜呼了。

青云只得待在原地，大气也不敢出。他从来没有经历过这样惊险的场面，只觉得不想个法子离开，恐怕小命难保。他也不敢再伸出个脖子朝那边张望了，他缩在那边待了一会儿。渐渐地，听到身后的枪声好像在转移，火力也没有之前的猛了，慢慢地，枪声更稀疏起来。这个时候，青云才敢起身，朝着前头的一条小道飞跑，尽快离开这个可怕的地方。

他飞跑着，隐约听到后面有人在喊。侧耳细听，原来是喊他。那声音不大，却很熟悉：青云大哥，莫要再往前面去了，那里是条死路，前面是个悬崖，无路可走的。青云一时想不起来是谁，只得折身回来。

那人从后面追来，手里拿着把短枪，待那人走得近了，青云才看清原来是春生。春生身手敏捷，拨开那些横在前面的树枝，一下就窜到他身边来了。春生拉他到一处树木密集的地方隐藏起来，然后问他，青云大哥，你怎么跑到山里来了？青云说，我进山为的就是找你呀，说着眼圈一红，差点落下泪来。

然后青云就把香月在肖家院子遭遇鬼子的事情告诉了春生，说他去晚了一步，去的时候肖四爷已经死了，香月的孩子也没有保住，他只救得香月出来。春生迫不及待地问他，香月她怎么样了呢？又说，当时也听说了肖家院子的消息，但是不见香月的踪影，谁也不知道她去了哪里，不晓得是死是活，心里是急得要命。日本鬼子在肖家院子洗劫的时候，我正在梅晚娘那边搞粮食呢。队伍饿了几天，战斗力也大大地削弱了，没得办法，我只有去找梅晚娘解决这个燃眉之急，不想鬼子也饿得下山来寻吃的，这才让肖家院子和香月遭了殃。

幸好，日本鬼子在撤到山上去的时候遇上了陈安队长和他的游击队，那几个丫头和姨太太就被他们解救了下来，鬼子也不敢恋战，他们还带着粮食，只得放弃了这几个女人。不然，这些女人被鬼子带走也是小命难保呢，鬼子在咱们中国简直就是禽兽不如呢，那些女人他们如果带去，就是要被发泄他们的兽性。听陈安队长说，日本鬼子在中国逮住咱们的姐妹，就被他们关在或者锁在一间屋子里，每次战斗后就要那些士兵轮流去糟蹋，有些姐妹就把她们糟蹋致残，有些姐妹实在受不了想逃走，一旦发现就会当场轮奸致死，或者当场刺死，也有好些姐妹受不了凌辱自杀的。如果面临撤离任务和危险时，带不走，就会当场全部枪杀了。所以，我们游击队的女战士都是不愿意做俘虏的，在战斗中如果被日本鬼子截住，要活捉她们时，在没有救援的情况下，她们都情愿选择自杀。

青云听了，拳头握得紧紧的，咬牙切齿地说，真恨不得把这些天杀的日本鬼子生吞活剥了。幸好，香月姑娘没有落入他们的手里，否则真不知道该怎么跟你交差呢。

都怪我呢，没有保护好她，让她吃尽了苦头。春生说着，心里也一阵难受。

青云说，香月我寄托在我表哥家里了，那里距离这里比较远，应该还好。日本鬼子就是下山去，也一时到不了那么远，表哥在那里也有一定的保护势力，香月应该是安全的，你现在也尽可以放心。

谢谢青云大哥的帮助呢，不是你来告诉我，我都准备下山去寻找她的下落了呢。还好，战斗马上就要结束了，国民党的主力部队也已经在山那边设伏了。我们在这里主要是牵住他们，拖延时间，等各路部队完成集结，进入战事，他们的死期也就不远了。这里应该是保卫国家的最后一站了，把日本鬼子赶出中国，我们也就有好日子过了。

春生说得非常激动，拳头都握得紧紧的。

这时后面的枪声也完全消失了，几个游击队员跑到这里来跟春生会合。

青云也随着他们一起到了游击队的腹地，见到了陈安队长。

38

赵云卿带着朱特派员在梅晚娘那里住了一段时日，朱特派员总是催赵云卿谈收编的事，不知是梅晚娘在有意回避，还是赵云卿拖着不进入正题。朱特派员感觉到这个赵云卿有自己的小算盘，做事总是留有一手。

朱特派员也有些急了，晚饭后心里很是不爽，到外面走了一阵，心里更是窝火。在这个穷山恶水的地方，有多方土匪势力，他人生地不熟的，处处还需要赵云卿的照顾和保护。赵云卿不配合他，他也只得强压心头的怒火。

赵云卿呢，心里几根肠子也在咕咕作响，不是好拣的青菜豆腐。他对朱特派员也是一肚子的不满，尤其是他每次色眯眯地望着梅晚娘，还不时地假装关心，动不动就去摸梅晚娘的玉手，搞得他心里也是敢怒不敢言，只得找机会让他难堪，发泄心里的不满。要不是看在这些精良的武器装配上，我赵云卿才不管是哪个狗屁特派员呢，就是你蒋委员长亲自来了，老子也不见得待见。你一个小小的特派员又算得上哪根葱呢！竟然敢动不动就拉梅晚娘的手，梅晚娘的手是你可以随便乱摸的吗？我赵云卿跟梅晚娘从小玩泥巴坨坨长大的，也不敢时不时地摸她的手。赵云卿越想越来气，积郁于胸，却也找不到地方发泄。

看他老是催自己去跟梅晚娘谈收编的事情，趁机也刺他一下，不想让他这么早如愿以偿，不然也太便宜他了。想起朱特派员刚刚那茄子打了霜似的孬种样，赵云卿心里就很开心，走起路来竟哼着小曲。

赵云卿迎面遇上了梅晚娘，她正往朱特派员那边去。

这么急，干么子去呢？赵云卿明知故问。

哦，刚刚你们那个朱特派员派人告诉我，说是有什么要紧事要跟我谈。是么子要紧事呢？你晓得吗？梅晚娘问赵云卿。

赵云卿一听，把梅晚娘拉到一边去，神秘兮兮地说，我当然晓得呢，能有我赵云卿不晓得的事情吗？

那他找我是么子事？

嘿嘿，你梅晚娘这么冰雪聪明的人，我晓得你心里是明镜一样的，却要故意来套我的话，我心里还没有底吗？

没个正行！你从小到大还是这副德行，能不能改改！梅晚娘说着用一根食指戳着赵云卿圆圆宽宽的额头。

嘿，梅晚娘，要是他要收编你的队伍，你会答应吗？赵云卿凑了个肥肥的脑袋过来，小声在梅晚娘的耳边嘀咕着。

梅晚娘反问一句，你说呢？

我又不是你肚子里的小蛔虫，我怎么晓得呢？所以就问你的嘛。

我才不像你，谁有财你就做了谁的干儿子！

他们会给你那么多的精良武器和装备物资呢，难道你就真的不动心？说句老实话，我们在这穷山恶水的山区里面抢劫一辈子也捞不到这么多油水呢。如今这形势，也要为自己找条出路嘛？赵云卿对梅晚娘说。

梅晚娘叹口气，说，人为财死鸟为食亡，说得一点也没有错，但是君子取财亦有道，发这样的国难财也没有什么光荣的。我劝你还是多做些善事吧，免得见了阎王要被落油锅，下到十八层地狱呢。

呸呸，别老说些丧气话嘛。其实，这样的财喜你不去捡，别人也照样拣去了的。何必要把财喜落到别人的口袋去呢？总有人会做这件事情的，你不想，别人会想；你不做，别人照样会做的呀。难道你要被那些穷游击队收编？他们连件像样的衣服都没有，又穷又苦，连杆像样的枪都没有，在实力上又怎么能跟国民党的正规军去比呢？

如果你和朱特派员是打着这样的主意来的，劝你们趁早打消念头离开吧，免得在这里耽误你们做正事的功夫。我梅晚娘谁也不能收编，我在这里土生土长，上要对得起天，下要对得起地，中间要对得起爹娘。我在这里做我的山寨王，靠山吃山，靠水吃水，逍遥自在，谁也休想约束到我！

梅晚娘息怒！这也是那个特派员的意思，你先别这么着急拒绝我们嘛，给双方留个余地吧，你再考虑一些时日也可，想通了，随时来找我们。也要给我一点颜面，给个台阶下吧，不然我跟他也不好交差呢。赵云卿赶紧跟梅晚娘赔不是。

那我可不管你这么多呢，你自己揽的活儿自己去消化吧。明日我就派人送你们出山，恕我不能远送！梅晚娘气哼哼地说完，丢下赵云卿呆头鹅一样立在那里，自顾自地走了。

39

春生把青云带到山里的队伍里面住了一宿。青云看到游击队员的条件异常艰苦，还有伤员的伤口化脓了都没有药物消炎止痛，还要对付鬼子和山里的野兽。晚上都是以天为被，以地为床，不免深受感动。他要春生帮他引荐一下陈队长，他想要为游击队员做些实事。

第二天天刚蒙蒙亮，春生就带青云去找了陈队长。青云对陈队长说，看到战士们条件这么艰苦，伤员负伤还在坚持作战，真的是为保家卫国抛头颅，洒热血，不怕牺牲，不怕艰苦，真正是穷苦人民自己的队伍！我青云只会教书，也做不来什么，但是我有个表哥是行医的，这里这么多的兄弟负伤，你们的药物肯定也是非常缺乏的。我下山后去跟表哥说一下，请他捐助你们一些医疗上的物品和药品吧。

陈队长听了非常高兴，说，那先谢谢青云先生了，先生知书达理，忧国忧民，能有心救国也是国家的英雄呀！我替游击队的同志，也替全国的穷苦人民感谢你们了！

不要见外了，我们都是一家人，都是为自己而战，保家卫国！说着说着，青云先生紧紧握着陈队长的手，想着自己也能替自己、替自己的家乡、替自己的国家做一些事情，激动得热泪盈眶。

雾气蒙蒙中，陈队长安排几个队员送青云下山去了。

春生不放心，也跟了上去，直到把青云送到山脚下才依依惜别。青云一步三回头地向春生挥手，说，香月妹子在我表哥那里很安全的，你就把心放在肚子里吧，等把日本鬼子赶出了中国，你就可以去接她了。

青云回到祥云表哥那里时已经日落西山了。太阳像个悬挂的熟柿子，温柔而迷人。青云想着就要看到香月了，心里也暖融融的了。

一进表哥的家门，发现只有伙计在家里干活，表哥和香月都不见踪影，就问管家他们人哪里去了。

管家说，祥云老板带着香月姑娘去外面收账去了。说她在家里也闷得慌，顺便带她出去散散心，见识一下外面的世界，开阔一下眼界。香月姑娘也很是冰雪聪明哦，什么东西一见就知道，一学就会了。真的是当老板娘的料子哦！

青云听了，心里很不是滋味。心想，你们这些人晓得些什么呢？还真以为香月姑娘在这里住就会当么子老板娘吗？真是没有见过世面的乡下人呢。

青云一个人就去街上溜达去了。刚走出去没有多远，就看到祥云表哥提着一堆女人用的东西，脸上喜气洋洋的，香月就跟在他的屁股后头。

青云走了过去，喊了声香月，香月抬头一看，见是青云大哥，脸上就飞起了云彩，她激动地抓住青云的胳膊，摇晃着问，青云大哥，找着了春生哥了吗？

青云点了点头，说，放心吧，他很安全。祥云老板就把手上的东西分给青云一点，要他也帮忙提。青云说，呦，表哥今天买这么多的东西呀？是要待客吗？祥云老板哈哈一笑说，这不，就知道你该回来了，买了好多用的、吃的呢，回去要香月帮忙给你弄吧。青云接过东西，这才看到香月的衣服都是簇新的了，加上身体已经完全康复，更加显得光彩照人，婀娜多姿。

青云笑着说，表哥真是个细心人呀，你看我走了没几天，香月身体康复得这么快，连衣服都换成新的了，我都差点没有认出来呢。刚刚看到你俩在一起，我还以为表哥把七仙女领回来了呢。香月听了，扑哧一笑，乐得跟什么似的，说，青云大哥，你怎么也开起这样的玩笑来了呀，都不像是以前的青云大哥了。

祥云老板也附和着，就是，就是，走了没几天，就变得油嘴滑舌的了。青云也不反驳他们，他还在盘算着如何向表哥开口给游击队捐赠药品之事呢。自然心里有话也不敢多嘴，怕表哥不高兴。

他们三个一起回到店铺，香月就去厨房帮忙弄饭去了。

第二天一大早，青云看到表哥在给病人开方子，心里也记挂着陈队长交代的任务，待表哥忙完，青云就过来问表哥忙完了没有，正好有要事相商。

青云就把祥云表哥拉到前面的会客厅去了，他看四周正好没有人，店里的伙计也都在忙着自己的事情，没有人注意他们。

青云说，表哥，这段时间店里的生意忙不忙呀？有香月在这帮你打理一下杂务也好，她是很聪明的人，你只要耐心教她，什么东西学起来都很快。

嗯，是咧，香月的确是个好帮手，她也很勤快，店里有什么需要帮忙的事情，她从来都是主动去做的，也不需要大家招呼，跟这里的伙计、厨娘都处得很好。大家都很喜欢她。祥云老板说。

是啊，香月不仅人长得水灵可人，做事勤快，待人也很好，心地善良，人见人爱呀。青云感叹了一番，又接着说，香月说的春生哥就是她小时的玩伴呢，两人关系很好的，如今在雪峰山上跟日本鬼子交战。由于他们的武器落后，虽然打了不少的胜仗，却也有不少的伤员。我刚刚从山上下来，这些伤员的药品紧缺，虽然负伤，只要还能动弹的，都会参与战斗。我看到他们的条件非常艰苦，伤员们的伤口好多都化脓了，由于没有药品及时处理，有的还需要截肢。你看……能不能想法子帮他们送点药品上去?

国难当头，匹夫有责呀！游击队也是真正为老百姓着想的抗日队伍，在前线浴血奋战，不怕牺牲，我们理应全力以赴支持他们抗日。只是，店里的伙计很少，一时也抽不出人来，这段时间店铺进了一批药材，还有其他几个地方的纱厂也在进货，大伙都很忙呀，人手不够，不知道他们能不能过来接应。祥云老板说。

哦，这个问题你倒是不用操心，他们在山上也不方便派人下山的，一是怕打草惊蛇，二是他们人手本来就很少，还有那么多的伤员，随时有任务作战。只要表哥答应捐赠，这个送上去的任务就交给我来完成吧，我再雇一辆马车和找几个人一起送上去。青云非常欢喜地应允。

祥云老板听了赶紧喊人进来，吩咐他们把新进的药材和西药类的消炎药分为两批。一批在店铺入库，一批打包放好。又派人去喊了辆马车来，当时就把药品物资装了上去。

青云赶紧道谢，说，事不宜迟，早一天送到，就可以早一点减轻伤员的痛苦。我这就出发，香月在这里，还得继续烦劳表哥多多照应了！

祥云老板说，自家人不说两家话，我懂的，你放心去好了。

40

赵云卿在梅晚娘那里没有完成任务，与朱特派员一行灰溜溜地往回赶了。赵云卿骑着一匹矫健的白马，朱特派员还是坐着竹子的抬轿，抽着烟斗，一路吱嘎吱嘎地响着。一路上他们只顾着赶路，谁也没有说话，心里各自装着心思。

朱特派员一脸的阴云，烟斗吧得呼啦呼啦的。赵云卿看在眼里，心里知道他的如意算盘全部落空了，没有完成上峰交代的任务，又没有得到梅晚娘的美色，心里不知道怎样烦恼了。赵云卿也是喜忧参半，高兴的是这个朱特派员没有得到梅晚娘，担心的是这次任务没有完成，回去后不知道朱特派员会怎样收拾他赵云卿呢。是收回上峰分配给他的武器装备和物资，还是狠狠地臭骂他一顿呢？赵云卿心里是情愿被骂得狗血淋头，也不想把到手的肥水再吐出来的。可这又有什么法子好想呢？唉，他娘的，真不知道该怎么办。还是老话说得好，人在倒霉的时候喝凉水都会塞牙的呢……

正当赵云卿像一只被斗败的公鸡般垂头丧气时，迎面却看到青云先生赶着马车，带着几个人朝这边与他们擦肩而过。赵云卿赶紧勒住马，命令队伍停下，然后差人去问青云先生的马车上载的是什么东西。青云先生知道赵云卿的为人，在他的眼皮底下，谁的东西也休想逃过，他是土匪本性不改，见什么就想要什么的，小到一袋子粮食和盐巴，大到金子，什么都想捞一把，就是鸟雀飞过也要扯一片羽毛。青云先生拱手作揖道，没有什么值钱的东西呢，就是学校里的课本，给学生们上课用的书和学习工具呢。那人用眼瞅了一下，看到确实是一箱箱的纸箱包装好的。就跟赵云卿汇报说，报告赵团总，里面装的是给学生上课用的书本。赵云卿的老鼠眼侧眯了一下，说，你们这些个饭桶，跟我赵云卿混了这么多年都白混了，一个个都是用屁股去想脑袋的问题。他青云先生说是书本里面就是书本了？他说是上课用的书本，我要说里面是金条。那人用手挠了挠头皮说，青云先生本来就是个教书先生呀，他装的不是书是什么？另一个少尉服装的随从也跟着说，这里方圆百里谁不认识青云先生呢？谁家里没有小孩要念书？就算了吧，就算不是书，一个教书先生也没有什么金银财宝可藏的。

赵云卿听了把眼睛一瞪，这里谁说话算数的？给老子去拆了包装看清楚再说。那人又折身回去，把马车上的纸箱都拆了，看到里面是些药品物资。又回去报告赵云卿说，报告！里面没有值钱的东西，都是些药品物资。赵云卿一听立马来了精神，用手挠着光头，打着哈哈，下得马来，说，我就说嘛，什么事情都要眼见为实，不要听别人说是什么就是什么，你们一个个都是蠢货！把东西都给我下了全部带走！那人又说，可是这又不是什么值钱的东西呀。赵云卿指着他的鼻子尖尖骂道，我日你十八代的祖宗！你在这么啰唆个什么，现在是什么年月你不知道么？兵荒马乱的，马上就要面临大的战斗，会有许多伤员需要药品。我现在是什么都有了，武器装配、人马都有，唯独缺这东西呢。这不正是给我赵云卿雪中送炭来的嘛。

看到赵云卿命人去搬药品下来，青云死活不让，他坐在那些纸箱上面，说，赵团总，我也不瞒你，这些药品是要捐赠给山上正在抗日的游击队的。他们在那里为老百姓和国家流血流汗，不怕牺牲，战斗在最前线，这些物资只有他们才配拥有。赵云卿把眼珠一瞪，说，老子也马上要去抗日了呀，送给我们不也是一样？青云先生冷笑道，如今日本鬼子在山上已经多日，人家在山上打了这么久，却从未见你去支援过，日本鬼子扫荡肖家院子，村民跑去搬你这救兵，你却左拖右拖，比王八还要慢，活活地丧失了最佳时机，白白地死了那么多的村民！每次都要等日本鬼子撤了你们才出现，还在这里假仁假义谈什么抗日？赵云卿听了火冒三丈，抽出夹子里的短枪就往天上放了一枪，说，你不要仗着梅晚娘和游击队为你撑腰，就耀武扬威，不识抬举。如今这方圆百里还是我赵云卿的天下，不要以为来了支土八路，就不把我赵云卿当回事了。青云也不管他怎么发威，就是坐在箱子上不肯下来。

赵云卿的手下也不敢硬拖下来，就鼓着两只青蛙眼一下望着赵云卿，一下望着青云先生。

这时，坐在抬轿上假寐的朱特派员睁开了眼睛，把烟斗放在抬轿的竹竿上敲了敲里面的烟灰。然后清了清嗓子说，什么人竟敢这样放肆？！敢不把咱们的赵团总放在眼里？也不把我这个特派员放在眼里吗？青云这才看到缩在抬轿中带着黑色帽子的特派员，他说，这个又是何方神圣？能跟赵云卿同一个鼻孔出气的也不是什么好鸟。朱特派员气得差点从抬轿里蹦出来，他恼羞成怒，大声喊着，来人，给我把他拖下来，把这些医疗物资全部充公带走。然后朱特派员这边的人一哄而上，硬要把青云从上面拖下来，青云死死拉着边上的缰绳不放，任他们怎么折腾也不肯下来。大家推推搡搡，厮打在一起。

这时，只听得一声枪响，扭打在一堆的人群顿时都停了下来，大家还没有缓过神来，只看到青云的胸前染出了一朵灿烂的杜鹃花，他正顺着马车的缰绳倒了下去。

所有的人都张大了嘴巴望着，一时间不知所措。赶马车的车夫直愣愣地望着他们，也不敢再反抗了，眼睁睁地看着赵云卿他们把药品一抢而空，扬长而去。

41

香月已经学会按照祥云老板的方子抓药配药了。每天在店铺里进进出出，忙忙碌碌的，她感到很满足，觉得每天的日子都是那么充实而新鲜。

香月想望着那么一天，那一天是她和春生哥相见的日子！

渐渐地，天气开始凉了起来，不知不觉要添两件衣裳了。想着春生哥在山上一定也觉得冷了，香月就会抓紧时间把店里的活儿干完，然后，无事的时候搬了张竹椅子端坐在院子的角落，一边晒着暖融融的太阳，一边飞针走线，织着毛线衣。她已经织完一件了，叠得整整齐齐地堆放在衣柜里，等着青云大哥过来时带去给春生哥。手里织的这件，她是给青云大哥的。这世上除了亲爹娘，她心里最亲的人就是春生哥和青云大哥了。春生哥是铭刻于心的感情，青云大哥呢，在她心里是当作自己的大哥了，她觉得青云大哥就像她的大哥哥一样温暖，时时刻刻关心着她，呵护着她，她从小就没有哥哥，觉得有个哥哥真好。所以每次给春生准备什么，总要想着也给青云大哥准备一份，祥云老板看到，心里总是酸溜溜的。

可是有一件事情，祥云老板总觉得要瞒着香月才好，免得她伤心。那次青云押送药品被赵云卿一枪毙命，药品也被他们抢了去，祥云老板总觉得心里窝着一口气，压得难受。

这天，他又看到香月靠在南墙边织着那件藏青色的毛线衣，就走到她的身边问，这是织到第几件了呢？香月说，是第二件。哦，天气是越来越凉了，很快就要穿毛衣了，你这件又是送给谁的呢？

哦，刚织完的那件是给春生哥的，这件是给青云大哥准备的。

祥云老板听了，身子不禁打了个冷战，香月看到了，忙问他，祥云表哥，你是怎么了呢？是哪里不舒服吗？说完就用手去摸祥云老板的额头，好像祥云表哥是她的病人一样，她似乎也会看病了。她把手放在祥云表哥的额头上停顿了少许，说，好像是有点发烧了呢，烫烫的。说着就扶着祥云表哥到她的厢房那边去了，她要祥云老板靠在椅子上休息一下，她就到房里拧了块湿毛巾过来，她把毛巾折得四四方方的，然后放在祥云表哥的额头上，再柔声问他，祥云表哥，好些了吗？她身上清香的味儿蹿进了祥云老板的鼻孔，香月靠近他问的时候，差点碰到了他的脸颊。也许是香月鼻孔窜出来的暖暖的气息，触动到祥云老板心里那根敏感的神经，祥云老板脸色微红，似乎真的在发烧。突然他把香月揽了过来，把滚烫的嘴唇贴在她粉嫩的桃花一样的唇上。然后，用力抱紧了香月，把香月放在自己的大腿上，疯狂地吻着她的身体。香月一惊，马上用力推开了他，然后惊慌失措地望着祥云老板。此刻的祥云老板仿佛突然变了一个人，不再是以前那个温文尔雅、斯斯文文的祥云表哥了。

祥云老板看到香月惊恐的样子，心里一阵内疚，他说，对不起，香月，我喜欢你，我是真的喜欢你呢！我感觉自己越来越离不开你了，感觉到你就是天上的嫦娥呢。我晓得，你心里只有春生和青云，但是我就是不可救药地爱上你了，我没有控制好自己，对不住，真的是对不住！然后，边说边往后退，边退边说，双手合十，频频致歉，生怕自己把香月吓跑了。

这时，正好有人来看病，管家在院里大声喊着祥云老板，快去帮人看病！

香月坐在房间发了一阵呆，过了一会儿，才跑到镜子面前把头发拢了拢，把衣裳整了整。感觉到自己怦怦乱跳的心脏没有开始时跳动得那么厉害了，才若无其事地走了出来。香月还倒了一杯水出来，准备递给来瞧病的病人喝。

她要到前面去帮病人抓药呢，自从香月学会了抓药、配药之后，每次祥云在前台帮人瞧病，开好了方子，她就开始照着方子配药、抓药，祥云表哥就开始看第二个病人。两人都心领神会，配合得天衣无缝，初次来看病的人，还真以为他们是一对夫妇呢，做什么都配合得那么好，心照不宣的。

香月快要走到诊室的时候，就听到一个人说，祥云老板，你知道当时是谁开的枪吗？反正我是听到赶马车的车夫说，是赵云卿开的枪呢。青云先生中弹的时候，有人看到赵云卿的枪口还冒着烟。听说，青云先生被车夫扶到车上时，已经说不出来一句话，用手指了指赵云卿他们离去的方向就咽了气。唉，早知道如此，还不如不要青云去押车呢，药品丢了不要紧，还白白赔上了自己的性命。

他们正谈论着赵云卿的贪婪凶残和为青云搭上了性命惋惜时，突然听到后面“当啷”一声脆响，好像是茶杯落到地上摔碎的声音。祥云老板说了一声，不好！赶紧起身去里屋，看到香月凭空端着两只手站在那里，脚下一只茶杯摔得粉碎，两眼圆睁，嘴巴张开，却又发不出声音来。

看到祥云老板和那人出来，香月身子震动了一下，有气无力地问了声，我的青云大哥呢？然后身子就歪斜了下去。祥云老板一个箭步冲过去，抱住了香月，香月瘫倒在祥云老板的怀里，一时昏厥了过去。

42

春生他们的队伍在雪峰山上与日本鬼子周旋了多日，已经弹尽粮绝，加上青云的药品也被赵云卿劫了去，伤员的伤情日渐恶化，严重地破坏了战斗力。万般无奈之下，只好趁着夜色的掩护把一些重病伤员送到山下的乡民家里养护。

情报员给他们送来了消息，他们在山上最多再拖住日本鬼子三日，大部队集结合围就将全部完成。现在，一定不能让鬼子发现他们只是一支百八十号人的游击队伍，不然就会面临日本鬼子倾力围剿的危险。这支队伍在山上与日本鬼子循环交战多日，已经大大削弱了战斗力，再无主动出击的力量。目前他们的任务是按兵不动，保存实力，但又不能让日本鬼子摸清底细。春生是在大山里长大的孩子，自然懂得如何在大山里生存下去。开始没有粮食吃还可以在山上打野兔打野味吃，现在为了保存实力，也不敢随便放枪了，怕敌人知道了他们的大致位置，摸清了他们队伍的情况，所以也不敢捕捉野味。春生只好带着同志们在山上采野菜、挖蕨根充饥。

虽然说只要再坚持三天，但在弹尽粮绝的情况下坚持，也是非常艰难的。同志们饿着肚子隐蔽在山上，连山上的虫子都被他们逮住吃了，如果碰上一条毒蛇，更是不能放过的好野味。但是也很危险，这些蛇的毒性很猛，如果没有掐住它的七寸，反过来被蛇咬了，能快速致人毒发气绝，连自己的命也会搭上的。

这天，陈安队长见同志们实在是饿得一个个说话都没有力气了，就把春生喊了过来，跟他商量着下山去再去找梅晚娘借点粮食上来，这次不需要太多，只要能维持他们在山上够吃就行，顺便做做她的思想工作，看能不能成为自己的人，为游击队和老百姓所用，成为一块根据地。

春生和陈安队长换上本地老百姓的衣服，就偷偷地顺着小道下山去了。

到了梅晚娘的寨子里时，天色早已经暗了下来。

梅晚娘领着春生和陈安队长在山寨里逛了一圈，此时，夕阳的余晖从山那边的枝叶缝隙间透射过来，暖暖柔柔地落在每个人的身体上，给整个寨子镀上了一层橘色的光芒，山涧的溪水的潺潺之音响在耳边，几只长尾巴的颜色艳丽的鸟儿从他们头顶上飞过。

真美呀！陈安队长不由自主地发出一声感叹，他对梅晚娘说，如果没有战争，这里真的是个世外桃源呢。梅晚娘望着陈安英俊刚毅的脸庞说，是呢，要是没有战争多好，这里的民风淳朴，空气清新，山清水秀，人们在这里安居乐业，悠然自得地生活，该是多么美好的事情！

陈安队长又俏皮地说了一句，尤其是这里还有赛西施的寨主相伴，在这青山绿水的人间仙境，岂不快哉？

说得梅晚娘挺不好意思地低下头去，三个人在夕阳之中谈笑风生，晚霞如血，映红了山岚。

不觉中夜幕已经来临，陈安觉得应该跟梅晚娘开口了，山上的同志们还在等他们的救命粮呢。看到梅晚娘不仅人年轻貌美，还知书达理，深明大义，不禁对她多了几份好感和敬佩。

梅晚娘为他们两个设了丰盛的晚宴，农家的腊猪肉、腊肠和血粑丸子、竹笋、豆腐、红薯、萝卜、白菜等，摆了个满桌，还有两海碗白米饭，吃得陈安和春生狼吞虎咽，满嘴流油，饱嗝连连。梅晚娘在一边看着，不禁感叹道，唉，你们在山上也真是过得苦呢，没有粮食，也没有药品和弹药，却要跟日本鬼子做殊死搏斗，不畏艰难，为老百姓和国家流血牺牲，是真正的英雄，民族的英雄！

陈安队长腼腆地一笑，说，民族危难之际，是个有血性的中国男儿都会参与到抗日的战斗中去的，梅晚娘是谬赞了。只是像梅晚娘这样的巾帼英雄确实是少见呢，不知梅晚娘有无跟我们一起为劳苦大众打天下的愿望呢？只是暂时我们的条件还非常艰苦，还不能过丰衣足食的生活。但好日子也为期不远了，只要把日本侵略者赶出了中华大地，我们就可以靠自己的双手劳动去创造我们劳动人民美好的生活了。

梅晚娘沉吟了片刻，非常真诚地说，非常感谢共产党对我梅晚娘的信赖，我愿意全力以赴地帮助你们，但是我现在还不想参与到你们的队伍中去，我自小在山里长大，已经全身心地融入到了这片土地，过惯了自由散漫、来去逍遥的日子了。我只是个小女子，只愿过好我小女子的生活就行了。原来想着，找个合得来的当家的，两人共同管理好这个寨子，只羡鸳鸯不羡仙，逍遥自在，过好自己神仙眷侣的日子就好了。没有想到，总也不能如愿，一个人孤孤单单地过下去罢，也许，这就是我梅晚娘的命吧，怨不得别人。说完，幽怨地看了一眼春生。

春生没有说话，只低头看着桌面，不敢面对梅晚娘的眼睛，他生怕陈安队长知道了他和梅晚娘以前的那些事情，觉得不好意思，违反了队伍上的纪律。

陈安哈哈一笑，说，那是你的眼光太高呀，凡夫俗子哪里能入得了你梅晚娘的法眼呀！也罢，既然梅晚娘有自己的主见和愿望，我们也不能强行违背你自己的生活意愿，但愿你早日找到如意郎君，到时我们也要来讨杯喜酒喝呀！说得梅晚娘像是喝醉了酒，脸如桃花，娇艳可人。

当晚，陈安队长和春生就押了粮食上山去了。

43

赵云卿自从到梅晚娘那里讨了个没趣回来，没有完成朱特派员的任务，心里一直闷闷不乐。那个朱特派员也总没事找事，给他难堪，让他下不得台来。赵云卿心里知道这是特派员故意找他的茬，但也没有办法，是他没有办好事情，只得把气先受着。虽然在回来的路上劫了一笔药材，但那些东西在朱特派员眼里又算得了什么东西！国民党有先进的武器，那些东西根本就是不值一提的芝麻小豆。他们在梅晚娘那里什么都没有得到，心里窝火，所以找个地方发泄一下，否则根本不屑那些所谓的抗日药品。也只能怪那个青云先生不识抬举，硬要跟他们作对，否则也不会要了他的性命。

赵云卿思来想去，这个朱特派员不爱财，但很好色。到这里来了，光去青楼找老鸨挑年轻漂亮的妹子送到他府上，就去了无数回了，他就好这一口。赵云卿想起他时不时就摸晚娘的手心里就来气，却又作声不得。如今任务没有完成，朱特派员的一石二鸟之计也泡了汤，心里肯定是开水烫着的，一不小心就会溅出来烫着自己。想个什么法子安顿好他呢？赵云卿摸着他光光的脑袋，冥思苦想，突然，他想起了香月，脑袋里面就有了个主意。

赵云卿屁颠屁颠地跑到朱特派员房间里去，看到他正在房间理下巴那几根山羊胡子，嘴巴里还在哼着陕西民歌《山丹丹花开红艳艳》呢，看来今天的心情不错。赵云卿眉开眼笑地把个光脑壳凑过去，说，今天朱特派员怕是一大早起来捡到了财喜了，这么开心呀？穿戴得这么整齐是要往哪里去呢？朱特派员嘿嘿一笑，说，我可不像你呢，是只只会搬粮仓的大老鼠，不懂得风花雪月的浪漫，是个大老粗，难怪梅晚娘不喜欢你，也是有她的道理的。赵云卿讪笑着，我长得这么个蛤蟆样，梅晚娘哪里能看得上我嘛。我要是像朱特派员长得这么风流倜傥就好了，说不定梅晚娘早就被我吸引过来了，还用得着这么去求她？朱特派员说，你呀，晓得猪八戒照镜子，知道自己有几斤几两就好了。说着一把将赵云卿推到一边去，说，不要挡道嘛，我今天跟春花约好了，要早点去她那里玩呢。赵云卿一听，知道他的风流病又犯了，就神秘兮兮地凑到他耳朵边说，特派员，你呀，不要总去那种地方，那种地方和你的身份也不相称呢。不过，今天要给你一个惊喜呢！我告诉你一个人，可是我们这里的花中之王呀，比梅晚娘还要年轻标致，那个自然的美呀，让多少男人丢了魂呢！

莫要绕圈子了，直说，快点说出来。朱特派赶紧打断赵云卿的话，他显然猴急了，等得不耐烦了。

如今，这花中之王在县城里，听说是在青云先生的表哥那里，他表哥开了个药铺，好像是叫祥云堂。老板就是祥云先生，还会帮人瞧病，是个医生。赵云卿颠三倒四地说。

说了还不是白说，这人还远在天边呢。反正我不管，你要想办法给我弄来尝个鲜。朱特派员把那根文明棍一甩，瞧你这样一说，我对那个春花也倒了胃口了，对这个香月倒是来了兴致。可是，要怎么样才能把她弄到手呢？赵云卿说，这女人性子刚烈得很，不能强来，也不能来硬的，得想点法子才行。哟呵，我就喜欢性子烈的，有嚼味，合我的口味。这下，朱特派员那双色眯眯的眼睛显得更眯了。于是，赵云卿把手附在朱特派员的耳边耳语了一番。说得朱特派员两眼放出狼光，头点个不停。

赵云卿带了一队人马，全副武装，喊了辆马车，载着朱特派员卷尘而去。

晌午时分，香月正在店铺里帮病人配药，祥云老板正在帮病人把脉，药铺里好一派安静，淡淡的药味在暖暖的阳光下散开来，甚是好闻。

突然，店里冲出来一队人马，手里端着枪械，指着他们，祥云老板赶紧起身，问道，是何方军爷？有何要事呀？

赵云卿从门口迈脚进来，先是假模假样地看了看店里四周，当他看到香月时，心里就吃了块定心丸。然后说，听说你们这里私藏军火，还有就是私运药品上山支援山上的日本鬼子，这间店铺就是汉奸药铺。来人，给老子封了店门！

说着，那些喽喽兵们就把店里看病的、抓药的都统统赶了出去。

祥云老板赶紧喊管家拿些银两出来，要他们行个方便，说自己是规规矩矩的生意人，从来没有干过坏事，干的都是救死扶伤的好事。什么支援日本鬼子，从来没有过，一定是他们搞错了。赵云卿说，是特派员派人摸底得到的情报，哪里会有错呢？不要为自己辩护了，先带回去押回牢房审问。

香月看到赵云卿在那里横行霸道，耀武扬威，想起青云大哥的死，香月心里异常悲痛，现在他们又找上门无事生非，一定是有什么目的。她走向前去，对赵云卿说，不要拿枪指着自己的同胞，要是你真有本事，就上山去打日本鬼子，莫要在这里耀武扬威，欺压百姓。

赵云卿听了怒火一窜就上来，说，来人呀，把香月给我绑起来，上次肖四爷为了保住春生性命，倾家荡产地帮你。你是肖四爷的人，如今又藏在这里跟人眉来眼去。上次肖四爷为了救你，帮你挡了子弹，自己死了。肖家那么多的人死的死，伤的伤，活捉的活捉，就你一人不知去向。一定是成了日本人的奸细，混在人民的队伍，获取情报。

祥云老板见香月被绑，急得两腿打战，赶紧把家里的房产、地契都拿了出来，说，赵团总，我的全部家当都在这里了，只要你放了香月，你怎么着都可以。赵云卿看了一下祥云老板手里的地契、房产，说，你私运抗战物资，本来所有的家产就应该要充公，全部没收，才能饶你不死。

香月跳起来叫道，祥云表哥，你不要管我，那是你辛辛苦苦经营出来的家当，干吗要给他们？你赶紧收起来。他们就是一群贪婪凶残的野兽，是喂不饱的大老鼠。

这时，朱特派员从外边走了进来，看到被绑的香月，果然是出落得不同凡响的美人，他还是第一次见到这么乖态的姑娘，不禁喜不自禁。就对赵云卿使了使脸色，说，赵团总，你不要乱拿人家的东西，有事说事，没事不要乱找茬。赶紧给这位姑娘松绑，有什么误会可以带回去到府上慢慢解释，不必伤人。香月就说，有什么事情尽管问我，不要为难祥云老板。

赵云卿说，好，爽快！那就请香月姑娘跟我们走一趟。

44

香月被赵云卿他们带走后，祥云老板赶紧派人捎信上山去找春生。

祥云老板知道，香月被带走，凶多吉少，只有希望春生能想办法把香月解救出来。

香月被带到赵府后，赵云卿先是想尽办法讨好她，一日三餐给她吃好、喝好、穿好，还派了贴身丫鬟供她调遣。香月一时之间丈二和尚摸不着头脑，不知道赵云卿布的是哪门子阵脚。但不管他怎么使出浑身解数，香月都不冷不热的，总给他软钉子碰，搞得赵云卿烦躁得要死，简直要跳起来骂娘了。终于，他被香月的软硬不吃激怒了，顿时换成一副凶神恶煞的阎王面孔。

那个朱特派员呢，总是在赵云卿发怒或是找她茬子的时候出现，像一个慈善的兄长处处维护着香月。香月一时还不知道他的身份，对他不禁心生好感，也慢慢地对这个朱特派员放松了警惕。

这天下午，朱特派员突然过来找香月，对她说，香月姑娘，我突然感到全身冒冷汗，心慌得厉害，头也有点晕，不知道是怎么回事。你在祥云老板那里做他的帮手，能不能帮我也瞧一下？

香月说，好的，你先去里间躺下来休息，我去帮你倒杯水来。说着就到外面去给朱特派员倒水去了。回来之后，香月用手摸摸他的额头，说，我也只能帮你瞧个大概，若是严重了，就要去县城找祥云老板帮你看看，他可是学过中医和西医的正儿八经的大夫。不过，以我在祥云店铺学到的皮毛，看你的脸色应该没有大的问题，可能是饮食或者这段时间过度操劳而引起的不适，适当调节一下就好了。我先帮你看看，然后给你开个方子，叫丫头去抓几副中药回来熬了给你喝，兴许就能痊愈了。说着，又要他把舌头伸出来瞧瞧，看是不是消化不良，或者是心脑血管缺血引起什么。朱特派员就乖乖地把舌头伸出来，房间的光线很暗，香月也不敢怠慢，赶紧把身子侧下去仔细去看。香月散发出迷人的体香，她娇媚的脸庞在朱特派员面前晃来晃去的，看得他气喘吁吁，汗也直往外冒。

香月以为他真的哪里不舒服，赶紧在床沿上坐了下来，帮他松开那件中山装的上衣的纽扣，好让他能放松和呼吸。这时，朱特派员满脸涨得通红，终于控制不住，猛地一下把香月拉到床上，然后翻身压在香月的身上，紧紧抓住香月的双手，香月大声呼救，两条腿蹬个不停。朱特派员狞笑着，香月姑娘，你就省省力气吧，不要喊了，没有人会来的。就是有人听见了也不会有人来救你，你就乖乖地从了我，做我的宝贝疙瘩吧，我会给你吃香的喝辣的，你要什么就给你什么，你会有享不尽的荣华富贵，穿不完的绫罗绸缎。说着，就疯狂地撕开她的衣服，看到她雪白的肌肤，他更加亢奋不已，一张嘴亲这亲那，亲个不停。香月感觉身体被他压得死死的，像一块大石板一样结结实实地压在身上无法动弹，腿也被他用脚夹住，浑身使不上来劲儿。她把头扭来扭去，终于用牙齿咬住了他的耳朵，香月奋力一咬，朱特派员发出杀猪般的嗥叫，冷不丁就停了下来。他用手一摸耳朵，满手是血，顿时恼羞成怒，用力扇了香月几个巴掌，香月的粉脸上立马出现了几个紫色的指印，嘴角还渗出了血。

朱特派员使出全身的力气对香月一顿暴打，香月马上晕了过去。

朱特派员正要把她身上的衣服全部拉下来，突然后脑勺被人猛击了一下，就不省人事地倒在香月的身上。

那人推开朱特派员，把香月撕开的衣服扣好，然后背起她就猫着腰从侧门走了出去。那个神秘的人刚背着香月出了门，赵云卿就从外面进到了里屋来。他开始听见香月的呼救声，然后又听见朱特派员杀猪般的嗥叫，正要冲进来帮忙，却听见朱特派员在狠狠地打骂香月，然后就没有听见香月的折腾声和呼救声了，估计那个朱特派员得手了。他听到里面没有动静了，就哈哈大笑着走进来，边走边说，特派员，味道不错吧？这可是你在外面千里难寻的美味哦。等他走进房里，才发现香月已经不见踪影，朱特派员像个死猪一样躺在床上，赶紧用手去探他的鼻孔，还好，鼻孔还在出气。他赶紧喊人带上武器去包围院子，香月应该还在院里，他听着声气进来的，相差不到十分钟的样子，香月应该还没有逃出赵府。

那人背着香月左拐右拐地，如走平地，对赵府好像比较熟悉，避开了几个地方的家丁和看守，向院子的后门走去。由于背着人，行走不快，赵云卿的手下从后面追了上来。那人听到后面拉枪栓的声音，他也掏出别在腰上的短枪，对着后面射击。然后，子弹就接连不断地从他们身边呼啸而过。

也许是激烈的枪声惊醒了香月，她在那人的背上动了一下，有气无力地对他说，放我下来吧，不然他们就要追上来了。那人也怕后面的子弹不长眼睛，伤着了香月，就把香月放了下来。香月这才看清原来是她的春生哥。香月不禁惊喜交加，泪雨滂沱。快到后院门口的时候，春生中了一枪，血涌了出来，染红了他的衣裳。香月本来已经跑到后门口了，看到春生负伤，又折身回去。春生不容她过来，对她喊着，香月，快跑，不要管我！祥云老板的马车就在后院门口接应你，你赶紧出去。说着春生把她推向后门，后门是虚掩着的，一推就开了。外面的人一把把香月拉了过去，这时春生的子弹也打光了，后面追来的人正要哄拥而上，春生一把将门关上，对祥云老板喊着，祥云老板，香月就拜托给你了！

然后他就用自己的身体堵住了后门口，他的身上又中了几枪，但他还是死死地堵在门口，等香月上了马车，看着他们扬鞭离去，他才咽了气。

香月在马车上眼睁睁地看着春生像个血人一样立在那里，她的眼泪模糊了眼睛，耳边似乎又响起他们小时候在大山里玩的情景。她一声一声地喊着春生哥，春生哥，然后春生哥就用手蒙上她的眼睛……

但这时，她睁开眼，眼前是一片血天血地的世界。

45

三天后的大部队集结完毕，接着就是全面开战。抗日战争的最后一战湘西会战在雪峰山上打响。经过同志们的齐心协力，浴血奋战，终于掐断了日本鬼子最后的气焰和有生力量，最终把日本侵略势力赶出了中国。

日本侵略军于1945年8月15日宣布无条件投降，举国上下一片欢腾。

然后再经过几年内战，共产党取得了胜利。1949年10月1日，毛泽东在天安门城楼上庄严宣布："中国人民从此站起来了！"此时，全国欢腾，举国同庆，许多失去亲人的人们激动得热泪盈眶，放声大哭。

此时的香月，也成了祥云老板的老板娘了。也是天意弄人吧，她的春生哥、青云大哥一个个都离她而去，只能在记忆中与她陪伴。但是一个人不可能永远活在记忆里，要面临许多现实的问题。比如穿衣吃饭，香月要是离开了祥云老板，举目无亲，她都不知道到哪里去了。而且祥云老板也是真心待香月好，他在老家也有正室，已经给他生养了三个儿子，但是总感觉生活中还缺少了什么，自从认识了香月，他就感到如能拥有香月才是完满的生活。

也是他和香月的缘分，春生临死之前也把香月托付给他，他更加感到照顾香月是他义不容辞的责任，更何况自己还深深地爱上了香月。自从那年香月被春生救出来后，祥云老板就关了店门，举家迁走了。直到新中国成立后才又回到了老家，香月自那次看到满是鲜血的春生，眼睁睁地看着却无力去救他，就犯下了晕血症，一看到病人有出血的伤口，她就晕倒。祥云老板自关了店门后再也没有行医，把他的家当全部做了投资，名下也有不少的固定资产，有纱厂、典当铺、字画收藏铺……根本不用靠看病吃饭，他的资产盘下来的开支足以养活一大家子人几十年。香月没有生育，回到老家后，将祥云老板的孩子视为己出，无事的时候就带着这几个细伢子出去玩，教他们读书写字，一家子相处得亲密无间，倒也其乐融融。

可是，因为刚刚解放，局面还是比较复杂，社会等级观念正处于一个混乱时期。那些没有收编、不愿意服从管理的土匪依然隐居在山上，依靠天然的屏障依然不时下来抢劫，祸害人民。还有国民党的残余、日本的间谍特务改变了身份，隐藏在人民中间，不时地制造恐慌和事端，社会一时间还没有完全安定下来。

虽然成立的区政府也专门就这些流窜作案的国民党特务机关的残余和土匪做出部署和剿灭计划，但是由于情况错综复杂，还是不时地出现不安定的因素。

香月每天做着自己分内的事情，帮祥云老板打理内务，料理家务，侍弄花花草草。偶尔也搬张板凳坐在院里晒着太阳，看着院里打打闹闹的细伢子，一脸的微笑和慈爱。但有时候看着看着眼睛就湿润起来了，无由地想起了自己和春生哥小时候打打闹闹玩儿的童年。虽然那个时候日子过得很苦，但是她感觉过得很快活，因为有春生哥，她整个童年都是那么温暖和美好。

她给春生和青云织的毛衣依然平平整整地叠放在衣柜里，每次搬家，来来回回，经历了多少战乱，这两件毛线衣都没有丢失。这两件衣服成了她生活中最重要的内容，也是她留下来的唯一的纪念品了。每当她整理衣物，看到这两件毛衣时就不由地泪如雨下。

有时候祥云老板看到香月在房间睹物思人，他便悄悄地关上门，默默地离开。他懂得香月的感情，也非常理解和尊重这份感情，这份用生命的代价换来的感情，在他的生命中也是同等的珍贵和难以忘却。

也真的是非常奇怪，香月的身上好像有块天然的磁铁。也许是香月的影子早就融入了这个家庭，也许是香月长得乖态，人非常和善，祥云老板的几个孩子都很喜欢和依恋香月，总喜欢缠着她讲故事，在她身上撒娇，在她手里背书，一点也不生分。香月呢，也是有求必应，亲热地唤他们大毛、二毛、三毛。有时候还去集市上给几个小家伙买零食回来，或者买点小礼品什么的，作为给他们背书时的奖励品。几个小孩都很上进，一个个把书背得滚瓜烂熟，争着问香月要奖励。香月就要他们先把书背好了，然后再一个个地分摊下去，再摸摸大毛、二毛、三毛的小小的脑袋，说，这里面都是些什么呢？一个个都这么聪明，一下子就会背了，长大了一定是考状元的料子。要真是考中状元，可不要忘了香月姨娘呢，也要给香月姨娘买个糯米粑粑吃，好吗？逗得他们一个个乐哈哈的，争着要亲香月姨娘的粉嫩脸蛋。

香月有了这些孩子，心里就像乐开了花。自从和老爷回到家里，家里就一扫以前的阴郁，家里的老老少少每个人都开心。上上下下的人，就愈发地尊重香月，把她当主事的看，做什么事情也都跟她有商有量的。孩子们更是不得了，好像家里来了个宝似的，天天去缠着香月玩，整个院子里都是开心的笑声。

下卷

第七章　土部

46

梅晚娘因为追求自由的生活，在国共内战的时候去了美国，一直生活在海外，新中国成立后也没有回来。

因为当时国内的局面非常复杂，梅晚娘因为小时候跟赵云卿的交情，所以尽管他作恶多端，横行乡里，但是她始终下不了决心配合共产党消灭他。梅晚娘知道赵云卿在外面淫乱无数，甚至抢劫和祸害良家妇女，但念在他们童年的交情，她也下不了这个手。她心里知道自己始终是赵云卿放在心里的最珍贵的那个女人，尽管他是个恶贯满盈的粗鲁汉，但对她梅晚娘始终如一地好，也非常尊重她。她深知自己在赵云卿心里的分量和位置。

如今远渡重洋，与那边的亲人遥遥相望，梅晚娘总在明月升起时暗暗垂泪。她想着自己在桐山寨的时候是多么风光，日子过得逍遥快活，前呼后拥，整个山寨就是她一个人的王国。不说是人间天堂吧，至少也如陈安队长所说的，那里真的是个世外桃源呀！山好水好，景美人美，多么惬意的生活！

日子虽然过得无限风光，可是在感情上，她始终是个孤独的女人。自从夫家去世，她也想找个跟自己心意合得来的男人共同经营好这个寨子，过着神仙般的日子！她想起跟春生在厅堂的椅子上做得那么快活逍遥，心里不禁还能荡起涟漪。在他的身子下面，她梅晚娘堂堂一寨之主情愿做他身下的小鱼，可是他心里却只有香月。还有那个儒雅的青云先生，自己本来对他也是有好感的，也多次暗示过他，但是他也不为所动，跟春生一样心里只装得下香月。梅晚娘思来想去，不禁感叹命运的多变和捉弄。想想自己也就比香月年长几岁，长得也是花容月貌，不比她逊色多少，方圆百里还有声望和威名，在感情上却总是输给她这样一个什么都没有的弱女子。

后来知道了青云和春生的牺牲，她难过了一阵子，毕竟她对这两个男人心里是有好感的，他们是她生命中能留下印象和影子的男人。尽管是她单方面的情感，但她梅晚娘也不后悔自己的行为，做了就做了，爱了就爱了。这人在世间走一遭，没有过轰轰烈烈的无怨无悔的爱情都是失败的没有颜色的人生。梅晚娘尽管心里失落，但还是庆幸自己曾经爱过，并且敢爱敢恨，敢想敢做。

梅晚娘也晓得自己在这些男人心里的位置。在春生和青云的眼里，她只是梅寨主，只有在赵云卿的心里她是小小的葱花，是他心里的女神！所以，尽管在海外，她也总是留心国内的时事和新闻，甚至通过熟人打探赵云卿的生活和去向。她知道赵云卿选择的靠山是不靠谱的，也多次提醒和暗示过他，但是无奈他改变不了自己贪财的恶习，对梅晚娘的提醒不当一回事，还反过来游说她。这让她很生气，气恼赵云卿的鼠目寸光，也烦他成不了钢。

新中国成立后，梅晚娘得知赵云卿仍然在做土匪，只是没有国民党这个后台老板，他没有了依靠，就躲进山里去了。梅晚娘念在他们多年的交情，还想助他一臂之力，帮他逃到香港或者台湾去，但是因为他们相距千万里之遥，无法联系上他，只得任由他自己了。

梅晚娘在美国生活，因为有语言上的障碍，为了生活上方便沟通，她来到这里生活了一段时间后，就嫁给了追求她的杰克。杰克是个新闻记者，比她大十二岁，曾经去中国参加过抗战援助，也在那里拍下了日本军队在中国犯下的许多滔天罪行。杰克是个中国迷，对中国神奇和古老的历史文化非常神往，也很喜欢中国具有古典美的东方女性。一次偶然的机会，他在街上散步遇到了梅晚娘。梅晚娘当时穿着一身素色的旗袍，显得端庄、秀丽，尤其身上不自觉地流露出来的东方女性的神秘让他着迷。他就一直尾随着梅晚娘到了她所住的公寓，害得梅晚娘一阵紧张，以为自己被坏人盯上了。正要寻找机会教训他一顿，却又不见了人影。

第二天一大早，就看到门口放着一束红色的玫瑰，上面还有签名，才知道他叫杰克。连续好几天，梅晚娘一开门就看到各种不同的礼物，在异国他乡，这些东西让她感到了温暖和惊喜。

一周后，杰克就正式邀请梅晚娘去参加他们的宴会，并在送她回家的路上大胆地向她表示了自己的爱慕，说第一次看到梅晚娘时就深深地迷恋上了她，不可救药地爱上了她。梅晚娘感动之余也想了下自己的处境，她也需要有个美国朋友的保护，就跟他成了好朋友。

杰克给她提供了许多帮助，经常携带她出席一些活动，结识了许多行业的朋友。在他的影响下，梅晚娘学会了日常交往的英语，能够自如地跟美国人交流。她风华正茂，信心十足，韵味无穷，在异国他乡喝香槟，开车和杰克一起去富豪的乡下庄园看田野风景，已经完全不是以前那个在山窝窝里当寨主的梅晚娘了。

47

赵云卿当时因为想扩充实力，被国民党收编。他本性难改，一直作恶多端，祸害乡民。新中国成立后，他如丧家之犬带领剩余人马逃进了草寨村后面的大山里，找了个可攻可守的崖洞藏了起来。在缺衣少食的时候就带人下山来抢劫乡民的财产。由于他手里还有几十号精干人马，武器也好，当时国民党给他的装备物资他几乎没怎么用过，一直藏在山里。依靠山里的天然屏障隐蔽，和对大山的熟悉，区政府一时拿他也没有办法，端不了他的老巢。

赵云卿在新中国成立之前抢了山民的女儿，一个叫玉枝的姑娘。玉枝被抢的时候还只有19岁，赵云卿看她模样乖态，长相可人，硬要娶她来当小妾。玉枝死活不从，赵云卿就派人到她家里把她爹娘给关了起来，没有办法，玉枝无奈之下只好答应。赵云卿才放了她的爹娘，并给她家里送了三十担上好的晚稻米，还有首饰衣物。她的爹娘是本地老实巴交的农民，自然也不敢反抗，玉枝就乖乖地顺从了他。

新中国成立后，他逃进山洞的时候其他的女人都没有带，就只带玉枝上了山。赵云卿也是只狡猾的狐狸，自然懂得狡兔三窟的道理，他知道自己的藏身之处知道的人越少越好。所以跟他上山的也都是些吃了秤砣地跟了他多年的兄弟和手下，信不过的人和不愿意上山的，他都打发走了。还有那些跟他有纠缠的女人，他都安顿了，但是没有随身带走，唯独带了个玉枝。其实玉枝跟他的时间不长，也就一年的光景，但是赵云卿看她年轻漂亮，不喜欢招惹男人的女人，他身边也确实需要个女人伺候和照顾。

赵云卿大玉枝25岁，他对女人的要求比那个朱特派员的要求要高。朱特派员只要那女人漂亮养眼就行，其他方面不去深究，只是一时的玩性，这里玩那里丢的。赵云卿别看是个土匪，是个大老粗，在这方面倒还有几分讲究。不是所有的女人通吃，当然首先这些女人要有脸蛋和身材，然后就要看她们的品质和味道，他不喜欢那些在风月场所的女人，觉得她们不干净，他喜欢去找品质纯良的良家妇女和姑娘。而且待这些女人都不薄，只要是跟了他的女人，他都会把她的家里安顿好，从不要女人自己去操心，而且都会长久地相处，不会今天玩了明天就打发了。梅晚娘也是看到他这一点优点，尽管他全身都是毛病，但是有一点存在，说明他还是个讲情义的男人。要说到感情和爱，赵云卿心里当然只有梅晚娘了，尽管这么多年他赵云卿连梅晚娘的一根手指头都没有碰到过，但在赵云卿的心里，梅晚娘始终是神圣不可侵犯的。尽管他听到过梅晚娘和春生的种种风流韵事，他也没有十分介意。倒是在为梅晚娘可惜，年纪轻轻就守了寡，正是最好的年华，哪个女子不思春呢？何况梅晚娘不是一般的女子，是人中龙凤呢。

赵云卿在山里百无聊赖之际，也会想起梅晚娘来，有时候会想得泪流满面，唏嘘不已。现在梅晚娘远在美国，不是他想去看看就能看到的了，也不知道她一个弱女子在异国他乡过得好不好呢。唉，真的是前世欠了她的，她梅晚娘心里根本没有我赵云卿呢，可是自己就是放不下梅晚娘，总还觉得她就是以前的葱花妹妹，跟他玩过家家的葱花呢。

新中国成立后，虽然没有了战乱之苦，但是那个时候全国上下都在恢复生产和整修，老百姓的日子还是过得蛮苦的。赵云卿就是下山来抢劫也没有什么可抢的了，无非是些家禽和米面。但是也很少，大部分人都穷得揭不开锅盖。他在山上藏的粮食和物资比他们的多得多，只是他藏的地方太远了，跟他住的山洞不是同一个地方。为了不让人发现他的藏宝洞，不到万不得已，他不会去那个藏宝洞的。为了掩人耳目，让大家都以为他没有什么东西藏的，所以三不三地下山去抢劫一番。其实，莫说整个草寨村，就是镇上和县里也许也没有几人的财力能与他赵云卿相比。

赵云卿其实是很狡猾的，他的家室他都安顿在县城里去了，而且改头换面，谁也不知道他们是赵云卿的后代，跟着其他的孩子一起在学堂上学。这也是他找女人喜欢找品性纯良的女子的好处，谁也不会怀疑这样一个正当的女子会是土匪的婆姨，孩子也没有遭受多少罪，他随时供应着他们的生活用品。在政治上也看不到污点，她们都是良家妇女，孩子也接受着正常的教育，顺应着时代的变化和潮流。只是他自己苦点，窝在山里一般不出来见光。

他的那些婆姨也都品行端正，从不去招惹别人，一个个年轻漂亮，也不抛头露面，都在家里照顾孩子，对他多是从一而终。赵云卿其实是很聪明的，新中国成立后，他安排的这些女人都不在一个地方，而且都改名换姓的，谁也查不出他们是谁的家眷。女人们对外有的说男人在战乱中早就死了，有的说在战争中已经失散多年，有的说男人到南洋经商去了，常年在外，难得回来一次。总之，都是用一种说法来遮掩身份而已，求的是平安无事。

48

赵云卿做梦也没有想到，他抢的玉枝姑娘是有自己的相好的。他抢她过来的时候她才十九岁，是个黄花大闺女，没有想到小小年纪竟已经有了相好。只是被他抢来后，两人再无法谈婚论嫁，但是自从赵云卿带她上山来后，玉枝三不三地就抽空回趟娘屋，因为玉枝的娘屋就在草寨村。她回娘家，赵云卿也不拦着，知道她无非是给家里捎点吃的东西。如今这年月，战乱刚过，灾荒却是接二连三，因为战争产生的环境污染，还有细菌的扩散，瘟疫也是接二连三地发生。庄稼收成也不好，不是闹旱灾就是水灾的。老百姓就是靠地吃饭的，有时候遇上不好的年成都是颗粒无收，日子过得非常艰苦。玉枝家里还几个弟妹，最小的妹妹因为太饿了，爬到水缸里去喝水，结果掉进去淹死了，死的时候才八岁。家里几张嘴巴要吃，玉枝又是个孝顺的姑娘，所以她下山去，赵云卿也不多说，只是告诉她，快去快回，不要给发现了他藏的地方。

玉枝就利用这回去的当口，跟她的相好二杆子见面。

二杆子自从玉枝被抢后，郁闷了一段时间，也因为血气方刚当时就拿了把镰刀要找赵云卿拼命，但被他的爹爹死死地抱住了，不准他去寻死路。二杆子也知道自己就是个普通的老百姓，他赵云卿要弄死他，比捏死一只蚂蚁还要容易。但就是心里气不过，后来他爹爹把他反锁在房子里，每天给他送饭，泪眼婆娑地苦劝他，要他暂且忍耐，不要为了一口气把自己的命送掉了，留得青山在不愁没柴烧，如今日本鬼子也被赶跑了，说不定过不了多久天下就太平了。二杆子在房子里闷坐了几天，不吃不喝的，后来玉枝托人偷偷地给他送信来了，他才开始吃饭，心里也开始平静下来了。他知道爹爹和玉枝说的都没有错，如今他只有忍声吞气，等待时机。

后来，机会终于来了。新中国成立后，土匪也不敢明目张胆地到处骚扰老百姓了，赵云卿也像只灰溜溜的大老鼠藏到山里去了。玉枝还能三不三下山来跟他约会，二杆子心里别提多高兴了，他希望区政府早日制定剿匪计划，他也要报名去参加，一定要把赵云卿送上西天，玉枝才能有自由之身，他和玉枝也才会有光明的一天。

可是，玉枝不准他去报复赵云卿，说是怕他丢了小命，赵云卿老奸巨猾，可不是一般人能奈何得了的。而且这段时间赵云卿不怎么限制她的自由，她下来还是比较容易，加上玉枝已有身孕在身，更加不敢让二杆子轻举妄动。她每次下山从不事先通知二杆子，都是回到家里后，才会要她的弟妹去找二杆子，更加不会把赵云卿的藏身之处告诉他，怕他自不量力，枉送性命。

玉枝跟随了赵云卿多年，从他的身上学到了不少的谋略和心机，渐渐地也变得干练精明起来，在做事计划和安排上比起什么都不懂的二杆子要成熟多了。二杆子只要能见到玉枝，自然什么都听玉枝的。玉枝的爹娘都是老实巴交的农民，收入不好的时候还指望着玉枝的接济，弟妹们都还小，小的才几岁，大的还在读书，她就是这个家庭的主心骨了。

这天，玉枝又从山上带了粮食下来，到家里的时候天已经快要黑了。爹爹蹲在屋旮旯里抽旱烟，姆妈在灶膛烧火煮猪食。几个弟妹在掰大白菜的黄叶子，想必是还没有吃晚饭。看到玉枝过来，四妹赶紧跑过去，两只手掌欢快地拍着，嘴巴里嚷嚷着，姐姐回来了！爹爹，姆妈，快出来哟，大姐回来咯！玉枝远远地就看到一家子齐齐地站在堂屋的走廊上迎接她。她看到爹爹姆妈的背明显地驼了，尤其是爹爹，由于经常挑重担、干重活，脊背都快弯成一张弓了。姆妈的头发在晚风中翻飞，像一根根银色的丝线。四妹因为缺乏营养总也长不高，一直跟个五六岁的娃娃一样高。看到家人出来迎接，玉枝感到一阵暖流从胸前涌过，还是在家里好呢，真的是金窝银窝不如自己家的狗窝窝呢！

看到玉枝快要进屋，四妹就欢蹦乱跳地喊着，大姐，我去找杆子哥去。

玉枝刚要阻拦，几个弟妹就一哄而散了，爹爹姆妈就说，不管他们，随他们去吧。来，先进屋去。

玉枝把带的粮食放到地上，说，一次也背不动多少米，就这一袋子，我都在山上歇了好多回呢！有个四五十斤重吧！本来是想要背多点的，就是怕在路上背不动了，又要倒出来，那样就浪费了。

是呢，如今这粮食可珍贵了，可不能浪费了。你这孩子犟得很，怎么就不肯喊个帮手呢？爹爹说。

玉枝说，怎么敢呢？我要是喊人帮忙只怕这粮食就不能背回来了。赵团总有规定，任何人不能私自下山的，我下山是因为有孕，借口想回娘屋吃口酸菜，才能三不三下来的。其他人都不能下山呢。我也只能待一会儿，不能让人发现了，给人知道了，就不好了。怕他的藏的地方暴露了，也怕乡里的人去找他，枉送了性命呢。山上他都布置了陷阱的，还有多方放了黑枪的，一有生人走进他圈定的安全范围，那藏在暗处的枪就会响，你都不知道是怎么死的。枪都是放在里面藏着的，只露出个枪口，谁也找不到这个枪眼口在哪里。哪里能消灭他呢？人还没有进去，早就被他消灭了的。

哦，哦，那真是危险呢，你可千万要小心呢。姆妈惊得眼睛都直了。

玉枝笑笑说，不要担心我，大家都知道我下山来了，也认识我是自己人，不会乱放枪的。只是这里的人不能上去，一去就会有危险，他们是只认面孔生熟的，谁都不能有亲人上山的，一上去就给打死，这是命令！

哦，难怪你死活不准二杆子上山去，原来是这样的。

正说着，二杆子就被四妹他们喊来了。他人刚进屋，姆妈就赶紧把门拉严实了，然后都退了出来，在院里假装无事瞅着天，几个弟妹就到门口放哨去了，只留下二杆子和玉枝在房子里。

这样的时候，时光就走得很慢。

49

每逢清明节的时候，香月和祥云老板就带着几个孩子去给春生和青云挂青。每次香月都要带许多水果和糖果去，还有香烛和冥钱。几个孩子扛着锄头拿着镰刀，一路上都是非常兴奋。因为他们知道，香月姨娘祭拜完就会把这些东西都分给他们去吃，说是吃了这些祭拜过的东西，人就会越来越聪明，身体也会很健康，不会得病，不怕被蛇咬，因为有了神灵的庇佑和祖宗的保佑。

几个小家伙非常听香月的话，到了坟上就开始分头干活。只一年的时间，坟头上就又长满了高大的芦苇和杂草。大毛用锄头去地里挖大块的土块，二毛就搬到坟头上有老鼠洞的地方填好，再用脚踏严实。三毛用镰刀刈草，把那些高高的芦苇砍下来，和那些割下来的杂草放在一堆，然后放到空旷的地方，用打火机点燃烧了。香月和祥云老板把供果摆好，把酒倒上，香月先是双手合十，在心里说了一大堆话，然后就跪下来烧纸，再喊几个小家伙过来磕头，然后一个个介绍，这个是大毛，那个是二毛，边上的是三毛。三毛就直愣愣地问香月，香月姨娘，春生伯伯真的能听见吗？他能看到我们吗？香月就摸着他的脑袋说，会的，只要你心诚，他就能听见。然后又去给青云上香，又做同样的一番事情，小家伙也不厌烦，都兴致勃勃地跟在香月的屁股后头干得热火朝天，直到把坟头整理得干干净净的，他们才收拾好东西返回。

新中国成立初期，所有的行业都不景气，因为战争带来的灾难和严重破坏，国民经济也是一派萧条。祥云老板的产业也开始进入了低谷，有好几处地方的纱厂已经倒闭，加上多年没有行医，也减少了不少的收入。

香月开始节衣缩食，祥云老板也辞退了一些佣人，家里尽量地减少人员开支，几个孩子的教书先生也辞退了，让他们跟着其他孩子一起去学堂听课了。香月开始接一些外面的零碎活来做，她在祥云老板开药铺的那段时间学会了刺绣和织毛衣，现在也派上了用场，接这些手工活儿在家里做，还可以赚一些零散的费用。

祥云老板开始是不同意她接活的，他说，外人看着我堂堂的祥云老板还要自己的女人去做这些事情，成何体统！难道我祥云老板就沦落到要靠自己的女人去做零工来养家了吗？祥云老板是想要顾及自己的脸面，也不愿意香月太劳累。香月就说，在家里闲着也是闲着，做些事情日子还过得舒心些，不那么难熬，也是做着用来消遣时间的。祥云老板见拗不过她，心里有些不高兴，也是怕香月劳累，累坏了身子，但香月执意如此，他也拿香月无可奈何。后来香月做得久了，倒也相安无事。祥云老板心里又想着反正是一些女工活，不是很重很脏的活儿，也不用到外面去抛头露面的，见说了几次，香月还是我行我素，也就作罢了。

太太倒是很乐意香月干活的。因为祥云老板事事护着香月，对香月怜爱有加，很少到太太那里去看她，太太心里对香月也是很窝火的。加上自己的几个孩子都很喜欢香月，甚至都还听香月的话些，倒把她这个做娘的不放在眼里，给放在一边晾着。以前每次她去庙堂烧香，都是带着几个孩子一起去的，自从香月来了，他们也不肯跟着她去了。每天缠着这个乖态的香月姨娘要听故事，她给他们买的零食好像都不香，也不好吃。每次香月奖励给他们的东西，他们都吃得那么有味，其实还没有她买得好，买得贵。她感觉到自己这个做娘的失败，做太太也失败，当家的男人和孩子们都喜欢围着她转。这下好了，她每天关起门搞女工，倒也让她乐呵乐呵。

可是，事情并不如她所料，孩子们放学回来把书包一丢就去香月房里了，有时候做功课也在香月的房里做。香月就一边干活一边看他们做功课，等他们完成了功课，香月就跟他们讲故事，讲他们的春生伯伯如何英勇地抗日，如何地有勇有谋地跟敌人周旋。其实香月没有看到这些，这些故事都是通过她的想象加工而成的，可是她却讲得绘声绘色，高潮迭起，让孩子们一个个听得目瞪口呆，大气都不敢出一口。

每次香月讲到最精彩的当儿就听了下来，要他们吃些东西，说，欲知下后事如何，且听下回分解。三毛就开始撒娇，拿着香月奖励给他们认真听故事的奖品，也就是几块饼干，他捏着其中一块最圆的饼干，喂到香月嘴巴里，说，香月姨娘，接着说嘛，我很想知道后面春生伯伯怎么样了呢？大毛打断他的话，说，春生伯伯是抗日英雄呢，后面肯定就成英雄了呗。三毛就撅着个嘴巴，说，我长大后也要当英雄，当最大最大的英雄。香月就扑哧一声笑起来，好，我们的三毛也是英雄，长大后肯定是个了不起的将军，到时候可要骑着高头大马来接香月姨娘呀。不骑马，我要用轿子来接香月姨娘和娘，香月姨妈坐在前面，娘坐在后头。

那可使不得呢，应该是你娘坐前面，香月姨娘坐后头的。

不管嘛，两个都是我们的娘，那就坐在一顶轿子里面吧。三毛扬起天真的脸蛋，得意扬扬地说。

香月听了，心里跟吃了蜂蜜一样甜。

太太可就不高兴了，心里想着几个孩子被她用那个春生和青云还有那个什么土匪头子赵团总的故事迷得团团转，但孩子毕竟是孩子，都有好奇心，容易被一些感兴趣的东西吸引住，也是好玩。她也不会讲故事，省得他们要缠着她来讲故事，让她感到没有面子，也就由他们去缠着香月闹腾，自己还省心些。

可是祥云老板毕竟是大人呀，一点也不懂得体贴，一门心思都记挂着香月，每次去裁缝店给大家添置衣裳，都要给香月多做一套，选的料子也贵些。太太看在眼里，心里不高兴，可也不敢表现出来，怕老爷说她心眼小。

晚上老爷不怎么过来陪她，都是去香月房里，只有香月身子不便时才老不情愿地过来她这里。太太也是明眼人，知道自己年纪大了，没有香月的年轻和姿色。但老爷也不能太偏颇了吧！有时候太太真想挑明了说，可每次话到嘴巴，又咽下去了。她也是非常矛盾，怕老爷听了不高兴，更加不去亲近她了，也怕香月晓得了她的心思，会在老爷耳边吹枕边风，让她的日子更难过。

每天，香月和孩子们的笑声响起，祥云老板的脸上也洋溢着笑容。

50

听说区政府在制定剿匪清山的计划了。草寨村的村民们都很兴奋又很担心。兴奋的是终于要割除这个大毒瘤，可以过上太平的日子，担心的是赵云卿阴险狡诈，不熟悉山里的同志可能要吃些亏，也不知道能不能拿得下来。而且，村民怕一旦没连根拔起，到时这个赵云卿报复起来，又会令大家生怕和头痛的事。所以，村民们也是喜忧参半。

这次上面特意派来一支精干的队伍，组成了一支剿匪英雄队，听说是从全国各地挑选出来的经验丰富的英雄同志。率领这支队伍的队长是陈安同志，上面因为上次派他率领队伍在雪峰山上与日军周旋，圆满地完成了作战任务，被上级嘉奖。加上他在山里待了那么久，对山里的环境和在山里作战部署有了相当的经验，所以派他来完成这次清剿的任务。

陈安带领的这支队伍，个个都是英雄，更是优中选优的，一共八名同志，需要当地的民兵队伍配合他们侦查情况，摸清楚赵云卿的老巢后才能派出大部队来一举歼灭他们。陈安率队来到草寨村后，在一家农户家里住了下来，便开始部署工作，到处搜集关于赵云卿的线索。可是，等他展开调查，发现这里的山民都躲躲闪闪、支支吾吾的，不太愿意配合他们的工作。陈安不明就里，就跟住在这里的农户的主人聊了起来。

他问这户农家的主人，对赵云卿这个人怎么看？听说他横行乡里，作恶多端，可是上面派他来这里清剿，却发现很多人并不十分乐意配合。农户也姓赵，叫赵亮，陈安就喊他老赵同志。老赵说，赵云卿在这里已经多年，有一批兄弟和眼线布置在各地，如果谁说了他的不是，或者出卖了他，他虽然住在山上，却耳目众多，十分地灵敏，没几天就会知道情况了。等你们剿匪不成，屁股一拍走人了，那些配合剿匪的人就要倒霉了。赵云卿这人有个习惯，就是顺他者昌，逆他者亡。而且他这人的报复心特别重，一旦跟谁结怨成仇了，一定会赶尽杀绝，不给人留活路的。所以，大家都很惧怕他。

陈安这才知道了缘由，原来村民们对他们来这里剿匪并没有信心，陈安开始陷入了沉思。他想，得找到一位能说服大家的，而且在当地有威望的人出面组织，这样可能大家才会对他们有信心。而去山里探路和寻找赵云卿的老巢，没有当地熟悉山里情况的人带路，也会给他们的行动带来许多不必要的牺牲和难度。他深深地知道那次在雪峰山上抗战，如果没有春生这个山里通在，那么他们在山里最多坚持个把星期就会弹尽粮绝而亡，或者被山里的野兽和毒蛇消灭。正是春生在那里，他们才能在大山里驻扎，并利用大山的天然屏障与鬼子周旋，最后取得了胜利，圆满地完成了任务。这次也是一样，一定要有个这样的人，才可以帮助他们以最少的代价取得最大的成功。

陈安在这里住了几天后，就开始跟老赵拉家常，他问老赵，这草寨村里谁跟赵云卿最熟悉，或者说跟他有某些方面的牵连。

老赵想了想说，听说我们的这里香月姑娘跟他颇有些渊源，以前就因为被肖四爷抢去当妾，几个人都帮她出面去找赵云卿。可是这个香月姑娘已经嫁给祥云老板了，也不在村里，听说是在县城里生活了。再说她一个弱女子也起不了大的作用，派不上用场。要是春生还在，肯定能帮上你们的大忙了，他这个人从小在苦水里泡大，在山里生活练就了一身的本领，可惜他不在了。

陈安说，难道除了他们，草寨村就没有一个跟他有牵连的人了吗?

老赵停顿了一下，又说，有是有一个，但是这小伙子没有春生成熟，也没有他的本领，光有热血和冲动是不行的，只会白白地搭上了自己的性命。

哦，是哪个?可以让我见见吗?

见一下是没有问题，但是又怕他嘴巴子不牢靠，泄露了机密呀!

怎么呢?

他的相好就是赵云卿带在身边的女人，叫玉枝。当年，这个玉枝也是被赵云卿看中后抢上山去的。这姑娘是跟我们草寨村的一个小伙子一起长大的，两人也是情投意合，私订了终身的。没想到被赵云卿抢去了，两人的计划都落了空。这个小伙子，在村里是一个不踏踏实实干活的人，自己又没有本领，就靠着他的相好给他从山上带点吃的下来，可不是春生那样的硬汉子呀!所以也是怕他办事不牢靠，不能委以重任。老赵反反复复地说，生怕他推荐的人不牢靠。

找突破口，我们可以从他的这个相好身上下手。既然她经常要下山来，肯定也要回去，上山去的时候，我们可以派人在后面偷偷地跟着，把情况摸准。

不中！赵云卿自从上山后，为了安全起见，就定了一条规矩，在他藏身的那个山洞几里以内的范围，如果有人经过，只要不是他们内部的人，不管是谁经过，也不管你是路过还是打猎，一律乱枪打死。而且他在这些地方都设置了陷阱，还沿路做了枪眼，不慎闯入者都是死路一条。

哦，真的是狡兔三窟呀！原来以为他失去了后面的靠山会反思自己的恶行，向人民赎罪，没有想到还是这样的凶残和不思悔改呀！一定要彻底地消灭他们，这样大家才能真正过上安宁的生活，不用担心他动不动就下山来抢劫了。陈安坚决地说。

是的，大家都很希望过上安宁的日子。如今年成也不好，庄稼有时候都是颗粒无收，家里有点余粮还要担心被土匪抢了去。可是，这个赵云卿是条地头蛇呀，那个时候谁也奈他不何，现在也是很难。

嗯，这个赵云卿手上有许多共产党员和当地人的性命，他怕自己不能被人民宽恕，最后还是会送上断头台，所以还是选择钻进大山里做一个土匪头子，不思悔改，自绝于人民。

现在，赵云卿手上还是有百十号人马，还有那个时候国民党给他配备的先进武器，所以要完全消灭他还是不能掉以轻心。但是，老乡们也不要怕他，如今解放了，这些逃窜的特务和土匪，我们都会一一消灭。你们想想，当时日本鬼子多么嚣张，不也是被我们赶跑了？还有号称八百万的国民党的军队，不也是被我们打败了吗？我们拥有一支人民的军队，是战无不胜、攻无不克的人民的军队，所以你们一定要坚信，坚信人民自己的军队。陈安激动地说着，老赵不时地点头。

说着说着，陈安突然问一句，赵云卿的那个相好叫什么名字？

哦，她叫玉枝。她的爹爹和姆妈就住在村里的西头院里。

51

自从家里的经济开始拮据起来，祥云老板就想着跟几个老板朋友一起去南洋发展生意。但是他又想着带香月一起去，因为在那个遥远的地方，肯定是非常孤独和寂寞的，而且需要一个能帮衬的人。

可是他看到三个小孩那么爱缠香月，又于心不忍，小孩子都还在成长，还是需要大人的陪伴。他知道他的太太是个非常沉闷的女人，什么都不会做，只会在家里吃吃闲饭，做悠闲太太的命。香月虽然年纪小些，但是还能够跟他同甘共苦，也很体己，会在外面帮他应酬场面，不仅在生活上是个好帮手，在他的事业上也会起到很大的作用。

祥云老板把这事搁在心里，也不对家里人说起，因为他自己也还没有想好，是去还是不去，是带香月去还是不带她去。

当然他从来没有考虑过要带太太一同去，这么多年在外面做生意，他从来没有带太太出去过，都是她生了小孩他就回来看看，平时也极少回家。所以孩子们对他也不怎么缠，都早已经习惯了他的来来去去，都知道父亲要去挣钱养家，都也乖乖地待在家里。以前没有香月姨娘感觉日子过得很是沉闷，自从父亲带回了这个香月姨娘，几个孩子好像找到了家里的主心骨，什么事都要先跟香月去说，不跟自己的娘说。他们喜欢香月的平和和天然的亲近，最为可贵的是她有一颗善良的心，还是玻璃般的童心，跟孩子们能打打闹闹的，不像爹娘那么严肃，总摆着个面孔，教条很严，好像不严孩子就不能成长似的。

香月却不是那样，她跟他们玩的时候，好像自己也是小孩子，不把自己当作大人。能跟他们开玩笑，能回答他们的任何问题，要是她也不知道的问题，她就会去请教别人，然后第二天就会给他们一个圆满的答案。所以在香月那里，他们总有寻不完的欢乐和开心，也总有问不完的问题。从抗战到解放，从天上到地下，从庄稼到城市，从自然到万物，总之什么奇奇怪怪的东西都要问，好像香月什么都知道。香月的成功，就是满足了孩子们的天真和好奇，然后跟着他们一起天真。

这天夜里祥云老板特意去了太太房里，太太非常高兴，赶紧梳洗一番，还特意擦了胭脂粉，两腮红彤彤的，像是喝醉了酒。祥云老板本来是没有欲望的，但是他还是一反常态地为太太卸下头上的发簪，帮她宽衣。太太心里乐开花了，嘿，今天当家的是怎么了？是不是感觉自从香月进了门，就冷落了自己，心有亏欠，今晚也许是良心发现吧。便也不多问什么，任由祥云老板做这做那，自己也很配合。

太太真的是老了，祥云老板看到她脸上横生的皱纹如蜘蛛网一样，就是抹了厚厚的胭脂还是遮盖不住。她的身体也开始松弛，做起事来也没有快活的水源了，那个地方也萎缩干涸了。祥云老板做得非常艰难，但还是尽力做完了事情，他从太太身上滚下来时已经是汗水淋淋的了。太太替他揩去额头上的汗珠，说，很累吧，要不要喝点水？说完就要下床去倒水。

祥云老板赶紧拉住她，说，不用了，我不渴，有事要跟你说呢。

哦，是么子事情呢？太太兴致勃勃地问。

我想去南洋做生意，家里的生意因为经济不景气，也难得维持下去，已经有几家纺纱厂濒临倒闭了，还要养活一大家子人，不出去不行呀。

哦，那行的，男人嘛，还是要以生意为重，家里你不要操心，我和香月都会处理好的。太太试探性地提到了香月，祥云老板没有吭声，两只眼睛骨碌碌地望着蚊帐顶。又说，我们有好几个人约好一起去南洋的，也是想要个伴，经济上还是生活上，相互也好有个照应。据说那里的生意很好做，有很多人都去了。

唔，家里你就是主心骨，你说非得要去就去吧。只是这一去，回来一趟就很不容易了吧？听说南洋很远呢。

嗯，是的，很远，但是每个月我会托人带钱回来的。每个月我们去的人轮流回来，谁回来就谁帮忙送钱回去，都已经商量妥当了。但是去的有十来个人，这一轮的话也得等上年把才能回家一趟了呢，所以有点不放心孩子们。

有什么不放心的，他们都已经长大了，而且还有香月在家里帮忙，孩子们都好喜欢跟她玩的。

正要跟你商量这事呢，我想带香月一起去。她心思缜密，在生意可以帮我搭把手呢。

太太听了许久没有吭声，在床上躺了很久，才发出一声长叹，唉，我真正是老了呢！不中用了，什么都帮不上你了。

祥云老板说，扯到哪里去了呢？我不是那个意思，你在家里也要做许多事情呀，就比如照顾孩子们。还有家里的生意要和管家一起经营，你也要做事的。我带香月去那边，也是怕一个人没有个帮手，生意上也是需要个帮衬的。

什么帮手不帮手，莫要耍我，我又不是三岁小孩。你的心里已经定下了，我也不多说了，但愿你记着这个家。

52

玉枝这次从山里下来的时候背的粮食更少了，不是赵云卿舍不得，不肯给她粮食带回去，对待女人方面，他还是比较大方的。是玉枝自己背不动了，因为她的肚子越来越大，圆溜溜的，也不能背太重的东西了。赵云卿怕她在路上有个闪失，要派人帮她背粮食下去，玉枝坚决不肯，说怕路上人多眼杂，目标太多了，怕人看到了不好。其实她也是不想有个尾巴跟着，一个人回去多自由自在，想干吗就可以干吗。

陈安前两天来过玉枝的屋里，跟她的爹娘做了好久的思想工作，但是没有如愿。玉枝的爹娘说不管什么原因，莫想要她女儿带他们上山。他们两个老人说，玉枝有了身孕，现在都已经6个多月，她能下来看我们一眼，我们也就心满意足了，不想她出个什么意外，只要她能平平安安的就好。陈安见做不通他们的工作，也没有办法，只得离去。他本来想派人蹲守在玉枝的家门口的，但是又怕打草惊蛇，就取消了这个计划。

这天玉枝像往常一样回来，在家门口却没有看到爹娘和几个弟妹，难道这么晚了他们还在地里干活？玉枝每次不定期地下山，也不能提前通知家里，都是临时决定的事情，每次都会选择在下午太阳快要落山的时候回来，等她要到屋门口时，太阳就完全地下山去了，只留下天边一道道艳丽的晚霞。它们在天上扯幕布一样争奇斗艳地晃悠了一阵，然后，瑰丽的色彩就渐渐地失去了光彩，天空完全变成一种安静的颜色，沉沉地笼罩了下来。

玉枝感到很纳闷，今天家里是怎么了呢？天都已经快黑了，门上还是一把锁。玉枝只得把粮食放在堂屋的门槛上，正要准备离开时，却看到四妹背着一捆柴火回来了。四妹远远地看到了大姐，但是没有像往常那样兴奋地手舞足蹈，而是左顾右盼，迟疑了许久才慢慢地走了过来。待走近了，四妹把那捆柴火一扔，对玉枝说，大姐，你回来的时候看到什么人了吗？玉枝奇怪地说，什么人呀？我没有看到呀！

哦，那爹爹怎么说这几天怕有人来找你，要我们都不要待在屋里，你见屋里没有人也就会放下粮食就走了。这几天，我们一到下午就到外面去干活去了。爹爹说，把外面的活都留到下午去干，等天黑了，大家才回屋。

哦，真是奇怪了，干吗要到天黑了才回屋呢？这些天，赵云卿也不想下山去抢劫呀，再说了，他一般不会抢这附近的人家，要抢也会去远些的地方，你们不用担心的。

爹爹不是怕他，是前几天家里来一个解放军叔叔，要找你帮忙，爹爹不肯。

解放军叔叔？我能帮什么忙呢？玉枝马上警觉起来。

正说话间，爹爹和姆妈，还有几个弟妹从外面回来了。爹爹远远地就打手势，要四妹带着大姐进屋去说话，不要待在屋外头。四妹就拿钥匙打开大门，拉着大姐进去了。爹爹一进屋，就赶紧把大门关上，慌慌张张的，好像做了什么亏心事似的。他对玉枝说，你回来时没有看到什么人吗？

没有呢？这是怎么回事了呢？

爹爹就告诉玉枝，上面派了人来，听说要剿灭赵云卿呢。

玉枝说，这个有什么大不了的，以前不是来过几次人的么？都是说要消灭他，结果还不是忙乱一阵，又是平常如初吗？

这次可不一样呀，听说是上面派来是一支剿匪英勇队，都是最能打仗的英雄哦。而且领头的，就是以前雪峰山上抗日游击队的陈安队长。

哦，他来找我干吗？

他想要你给他们引路呢，彻底把赵云卿吃掉。

那你把赵云卿的规矩告诉他了吗？以前好多人想去消灭他，都没有成功呢。他们就算是剿匪英勇队，也怕是不行的，不是想消灭就能消灭的。他们能进去多少人？进山的路都被赵云卿封死了，卡子上又都到处布有暗枪眼。

是的呢，可是他们就是不信邪呀！我怕他们偷偷地派人守在下山的路口或是屋门口旁边，然后偷偷地尾随着你进山呢，这样对你不利呀！要是赵云卿发现了，还以为你对他不忠，是你把人引进去的呢！嗯呢，还是爹爹想得周到。玉枝又说，今天就不要去找二杆子了，怕他嘴巴不牢实。

嗯，好的，这以后就不要下山来了，家里会想其他办法度日的，你在山上待到生了毛毛才回来，知道吗？免得出现意外，对你和孩子都不好。

待玉枝走到屋外的时候，爹爹又追上去问了句，玉儿，你要说老实话，你肚子里的种到底是谁的？这样，爹爹心里才有数，也好有个准备。

这个有什么好准备呢，不管是男是女，山里什么都有的。

傻丫头，你会错意了，要真是那赵云卿的种，我也不能看着孩子没有出生，就没有了爹爹啊。

玉枝停顿了许久说，是二杆子的。

爹爹听到后说，那他知道吗？

知道的，不然，他每次都从家里带点酸豆角过来呢。我也早告诉他了的。他一直想要我待在屋里，不要再上山去了，说现在解放了，他赵云卿虽然在山里有武器，但是也不敢轻易下山来，我们只要离开草寨村就行了，去个远点的地方躲起来，他也找不到我们的。我不同意这样做，我怕赵云卿知道我肚子里的孩子不是他的，人也失踪不见了，他会下山来报复你们的。而且他在外面也有些耳目，混在村里、县里，怕事情暴露就会牵连到家人。

嗯，我知道了，你快去吧，路上小心，记得此事千万不要跟任何人说呀！这次回去后，再不要下来了，等孩子生了再说。说着，帮她把手电筒调亮点。

下卷

第八章　田部

53

玉枝以为自己这次回家是神不知鬼不觉的，她做梦也没有想到后面被人盯梢了。陈安派了战士天天在暗处守株待兔，每天几个战士都轮班来蹲守，进行得悄无声息，谁也不知道。

玉枝拧着手电筒进山去了，那个战士偷偷地尾随着，离她有一丈远吧。由于是晚上，特别地安静，山里一点点动静都听得清清楚楚的。那个战士在玉枝沿路走进去的山道上留下了记号，玉枝忙着赶路，也没有发现。那个战士跟进去几里路后也不敢再进去了，因为陈安队长说了，赵云卿在他藏身的安全范围之外的一里左右就会布下陷阱的，再进入就会挨黑枪了。他借着夜色的掩护，在玉枝的带领下，避开了几个应该是陷阱的地方。玉枝都是绕着走的，他也跟着她绕道走，并留在这些地方留下了标记。他估摸着快要进入赵云卿安置黑枪的地方了，就停了下来，看着玉枝走的方向，在那里留下标记，就折身返回去了。

玉枝回到那个洞穴的时候很晚了，比以前要晚回去了一两个小时。赵云卿看到她回来，似乎很不高兴，说，这次怎么会这么晚才回来呢？就不怕被人跟踪了吗？玉枝就把听到的消息告诉了赵云卿，说，这次下山回去才听说的，所以就等天完全黑了才敢回来，怕给人看到了。赵云卿说，老子怕他条卵，前几次不是都派人来剿灭我吗，不都吃了败仗回去了？

这次可不一样了呢，听说是从全国各地挑选出来的呀，组织了一支敢死队呢，都是作战经验丰富的英雄呢。

管他什么敢死队，什么英雄，只要他们敢过来，老子就叫他们有去无回。赵云卿恶狠狠地说，露出一口大黑牙。然后凑过来，要玉枝坐到他的大腿上，他掀起玉枝的衣裳，露出她圆圆的肚子，然后把耳朵贴上去听，咯咯地笑起来，说，肯定是个儿子，可调皮了呢，在他娘的肚子里都不安分，在里面拳打脚踢的。说着，赵云卿脸上乐开了花，一张嘴就凑到玉枝的脸蛋上去。玉枝摆摆手，说，都快要七个月了呢。不要了呢，这样对孩子不好的。

赵云卿一把抱起玉枝把她放到床上去，脱下衣服就要做事，玉枝挣扎不动，只好由着他去。赵云卿吭哧吭哧地完了事，就扑在玉枝身上疲软了下来，嘴巴里嚷嚷着，唉，不行了，真的是老了咯，才几分钟就完事了。玉枝在下面被赵云卿压住，动也不能动，她想推开他沉重的身躯，但是又不敢，只得小心地说，赵爷，别老压着我呢，小心肚子里的孩子。赵云卿才一侧身，躺在里面去了，不久就鼾声四起了。玉枝起身穿好衣服，摸着肚子，感到身子下面隐隐作痛，想着自己年纪轻轻就被这个恶霸土匪强行抢了过来，一朵鲜花就这样凋谢了。她想起自己被抢的时候二杆子激动的言行，不禁多了几分温暖，虽然她成了赵云卿的女人，但是二杆子没有嫌弃她，对她仍然跟以前一样的痴情，只是有时候怨恨自己没有能力救玉枝脱身。他对赵云卿恨之入骨，但是在现实面前又无可奈何，只能看着自己的女人还有孩子陪着赵云卿生活。

有几次二杆子设计了要进山的念头，都被玉枝堵了回去。

二杆子至今未娶，一直等着玉枝回来。村里也有保媒的跟二杆子牵线，但是二杆子立场非常坚定，一律拒绝，连面都不肯去见，搞得他父亲气得要吐血。令人欣慰的是，赵云卿躲进了草寨村后面的大山里，自己才有机会跟二杆子相见，也才有了他的骨血。赵云卿做梦也想不到，他抢玉枝过来的时候，玉枝的确还是黄花大闺女，尽管已经跟二杆子情投意合，私订终身，但是两人还是没有越界，保持着最后一道底线没有突破。也是二杆子自己要留着，说是要等到洞房花烛时才跟玉枝做事，不想把玉枝的肚子搞大了，让村里人知道了他们俩的事情，搞得玉枝的名声不好，破坏了他们美好的感情。没有想到他们两个相互珍惜的这道珍贵的屏障却赵云卿捅破了。

真的是天意！她跟了赵云卿，却怀了二杆子的孩子，也是老天有眼。否则，她觉得这辈子都亏欠了二杆子。

想起以前的事情，玉枝悲喜交加，心情也很激动。除了十天半月的回去一趟，她觉得在这里一点意思也没有。

如今，爹爹为了顾全自己的安全，要她生了孩子才能回去。这次好不容易下山，却没有跟二杆子相见，玉枝感到心里一阵难过。想到要在这里度过漫漫长日，还不知道到时生了孩子能不能回去呢。现在局势也非常复杂，区政府派来了敢死队，赵云卿口头上说得硬邦邦的，说不定哪天就改变了主意，不知道又要逃到哪里去呢。再跟二杆子相见，到时就更难了。

想起这些未知的苦恼，玉枝不禁眼泪簌簌地往下掉。

54

祥云老板自从跟太太说了自己的想法后，就开始着手准备去南洋的计划。

太太每天阴沉着脸，对孩子们不是呵斥就是用戒尺打他们的手板心。太太突然性情大变，几个孩子无所适从，都纷纷跑到香月的房里去寻求保护。香月就护着他们几个，对太太说，姐姐有话好好跟孩子们说，不要着急上火，几个孩子在家里都还是挺听话的，姐姐何必一定要责罚他们呢？说着就让孩子们到她的屋里去写功课。

太太就说，我的孩子，我想骂就骂，想打就打，又碍到你哪里了？

香月就劝太太，说，姐姐教育孩子是母亲的天职，但是也要有方法，也要看他们做错了多少事情呢。不要凭自己的性子来，这样孩子即使错了，心里也是不服气的。

难道我教育自己的孩子还做错了？还要轮到你来教训我吗？在这个家里，你又算哪根葱，哪根蒜了？我还是祖宗认可的，就是百年之后，我还有牌位立在祠堂，你又有什么资格呢？不要仗着老爷宝贝你，到我面前指手画脚，自己有本事就下个蛋蛋出来，不要拿点小恩小惠的去抢人家的孩子。说完，太太轻蔑地扫了一眼香月。

香月想不到太太说话这么尖酸刻薄，顿时气得说不出话来，尤其是后面的话狠狠地撕开了她的伤口，她想起了日本人用脚使劲地碾她的肚子，她躺在一地的血泊之中，然后看到肖四爷也满身是血，倒在她的身上，然后又想起春生救她出来的时候，被赵云卿的手下打成了蜂窝煤，浑身上下都淌着血。

她的头一阵晕眩，眼前一黑就栽了下去。

几个孩子听到响声，就跑了出来，看到香月姨娘倒在地上，急得直哭，都扯嗓子喊，香月姨娘，香月姨娘，你快醒醒呀！太太没有想到香月的身子这么虚，被她这么一气，人就倒了，顿时也慌了神，她怕老爷回来责怪她，就赶紧喊几个孩子帮忙一起把香月扶到房里，让她躺在床上休息，又吩咐厨房去倒了一杯红糖水出来。她用小调羹挖起来喂香月，把香月的嘴巴撬开喂进去，又流出来了。太太更慌了，赶紧要大毛去喊老爷回来。

待祥云老板回来，太太站在香月的床边低垂着头，不敢说话，想是大毛已经告诉老爷缘由，祥云老板狠狠地盯了她一眼，说，你这个人，怎么能对香月这样狠呢？你明明知道没有孩子始终是香月心里过不去的坎，她以前受的那些伤害本来已经平复了，被你这么一挑，她又想起往事了。我知道你心里不平衡，以为我带香月去南洋，不带你，心里头有气。我那天其实是跟你商量一下，也还没有做好准备，所以我都还没有告诉香月我要去南洋，并且是要带她去。你倒好，事先知道了，还把怨气撒到她的头上了。

太太急得直流眼泪，说，我只是嘴巴上说了她几句，没有想到她这么在意这些话，我也是有口没心的。她对几个孩子好，其实我心里也是高兴的。

祥云老板不再理会她，坐在床沿边给香月把起脉来。然后，马上写了一张方子，要管家去药铺抓药回来，回来马上把药熬好了给香月喝。

管家应声出去了。

祥云老板就对太太说，管家回来，你赶紧去熬药，药好你就给香月喂了。不要再刺激她，我那边还有事情没有处理完，处理好了就马上回来。你自己好好反思一下，香月待你和孩子们怎么样？对这个家付出了多少？你这样做到底是图个什么？太太赶紧认错，说，老爷，我知道错了，你放心去做事吧，我会照顾好香月妹妹的。祥云老板再看了看香月，摸了摸她的额头，感觉没有大碍，就走了。

没多大会工夫，管家就抓药回来了，太太接过来亲自去厨房熬药去了。

几个孩子围到香月的床前，一个个愁云满面，三毛看着看着就抽噎起来，说，香月姨娘，你可千万别死呀！我还有好多问题要问你呢。大毛就把三毛推到一边，说，呸呸呸，你真是狗嘴里吐不出象牙，香月姨娘是菩萨心肠，她不会死的，说着竟自己先哭了起来，三个孩子看着香月躺在床上一动不动，一个个眼泪吧嗒吧嗒地往下掉。

这时，香月的眼皮动了下，手也跟着抽动了下。三毛眼尖，一下就看到了，就大声喊着香月姨娘，你快醒醒！然后香月就睁开了眼睛，接着吐出来一口血痰。看着几个孩子一个个眼泪巴巴地望着自己，香月问道，这是怎么了呢？说着就要起身，几个孩子把她按下去，要她躺下去休息。三毛看到香月姨娘又开始说话了，就又哭又笑着说，香月姨娘活过来就好，活过来就好了，我们都快被你吓死了。我们还以为，香月姨娘再也醒不过来呢。大毛、二毛也破涕为笑，说，是啊，当时我们都吓坏了。以后，我们一定要听香月姨娘的话，好好读书，好好学习，再也不淘气了，只要香月姨娘好好的，我们就放心呢。

香月虚弱地笑了笑，说，傻瓜，你们都很听话呢，每天跟你们一起玩，香月姨娘也特别开心。

大毛毕竟是要大些，懂事些，他想起了爹爹刚刚说的话，说是要带香月姨娘去南洋。心里搁着这些话，一直想问香月姨娘，但看到她身体虚弱，就欲言又止了。香月看到大毛好像有话要说的样子，就问，大毛，你要说什么？不能把话搿在心里的，有话就说出来，不要说假话，小孩子从小要说真话。

是呢，我们现在还记得香月姨娘给我们讲的《狼来了》的故事，道理我们都懂的，长大后一定要做诚实的孩子。三毛赶紧插话说。

香月微笑着点点头，说这才是好孩子，香月姨娘喜欢。

大毛低了头，看着脚尖，过了几分钟才慢吞吞地说，香月姨娘，我可以问你一个问题吗？

可以呀，问吧。

要是爹爹要去南洋你同意吗？

那要看他去做什么，如果是正当地做生意，当然是可以的。如今家里的生意也不好做了，你们也知道的。

那要是他带你去呢？

带我去？要带就带我们一家子去呀！

我问你，如果爹爹只带你一个人去，你会去吗？

香月沉吟了一下说，不会去。我怎么舍得你们几个孩子呢？你们都还没有长大，需要人照顾呀！香月姨娘不会去南洋的，一定会留下来陪伴你们。

香月说这话的时候，太太刚好熬好药出来，她端着碗听着大毛提了这个问题，就没有走进去，等香月回答了她才走进来。

太太坐下来要给香月喂，香月说，我没事呢，不用姐姐亲自动手的，我自己喝就行了。太太一脸的愧疚，说，香月，你不要怪我，我也是一时心急，图嘴巴快活，没有想到伤了妹妹的心。对不起了！姐姐给你赔个不是，你知道我的，我也是刀子嘴豆腐心，当时说了马上就后悔了。老爷说得对，自从你到了我们这个家庭，家里家外都是老爷的好帮手，我是什么都帮不上忙。要说对这个家庭的贡献，就是生了这几个孩子，没有其他任何功劳可讲的，也就是用一张嘴巴吃饭，什么都不会，什么也做不了。不像香月妹妹是见过世面的人，又冰雪聪明，我是自愧不如呀！

55

自从陈安知道了赵云卿的大概藏身之处，就和敢死队员一起商量一举歼灭赵云卿他们的计划和部署。目前就是那个枪眼的位置难倒了他们，路径是大概知道了，也知道如何避开那些陷阱，就是不知道他把枪眼布置在哪个位置了。要是赵云卿那边有人给他们做内应就好了。可是他们冥思苦想也想不出来这个人选，目前最为理想的人还是玉枝，只有她能自由进出山寨，问题是自从她那次回家之后，就再也没有下来过，好像赵云卿知道他们要来端他的老巢一样，山里面风平浪静，陈安也只能等待时机。

一个月过去了，赵云卿仍然按兵不动，玉枝也不见下山来。

倒是把二杆子着急坏了，他好久没有见到玉枝的影子了，心里非常着急。便时不时地到玉枝的家里来坐坐，看能不能碰见玉枝刚好回娘屋。来过几次都没有碰见玉枝，二杆子就想上山去找玉枝，被玉枝的爹爹拉住了，对他说，你这个伢子，真的是如玉枝说的，做事一点都不老成，什么时候才可以长大呢？你这样莽莽撞撞上山不是自找死路吗？还会给玉枝带来麻烦。她身子不便，眼看就要生了，你要沉住气，等玉枝把孩子生了再说。我告诉她了的，孩子没有出生这段时间就不要下山了，等孩子生出来了，满月后就可以带着孩子下山来，到时你再跟玉枝一起远走高飞，再也不要回来了。

二杆子听了就折身回来。玉枝的娘眼巴巴地望着大山说，救苦救难的观世音菩萨，求您老人家一定要保佑我家玉枝母子平安呀！

二杆见一时也见不到玉枝，就回家去了。在路上，他遇见了正往这里来的陈安队长。陈安看到他，就说，你就是二杆子吧？刚从玉枝家里出来？二杆子摸摸头说，你是怎么知道我的？还知道玉枝？陈安就神秘地一笑，说，我是谁嘛？我就是干情报工作的，这天上地下的事儿没有我不知道的。你们草寨村我也知道好多事儿呢！

真的吗？那你知道那个土匪头子赵云卿、香月，还有春生、青云吗？他们可都是从草寨村里出来的呀！

当然知道了，这么响当当的人物哪有不知道的道理？我还跟春生和青云是好朋友呢。只可惜他们在抗日的时候牺牲了，都是抗日英雄，是值得我们大家学习的榜样呢。

嗯呢，我也很佩服他们，男子汉，敢作敢当，敢爱敢恨！

你也可以的呀，怎么就不相信自己的能力呢？

我也想当一回男子汉的，可是玉枝不准。

玉枝不准，你就真的不敢动了？玉枝毕竟是女人，想的事情不周全，胆子也小些，可以理解。你呢，一个大老爷们，要有自己的雄心壮志才行呀！

二杆子嘿嘿地憨笑着，说，我这辈子只听玉枝的，她要我向东，我绝不敢往西的。

可要是玉枝有了危险呢？你该怎么办？要不要去救她呢？

当然了，我会拼了性命也要去救玉枝出来。

这就对了嘛。听说玉枝都快要生了吧？你就不担心她生完孩子会有危险吗？赵云卿是个本性凶残的魔头，要是他知道了你和玉枝的事情，玉枝和孩子在他身边会平安无事？你也不想想，有些事情瞒得了一时，瞒不住一世呀！你也知道赵云卿的耳目众多，草寨村就在他鼻子底下，他现在是没有心情去闻，等他有心思去闻一下，什么事情都会败露了。到时候玉枝母子就非常危险了，你也不动脑子想想。有些事情不是由着你想怎样就会怎样的，如今要救玉枝母子出水火，只有主动出击，争取主动权。不要等到他知道了所有的事情，你们才想起来应该要怎么做，而是要在他还没有清楚之前，就采取主动措施了。

二杆子听了心里想，也对，陈安的分析不无道理，他也很想早日救玉枝出来，两人好早些过上比翼双飞的生活。于是，便问陈安，那他该怎么做？陈安就把他拉到区政府的办公室，和几个敢死队员见了面，大家先是自我介绍，认识了一下，然后就开始谈论如何活捉赵云卿的事情。陈安认为，赵云卿在这一带的势力范围很大，为了扩大影响，杀一儆百，最好是活捉，然后让他接受人民的公审，这样一来，附近的那些小股土匪，或是土匪残余势力就会销声匿迹，不敢出来重操旧业。这样一来，就保证了这一带的长治久安。

可话是这样讲，想要当场击毙他都很难，别说是活捉了。可同志们都很激动，个个摩掌擦拳的，气氛非常热烈。陈安把自己的想法透露给大家后，要大家一起讨论商量个好的办法出来，争取尽快付诸行动。其中一个队员小郭说，如今最好的办法是找到玉枝，让她下山来，提供一下那边的情况，尤其是枪眼布置的位置，还有就是一共有几个枪眼，赵云卿住的地方有没有退路，这样方便我们派人把守他的退路。这样的话，会减少许多伤亡。如果强攻，当然也能够拿下，但是我们付出的代价要多很多了。

这时，大家一齐把目光投向二杆子。

二杆子说，我要想个什么办法能够让玉枝下山呢？就是玉枝下了山，她会不会配合你们，把她所知道的情况都告诉你们呢？我跟她这么多年的感情了，还有她自己最亲的爹爹和姆妈，她都从来不透露她在那边一丝半点的内容，嘴巴非常严实。我们也知道她是怕我一时冲动，上山去找她，知道我们这些平头百姓是斗不过赵云卿的，也不想我们去白白送死吧。所以她就是下山，也从来不肯谈到那里的布防。

陈安就说，这个不要你担心，你只要想办法把玉枝喊回来一次就行。为了保证她的安全，她这次回来后，就不必再回山洞了，在家里安安全全地生孩子，我们会派人保护她的。

二杆子说，那敢情好，容我回去再好好想想。

56

香月的身体康复后，心情也开始好起来。天气晴好的时候，她还领着几个孩子去广场上放了一回风筝。

祥云老板本来是计划好了去南洋的行程的，结果因为香月的身体还没有完全恢复，他又在家里待了些时日。那些生意伙伴就先走了一步，他只得等香月身体复原后再赶去。

这天，他看到香月他们放风筝回来，香月的气色好了许多，他就喊一家子到大堂里集合，说是要开个家庭小会。香月洗了把脸就匆匆地过去了。她到屋里的时候，大家都已经坐在那里了。待香月落了座，祥云老板就开始说，今天把大家叫来，是要告诉大家一件事情，我今天下午就要动身去南洋了，为了家里的生意能够维持下来，我们必须要想别的路子。我不在家里，所有生意上的账簿都要请管家和太太管理好、核实好。太太从来没有经手过家里生意上的账目和事情，这件事情还要请管家多操心和跑腿，太太只能是最后核实一下，具体的事情都还是照旧由管家主持。家里所有雇佣的人员都保持原位不动，大家各尽其责，各执其事。我们去南洋的那些商家都会轮流着回来，家里需要捎带的东西会有人送来。说到这里，他停顿了一下，看了一眼香月说，香月，你赶紧回屋去收拾行李，下午和我一起出发去南洋。听到这话，太太的身子震动了一下，脸色由明转暗，但是也没有说什么。

香月就站了起来，说，老爷，我回屋去帮你收拾好行李吧。我就不去了，家里一摊子事情，老老少少的，太太一个人在家里也忙不过，何况还有几个孩子需要照顾，我就留在家里做帮手吧。只是老爷，你在外要注意保重好身体，凡事多三思，不要忙起生意来就忘记了吃饭，这样对身体不好，钱是人挣的，身体才是本钱。

祥云老板非常疑惑地看着香月，说，你不跟我去南洋？我可能要一年光景才能回家一次呢。

香月说，老爷尽管放心去做自己的大事业，我在家会和姐姐一起操持好家庭的。几个孩子还小，三毛也才八岁，我也不放心他们。听到这里，太太的眼圈一红，说，香月，你就跟老爷去吧，他一个人在外面孤孤单单的，生意上也需要你做他的帮手。香月也是眼睛红红的，说，我这边是放心不下家里和几个孩子，那边也牵挂着老爷，想想也真是左右为难，但是老爷毕竟是男人，在生意上也是叱咤风云的老板，经验也是非常丰富的了，我们倒不必担心这个。主要是担心老爷的身体，在外没有人照顾，担心他在外面饥一顿饱一顿的，把身体给搞垮了。说着就低着头，急匆匆地回老爷屋里去了。

祥云老板在那边把家里的事务交代好就赶紧过来了。香月正在衣柜挂衣服，他从后面抱住了香月，把头埋在她的秀发中，说，香月，你怎么不肯跟我去南洋呢？我知道你心地善良，怕你在家里吃亏呢。香月哽咽着说，老爷说哪里话呢，都是一家人，能有什么吃亏不吃亏的，就是吃亏也是吃在自个的家里，谁家里没有个磕磕碰碰的事儿呢？

你能这样想，我也就放心了。我会争取每年多回来几次的，挣钱多少先不管，我估计去了，开头的那几个月肯定是度日如年的，一个人孤孤单单的。那这样吧，我先过去，开头的时候那边的事情也是相当多的，等把那边的事情都理顺当了，我回来的时候再接你过去吧。这样也好有个过渡，如果担心三毛太小没有人照顾，到时我们带三毛一起去，让他到那边念书算了。

太太肯定不愿意的，孩子都是母亲的心头肉呢，她肯定舍不得三毛的。

舍不得也得舍，家里还有二毛和大毛呀。先这样决定吧，你放心，我有办法让她同意的。祥云老板说着把香月转过来，紧紧地搂着她，直箍得她喘不过气来。

祥云老板走的时候，太太和香月带着孩子们一起去渡口送行。大家都依依不舍的，三毛扑进祥云老板的怀里，哇哇大哭着说，爹爹什么时候回来呀？我想你呢。

祥云老板摸着三毛的脑壳说，傻小子，爹还没有离开呢，就开始想了？说着就把头扭过去，不看这一家子老老少少。太太和香月的眼圈也红红的，都拿出了手绢在擦眼睛，祥云老板说，都快别难过了，我过不了多久就要回家的。香月，这一家子就要靠你多照顾了。太太一直待在乡下，没有见过什么世面，家里的事情就要靠你多操心了。香月把眼泪擦干，说，老爷就放心吧，我和姐姐会同心协力把家里的事情做好的。你就放心吧，出门在外的，自己多长个心眼，没有个知冷知热的人在身边，你自己要注意天气变化，及时添加衣裳。

好的，都回吧，河边的风大。

大家看着祥云老板上了船，船开出了好远好远，他们才默默地离去。大家各怀心事，谁也没有开头说话。

也许，命运之神悄无声息地降临都是从某个时刻开始的，祥云老板做梦也没有想到，这一别，竟然是他与家人永远不能相见的开始。

他倚在船舷上看着两岸的风景，想着路途迢迢，他此行才刚刚开始拉开序幕，一种寂寞之情悄然袭来。他不由得想起了与香月的初次相见，那天晚上，青云把她领来的时候，他掌着灯看到青云急急忙忙的，香月已经奄奄一息，全身是血，根本没有看清她长什么样儿。当时他看到青云对香月的那份感情，还奚落过他，说他是单相思，不值得。后来香月慢慢地恢复了健康，他才发现原来香月真的是美得脱俗，不说青云，就连他这个见过世面的、经常在生意场混的老板，也慢慢地被香月吸引住了，感觉自己这辈子拥有了香月是何等的幸运！

如今一别，不知何时才能跟家人团聚！祥云老板心里莫名其妙地悲伤和沉重起来。

57

二杆子其实是有办法约到玉枝的，只是玉枝告诉过他，不到万不得已，不要使用这个办法跟她联系。二杆子非常听玉枝的话，一般都是等玉枝下山来，自己从不轻举妄动使用玉枝告诉的那个办法。

这天听了陈安的话，二杆子回家沉思了良久，他也觉得不无道理，赵云卿是个老奸巨猾的老狐狸，他和玉枝的事情瞒得一天只能算一天，万一哪天他的那些耳目打听到了他和玉枝的事儿，那玉枝可就真的危险了。尤其是玉枝还怀着自己的孩子，玉枝离生产还有个把月，这一个月里面，每过一天就会有未知的危险发生。

二杆子晚上躺在床上还在想着这件事情，翻来覆去的，那张老掉牙的木床发出咯吱咯吱的响声。这天晚上，二杆子彻夜未眠，想来想去，觉得陈安队长说的是大实话，自己要是个血性男儿，就要干一番轰轰烈烈的事情，不能让自己的女人去顶危险。想着自己马上就要做父亲了，二杆子心里也是甜蜜蜜的，感到无比的幸福。可一想到赵云卿这个土匪恶霸一直霸占着自己的玉枝，他心里就非常痛苦和烦躁。不行！我一定要把玉枝救回来，等到赵云卿发现苗头不对，知道上面派了敢死队员来对付他，说不定哪天就带着玉枝换山头了，到时自己跟玉枝要相见就非常难了。就算他没有发现玉枝和自己的恋情，他知道了自己的处境，也会转移山头，到时说不定自己和玉枝就永远见不到了。这一年来，他和玉枝能够见面，还不是因为赵云卿选择了草寨村后面的这个山头，如今他知道在这里待不长久了，肯定又会转移到其他地方去了。玉枝被他抢去多年，也是今年他们才有机会见面。二杆子权衡来权衡去，还是决定听陈安队长的话，他也想用这支队伍的力量帮他夺回自己的心上人。

天上的霞光开始照射的时候，二杆子就从床上蹦起来，他蹬蹬蹬地一路小跑着到了区政府的办公室，喊着要见陈队长。陈安笑眯眯地从门里出来，仿佛知道他会来找自己似的。

陈安把他领到办公室，给他倒了杯开水，其他队员也陆续过来了，他们都在等待二杆子给他们答案。二杆子喝了一口水，说，我昨天晚上想了很久，终于想起来，玉枝曾经告诉过我一个通知她下山的方法。只是她说过，只有家里有十万火急的事情才能用这个方法通知她，不到万不得已，不能用这个办法，说是很危险，万一被赵云卿发现，她也暴露了。同志们听说有办法通知到玉枝，一个个都非常激动，说，没有问题，只要能通知玉枝下来，她就安全了，可以不用再回赵云卿那里去了，我们会把她转移，派人二十四小时保护她，直到抓住赵云卿，她就自由了。

于是，二杆子就把陈安一队人马带到了自己的屋里去。

到了他家里后，二杆子跑到一间杂屋，“咕咕，咕咕”地叫了几声，一只灰色的鸽子就飞到了他的肩膀上，二杆子用一张小纸条写上“速回”两个字，再卷成细条塞进一个细管子里，然后再拴到鸽子的腿部。二杆子在鸽子的头顶上亲了一下，鸽子仿佛知道了二杆子的意思，马上振翅飞走了。同志们就在二杆子家里等着玉枝下山来。

在这个等待的过程中，大家都很紧张，生怕玉枝被赵云卿发现，也担心那只鸽子中途遭遇不测。大家在房里踱来踱去，空气顿时显得凝重起来。二杆子想去外面张望，被陈安拉了回来，要他安心待在屋里，不要被人发现了，要是他在院里东张西望，明显是在等人，怕赵云卿的耳目看到起了疑心。既然二杆子有办法通知到玉枝，那么赵云卿安插的耳线也能通过他们的办法及时联系上。二杆子也就不敢到院里去，只好跟队员一起老老实实地待在屋里。陈安守在堂屋的窗户边，从窗子的木格子间隙可以看到外面的动静。

玉枝那天正好在晒衣服，山峰崖边的石头上到处摆满了小孩的衣帽鞋袜，都是玉枝手工缝制的。那些石头上面摆得花花绿绿的，十分醒目。她的肚子明显地腆了起来，又圆又大，走路像一只企鹅，一摇一摆的。

这时，她突然看到一只鸽子朝她这边飞过来。待它飞得近了，玉枝才发现原来是她和二杆子养大的“花花”。玉枝赶紧看看四周有没有人在看她，还好，那些土匪都在下面的岩石上晒太阳。鸽子很快停到了她的手上，玉枝赶紧把它腿上的东西解了下来，又亲了下鸽子，亲昵地轻轻抚摸鸽子柔顺的毛发，然后再轻轻地敲一下它的翅膀，催它快快飞走。

玉枝躲到一块最大的岩石后面，展开那张小纸条，只有两个字“速回”，她认出是二杆子的笔迹，写得歪歪斜斜的。玉枝看了心里一下非常紧张，不知道家里发生了什么事儿。难道是爹爹、姆妈，或者弟妹们哪个生重病了？还是二杆子自己有什么急事？上次她走得匆忙，没有来得及跟他道别。从她上次下山回家，也就是个把月时间呀，不知道家里到底发生了什么事情。玉枝心急如焚，她把字条撕碎扔到山崖下面去，就匆匆忙忙地去找赵云卿告假。

赵云卿正在山洞里假寐，每当中午饭后，他都要在床上躺一会儿，已经形成了生活习惯。其实他是没有睡着的，只是闭着眼睛休息，心里面可能还在想着别的事儿。玉枝跟随他多年，已经知道了他的生活习惯，但有时候还是揣摩不到他的心思。女人的心敏感细腻，但是赵云卿的心思比女人的还要细腻，女人有时候考虑不到的问题，他在心里早就想到了。

听到动静，赵云卿眼睛都没有睁开，就说，玉枝呀，又想着回去呀？如今你都快生了，行走也不方便呀。实在是想着家里，放心不下，等生了孩子再回吧，免得节外生枝，你一个人回去，要是在路上遇上危险怎么办？跑也跑不动，真要是遇上野兽毒蛇什么的，后悔都来不及。我知道你是个孝顺的姑娘，讲情义，顾娘屋。可你现在也是特殊情况，肚子里还有我的骨血呢，你不为自己考虑，也得为孩子想想呀！

赵云卿从来没有跟玉枝说过这么多话，以前玉枝要回去，只需说一句，赵云卿点点头就算过去了。玉枝也很守时，回去只在家待上不到一个时辰就返回了，从不多耽误时间，而且也不给他带来麻烦，谁也不知道这条通往山顶的山路。玉枝的嘴巴是很严实的，所以赵云卿也信得过她。怎么今天玉枝还没有提到此事，赵云卿就知道她要回去了呢？难道他看到了什么？玉枝心里七上八上的，一下就紧张起来。但是一想到纸条上的那两个字，玉枝心里就又紧了一下，不知道是二杆子发生了什么事情，还是家里发生了什么呢？

玉枝当然不好作声，只是小声地说，赵爷，我去去就回来。最近，我这个右眼皮跳得厉害，人心里也不踏实，总觉得家里要出什么事儿呢。孩子快要生了，我也想回家带点自己想吃的东西上来，嘴巴馋得很。赵云卿说，你现在身子都这样了，还能背得动什么呢？不要别人来背你就不错了。要是你一定要回去，我就派个人跟你一起去吧，路上也好保护你，你要背什么东西回去或背什么吃的上来，就让他帮你背吧。

玉枝说，不用了，还是老办法，我自己一个人回去就行。免得人多了，被人看见，一个人目标也不大，我去去就回来了，很快的。

赵云卿见玉枝执意要回去，就摆了摆手，说，去吧，去吧，快去快回！老规矩，不能过夜。

玉枝赶紧道了谢，并告诉他岩石上晒了小孩的衣服，日落之前记得收一下。

58

二杆子他们在屋里等了一个上午，迟迟不见玉枝下山来，他们都非常着急，但也不敢随意拉开堂屋的门闩，到外面去。他们几个在家里也不敢做饭，就胡乱吃了点干粮，几个同志顺便迷糊了一下。陈安仍然守在窗户边，眼睛死死地盯着外面，像一只老鹰。

最坐不住的就是二杆子了，没几分钟就站起来，坐下，又站起来，在房子里窜来窜去的，显得心神不宁。

正当他等得要绝望的时候，看到陈安轻轻地喊他过去，二杆子赶紧凑到窗户边去看，果然看到了玉枝熟悉的身影，正缓缓地往这边过来。她的身体明显地沉重了许多，走路很慢。陈安拉着二杆子的胳膊，生怕他一激动就要开门去迎接，他在二杆子的耳边说，等她来敲门，你再去开门，这样显得是她来找你，不是你找她来的。二杆子点点头，仍然按捺不住地激动，面孔都红红的，起了一层细细密密的红疹子，像农家鸡屁股上的疙瘩坨坨。

正当玉枝快要举手敲门的时候，玉枝的爹爹扛着把锄头过来了，他看到了玉枝，猛喝一声，玉枝，过来！玉枝赶紧住了手，回头看到是爹爹，就问他，家里怎么了呢？都还好吗？玉枝的爹爹拉着她往回走，要她先不要说话，等回屋了再说。

二杆子心里急得不得了，真想跑出去把玉枝拉回来，但是陈安对他摆了摆手，要他不要着急，既然玉枝下来了，一定会来找他的。二杆子也就不敢乱动，只得眼睁睁地看着玉枝给她爹爹掖走了。

等他们两个走得没影了，陈安就对二杆子说，走，你先去玉枝家里稳住玉枝，我们随后就到。

二杆子赶紧迈腿跑了出去，像兔子一样窜得飞快，一下就没有影儿了。

玉枝看到全家人安然无恙，心里就踏实了，心想，家里人没有事，这个二杆子要“花花”来报信，到底是个什么十万火急的事儿呢？难道是他自己有什么事情？正想着要喊四妹去叫二杆子哥过来，却听到急促的敲门声。

那声音“咚咚”地响着，急促而沉重，大家不知道是谁，屋里顿时安静下来，谁也不吭气，那声音就好像敲在每个人的心坎上。四妹个子矮，她趴在门下的缝隙里往外一看，见是二杆子，赶紧兴奋地说，是杆子哥！说着就把门打开了，让二杆子进屋来。二杆子进来后就反身把门关上，还神秘兮兮地往外面看看，生怕后面带了尾巴似的。

玉枝急忙慌慌地问，有什么十万火急的事情，要这样冒险来报信？二杆子说，喊你回来就是十万火急的事情呀，如今时局这么紧张了，这赵云卿说不定哪天就腾了老窝了，到时我到哪里去找你们母子呀？原来没有什么事情呀，害得我火急火燎地赶回来，不晓得家里发生了什么大事了呢。玉枝显然有些不高兴地说。

现在什么都不重要了，你回来了就好，以后不用再回去伺候那个老毛子了。二杆子乐呵呵地拍拍四妹的头，又说，四妹，以后就跟大姐一起吃住可以吗？四妹高兴地跳了起来，连声叫好，好得很！

不回山里去，不现实呢。我还得回去跟他交差呢，不然他起疑心了就不得了，玉枝说。爹爹也催玉枝赶紧动身，不要误了时辰，让赵云卿犯了疑心。玉枝正要起身走，却又听到了敲门声，不知道是什么人，爹爹示意玉枝躲到里屋去，然后才去开门。

一开门，原来是陈安队长过来了，陈安说，老哥，玉枝呢？说完朝二杆子看了一眼，二杆子朝里屋努了努嘴。陈安笑了下，说，老哥，让玉枝出来吧，这里都不是外人，是我要二杆子喊她回来的，有些事情想请她帮忙。玉枝爹爹说，一个快要生孩子的女人，能帮你们什么忙呢？你们不要把她搅进去才好呢。

陈安说，叫她出来，问问她就行，没有什么麻烦的。老哥，你就放一百二十个心呢。

玉枝爹爹只好喊玉枝出来。陈安看了看玉枝惊慌的眼神说，不要害怕，我们是人民的军队，自然是保护穷苦人民的。我叫二杆子喊你回来，是想请你帮忙提供下赵云卿在去他老巢的路上设置了几个枪眼，具体在哪个地方，有什么标记。玉枝听了低下头去，用脚尖蹭着堂屋的泥巴，不说话。二杆子就在一旁劝，说，玉枝，你就说了吧，这次政府是下了大功夫的，都是敢死队员，后面还有大部队就要赶到了。只要你提供了这些线索，政府就会保护你的，以后，你不用再上山去伺候那个老毛子了，你就在家里生孩子，有爹妈照顾，多好。玉枝说，赵云卿狡诈多端，手里又有武器，加上山里的天险，政府也不一定能够捉得了他。陈安就说，这个不用你担心，我们自有办法，你只要告诉我们这些就行了。我们会派同志保护你和二杆子的安全，你可以放心地在自己家里生孩子。抓了赵云卿后，你就可以过上平安幸福的生活了。

玉枝犹豫了片刻，最后还是咬咬牙，说，看样子，我不豁出去也不行了。于是把她在山里看到的和需要注意的地方，都一一告诉了陈安。陈安说，为了不打草惊蛇，玉枝还是要当天回去，跟平常一样带点家里自己想吃的东西。并要她在那边做好接应，也要防着赵云卿，保护好自己。

据他们分析，赵云卿目前还没有发现玉枝与二杆子的事情，也就不会对她构成威胁，毕竟玉枝是他的女人，还怀着他的孩子，哪个女人会对自己孩子的亲生父亲下毒手。所以目前玉枝的处境是安全的，她回去后，就跟以前一样生活就行了。并要玉枝放心，等他们定好行动方案后，会用“花花”传信给她，她好及时想办法离开山洞，找个安全的地方躲起来。

陈安把这些事情交代完，就要玉枝赶紧回去，他就跟他的队员们商量对策去了。

59

自祥云老板去了南洋，香月好像越来越忙了。她在外面接了好多的活儿回来做，赚些外快给孩子们买点零食吃，也可以补贴点家用。有香月在家里坐着，太太仍然过得逍遥自在，她本也不会做什么事。家里的账簿都是香月和管家管着，家里的生意、进进出出的开支和经营，都是香月在帮忙。她只是个活菩萨，每天管着自己那张嘴就行了。

孩子们放学回来，仍然喜欢去找香月玩，但香月越来越忙，也难得抽空出来了，几个孩子也听话，都在房里做功课，也不到外面去淘气。只是看到香月姨娘忙来忙去的，他们也插不上手，只得不去凑热闹，免得给她帮了倒忙。他们心里多少有点失落，觉得爹爹离开了家，香月姨娘就变成爹爹了，每天忙得分身无术，难得跟她说说话。香月感觉到了孩子们的失落，她便忙里偷闲地跟他们说笑话，逗他们开心，经过他们身边的时候，用手摸摸他们的脑壳，孩子们就好满足了。

祥云老板走的时候给家里留了一笔费用，但家里的生意需要资金周转，日子过得很紧，幸亏香月会想办法接外面的零散手工，也缓了下家里的开支。

太太的远房表哥杨振涛过来了。杨振涛是个教书先生，他的父亲曾经中过举人，虽然出身农户，也是书香门第。由于家里经济实在是太拮据了，一大家子要穿衣吃饭的，为了赚些外水，他也出来给一些乡绅和富家子弟教书。太太帮着介绍了几个老爷生意场上的富商朋友，让杨振涛到他们的府上替孩子们辅导功课，闲暇无事时也辅导自己的几个孩子。杨振涛就住在府上，省去了租住和吃饭的开支，因此在这辅导几个孩子读书，也没有要工钱。这样一来，两个人相互帮衬，各取所需。香月有时候也帮帮手，去给他们泡泡茶，午休的时候做点小点心给他们送去吃，填填肚子。

杨振涛有几个孩子在乡下，夫人因病早逝，因为新中国成立后家道迅速衰落，也就没有续弦。他在外面教书，家里的老人照顾着孩子，每逢节假日，他就回乡下的家里。杨振涛的个性斯文，说话嗓音很细，跟人说话总感觉他很害羞似的，尤其是跟女人说话，还未开口，脸就先红了。尤其是香月进进出出地跟他们做些服务工作，他就急得双手乱摆，脸红得像块幕布，连说，使不得，使不得，这些事我自己能做的，怎么能够劳驾您呢！香月也不管他怎么说，依然每天做相同的事情，把他们几个爷们伺候得很周到。杨振涛脸红的时候，香月就笑，说，你莫要客气的，在这里都是自家人，你需要什么尽管开口就是。杨振涛也就不好再说什么，但每次给别人家的孩子辅导功课回来，都要带点零食回来给孩子们吃，有时候也给香月带点别的什么。

杨振涛为了感谢表妹家对他的照顾，每次回来得更早些了，风一样地来来去去，比在学堂上课还要准时，从来不会在外面耽搁半分钟。他一进屋就开始忙起来，香月也进去帮他准备些笔墨纸砚什么的，等他一切准备妥当，孩子们就相继回来了。等孩子们落了座，香月就去把做好的点心拿出来，要他们吃了东西再学习，要杨先生也吃，别饿着肚子上课。看他们吃得很欢，香月也很开心。等他们学习的时候，香月就拿些手上的活儿在门口晒着太阳，一边做手上的活儿一边听着屋里抑扬顿挫的读书声。这个时候，太阳就慢慢地西斜了，挂在门口的树杈上，暖暖地照耀着大地，院子里都是金色的光芒。

太太喜欢玩，每天无所事事，跟那些富商的夫人们混在一堆，也学会了打麻将。她们的老爷都相约着去南洋挣钱去了，丢下这些夫人、姨太太的在家里，她们便经常扎在一堆闲聊。也是闲得慌，每天总要有点什么可以消遣时间的。她们在一起不是聊老爷去南洋的事情，就是担心他们在外面该怎么办。家长里短，长吁短叹，相互倾诉自己的苦衷和烦恼。要是哪个老爷托人带了东西回来，就马上集合大家一起来分享，因为一个人回来，总是要带几个家庭的开支回来，一个个看着老爷捎回来的钱，开心得不得了。

等那人走了，大家就又沉闷起来。于是，就开始搓麻将。麻将这东西还真是可以让人忘记时间、忘记忧愁，进入角色后，好像连病都能治，就像鸦片一样，还真是令人上瘾。每天不玩几个钟头，手就很痒痒。太太有时候感觉身体不适，或者是受了风寒，只要跟她们一上桌，人就精神抖擞，好像病也好了。玩得上瘾的时候，甚至连饭都忘记了吃，也不会觉得饿，通宵达旦地玩，第二天回来就倒在床上睡得好死的。也是，家里什么事情都不用她操心，老爷帮她挣钱，香月管理家里和生意，孩子们有表哥辅导功课，她简直就是个多余的人，每天待在家里闲着，让人看着也很不舒服，不如去外面消遣一下，也让家里人感觉她很忙，不是个吃闲饭的人。

下卷

第九章 人部

60

陈安很快就和队员们设计了活捉赵云卿的办法。因为玉枝给他们提供了一个非常重要的线索，就是赵云卿所住的山洞是没有退路的，只能进不能出。虽然地势险要，但不用担心他们会逃走。而且各个小头目都分散盘踞，力量并不集中。

二杆子也报名要参加这次行动，他不想玉枝有事，心情非常急切。陈安看他在这里长大，自然对山里的环境非常熟悉，也可以帮助他们避开一些危险，也就同意了他参加战斗。因为他还不会使枪，队长就给配了几颗手榴弹和一把匕首，以防不测。为了做到行动隐蔽，他们都换了当地老百姓的服装，加上二杆子，一共也就九个人，不大张声势的话，应该不会引人注目，加上他们知道怎么避开那些陷阱和危险的地方，行动起来也就非常方便、快捷。

玉枝自从那天回到山洞，一直就心神不宁，总害怕出事，做什么事情心里都是七上八下的。每天都早早地出来活动，生怕“花花”来了找不到自己。

有一天晾衣服的时候，衣服都被风刮到山下面去了，她还神思恍惚，不知道自己在干什么。赵云卿正好在那边溜达，看见玉枝好像有些反常，心里也有些怀疑。他就问玉枝，怎么了呢？看你自从那天下山后就不对劲呀，总是精神恍惚，人也像是丢了三魂六魄。

玉枝这才回过神来，但是她非常机灵，说，哦，这段时间可能是身子越来越重了，食欲很差，晚上也睡不好觉，白天就没有精神。总想着怀的孩子是男还是女，不知道赵爷是喜欢男孩还是女孩。做了这么多的衣服都是女娃的，不知道到底会是什么。

赵云卿听了打了个哈哈，说，真是个傻女人，只要是我赵云卿的孩子，不管是男是女，都是我的心头肉呀，自然是都喜欢了。你们女人呀，脑袋里总想些稀奇古怪的东西。就好像梅晚娘，一个人跑到美国去了，跑那么远干吗呢？在那个人生地不熟的地方，不知道该多别扭。如果是我的话，情愿在山里当一辈子的土匪，也不会去受那种洋罪。

等赵云卿哈哈大笑着离开，玉枝这才松了口气。

这天大清早的，玉枝刚刚洗了把脸，端了洗脸水出来，就看到“花花”立在那块大大的岩石上了。这小家伙，聪明着呢，也不知道来了多久了。它是能够闻到玉枝身上的气味的，但是却不飞进洞里，一直在外面远远地瞧着山洞口。看到玉枝出来，它就展开翅膀飞过来了。玉枝赶紧把水泼了，放下脸盘就去卸“花花”腿上的纸条。解开那根细绳后，就马上把“花花”给放了。

玉枝知道了陈安队长他们的行动计划，心里非常激动。尤其是知道了二杆子也参加了战斗，知道他们就在今天晚上开始摸上山来，心里是又惊又喜，也非常担心他们的安全。

这天为了不让赵云卿看出什么端倪，她尽管心里紧张得不行，但还是像以前一样，做些洗洗刷刷的事情。她有个习惯，因为山洞里面很潮湿，只要是晴天，她就会把被窝和给孩子准备的衣物拿到岩石上去晒。这天也是一样，她先把被子抱出来，在山洞口就迎面遇上了赵云卿，赵云卿赶紧把被子接过去，说，玉枝，以后这些事儿就让下面的人去干，他们都在山里歇着，吃好的喝好的，不干点活也对不住老子这么供养着他们，你现在行动不便，不要再干这些事儿了。万一动了胎气，早产了怎么办呀。从山上下去找接生婆至少也要两个时辰，多危险呢！

玉枝还是头一回听到赵云卿说体己话，也是头一回自己抢着干活，不让她去干，心里顿时觉得一阵内疚。虽然赵云卿无恶不作，但是自从抢了她回来后，对她还是很好的，从不对她恶语相向，有时候还有些温柔，从来不会阻拦她下山去看望父母，还给她带些粮食回去尽尽孝心。在这些方面，还是非常大方。

玉枝毕竟跟他几年了，还是有了些感情，想到今晚他就要被解放军活捉了，玉枝心里多少有点内疚。可一想到二杆子，她心里的愧疚感又变得荡然无存，二杆子对她也非常真心，她被赵云卿抢去几年了，他都没有去谈女朋友，也不想跟别的女人结婚，为此事还跟他的父母吵翻过几次。他母亲为了逼他相亲，用上吊去威胁他，生怕二杆子年纪大了，找不到老婆给她生孙子。但是二杆子就是死活不进油盐，任凭父母怎么说，他都不肯松口。凭着他的这股子痴情，也不嫌弃她的身子被人玷污了，心里也是非常感动。

在赵云卿和二杆子之间，玉枝感情的天平倒向了二杆子，所以对赵云卿安危的关心也就是那一闪念之间的事。那些许的愧疚只冒了下头，一下就又不见了。玉枝又开始担心起二杆子的安危来，生怕他们来的时候不小心，惊动了山上的土匪。

玉枝这天就在头昏脑涨中度过，好不容易看到天空慢慢地暗下去，心里渐渐地平静起来。吃了晚饭后，她慢慢把那些刚刚见了阳光的被子、衣服都收进洞里去。闻着那上面暖暖的太阳味道，心里一阵温馨，她默默地对肚子里的孩子说，宝宝，你一定要坚强呀，你爹爹就要上来救我们了，以后我们一家子就团团圆圆生活在一起了。

大概又过了个把小时，山里的土匪都开始安静下来准备歇息了，玉枝也灭了灯，准备和衣而睡。为了节约煤油，他们在山上每天晚上都睡得很早，天一黑就躺下了，早上也起得很早。

61

陈安队长带领着敢死队员一路攀爬，神不知鬼不觉地摸到山上去了。他们到达赵云卿居住的那个主峰时，应该是寅时左右，天还是黑的。陈安吩咐同志们要注意保护玉枝的安全。他们每人身上带了个小电筒，也不敢打开，怕被发现，只是借着朦胧的月光摸了上去……

玉枝因为早知道他们的行动，听到洞口的动静，就马上起身去外面。赵云卿迷迷糊糊地翻下了身子，朦朦胧胧中看到玉枝起身了，就问她，天还没有亮，你起来干吗？玉枝说，我要去小便。因为到了快要生产的那个月，胎儿压着胎盘，刺激着膀胱，时不时地想要小便，也是正常现象。赵云卿也不是头一回做父亲，自然晓得这些常识，便不再说什么。等了一会儿，还不见玉枝进来，他就一骨碌坐了起来，准备去找她。赵云卿也是真的担心玉枝，毕竟快要生了，怕她有个不测。谁知等他刚坐直了身子，就被几只电筒明晃晃地照着眼睛，他赶紧用手挡住光线。陈安大喝一声，不许动！动一下就开枪了！

赵云卿不敢反抗，他的枪枕在枕头下面，一时也不敢轻举妄动。二杆子马上和几个队员跑过去，用麻绳把他绑了个结结实实。

等他们走出山洞的时候，天才开始拉开黑幕，现出一点光亮来。同志们收好手电筒，就押着赵云卿下山去了。赵云卿这才看到玉枝也在人群中，和一个青年男子有说有笑，心里不禁恼怒万分，却又作声不得。走到一个拐角的山弯弯时，赵云卿就蹲了下来，说是肚子痛，等不及了要方便。陈安心里知道赵云卿诡计多端，而且有许多反抗经验，就要两个队员押着他一起去大解。赵云卿说，我全身都是绑着的怎么拉呀？那个队员踹了他一脚，说，你莫要乱叫，你心里那点小聪明大爷我早就看穿了。老实点，不要耍花招！说着就帮他把裤头松开了，牵着他到一处灌木丛中。好一阵，那两个队员用手一边捂着鼻子，一边帮他拉好裤子，系好腰带，这才押着他走了出来。

这条山路中有一处狭窄的地方，只能容一人走过，但是赵云卿故意要挨着他们走，队员们也只是骂骂咧咧，并不晓得赵云卿的动机。他此刻心里悔恨交加，不该如此相信玉枝，没有想到玉枝小小年纪竟有这般的城府，硬是在他身边潜伏了几年。他看到玉枝跟那个青年男人的亲热劲儿，明眼人一看就知道是相好，赵云卿心里是恨得咬牙彻齿。等地势宽一点的时候，他故意放慢脚步，等他们走过来。

玉枝和二杆子一前一后地走着，玉枝走在前头，二杆子走在后面。等到玉枝离赵云卿越来越近的时候，他突然一个箭步冲上前去，想把玉枝一起拉下山去，来个同归于尽。二杆子在后面看到了，一个侧身来了个猛虎下山，抱着赵云卿滚下山崖。玉枝一下子惊呆了，眼前的一幕实在是太快了，容不得她多想，只觉得赵云卿突然朝着她冲过来，然后二杆子又舍命往前扑过来。大家都没有想到赵云卿会来这一招，只能眼睁睁地看着他们两个跌下深渊，想要采取措施也来不及了。玉枝悲声大哭，在空荡荡的大山里回响。

这个时候天已经亮了，陈安对玉枝说，玉枝姑娘莫悲伤，二杆子为了救你们母子不惜牺牲自己的生命，你要保重才对。现在这些土匪残余手上还有武器，你要劝降他们。保重身体，把孩子安安全全地生下来，这样才对得起二杆子兄弟呀！

玉枝止住哭声，对山上的土匪们大喊，兄弟们，我知道你们都有家，上有老下有小的，不要再当土匪，过这种刀尖上的生活了。如今解放了，政府对俘虏宽大处理，只要你们不反抗，好好回家去种田，都既往不咎。我希望大家能过上平安快乐的生活，大家都出来投降吧！听到玉枝的喊话，他们顿时安静下来，你看看我，我看看你，一个个都把枪丢到地上。

陈安队长带领几个队员押着这帮土匪大获全胜，回到草寨村里，大家都欢欣鼓舞，为他们喝彩。玉枝的爹爹、姆妈和几个弟妹都拥向前去迎接玉枝，然后问，二杆子呢？玉枝顿时泪如雨下，说，他牺牲了。他胆小了二十多年，这回倒真正做了一回英雄！英雄，真正的英雄！几个弟妹顿时哇哇大哭。

陈安过来安慰了一下玉枝，说，玉枝姑娘，谢谢你！没有你的帮助我们也不会这么快完成任务，更加不会不耗费一颗子弹就大获全胜。你和二杆子是立下了大功的，我会把情况汇报给上级，给你们立功。尤其，二杆子的英勇举动，保了这一方的平安，我们大家都会记着他的。

从此，大家就可以安居乐业，过上美好幸福的生活了。

玉枝不住地点头，泪如雨下。

后来，玉枝总爱去悬崖边，一坐老半天。

此时，山上的杜鹃花开得正盛，落英缤纷，红霞耀天……

62

梅晚娘在美国得到赵云卿老巢被端的消息，不禁悲痛万分，失声痛哭。尽管她在美国过着逍遥自在的生活，但是心里还是牵挂着国内的人，关注着国家的政治时局。如今在国内那个最牵挂她、最爱她的人不在了，心里悲痛万分。但没有办法，悲痛归悲痛，也得要面对现实，因为尽管站在梅晚娘个人的立场上，赵云卿还算得上是个好兄长、童年的好伙伴，也是心里一直都在的那个人。但是站在人民的立场上，赵云卿的死是罪有应得的，他欠下了太多的血债，就是没有跌死，也难逃人民对他的惩罚。

杰克看到梅晚娘最近心情欠佳，萎靡不振的，想带她出去旅游，顺便散散心。梅晚娘摇摇头，说她哪里也不想去，也不知道自己是怎么了。杰克就说，那就去中国看看？你不是好久没有回中国了吗？肯定也想念家里的亲人了。梅晚娘一听杰克说的话，控制不住地又泪眼婆娑起来。杰克把她搂在怀里，说，都怪我不好，一直想陪你回去走走的，但这段时间工作非常忙，抽不出时间来，等我忙完这段，就带你回去看看吧。

突然，梅晚娘斩钉截铁地说，不回去了，以后再也不回去了。既然已经到了这里，我就没有再回去的念头了，那里已经没有我的任何念想了。春生，青云，还有我跟你提起的那个土匪头目，他们一个都不在了，回去只能徒增伤感。

杰克说，理解的，都随你吧，你说什么时候回去，就什么时候回去。你说不回，那就不回吧。你梅晚娘牵挂的人也是我牵挂的人，我也真想看看你心里惦念的人呢，可惜他们一个个都去了，根本不给我机会跟他们交流，真的是非常遗憾。

杰克的幽默让梅晚娘破涕为笑。她打内心里感激杰克这么多年的照顾和理解，并且非常尊重她的私人空间，从来不为晚娘心里藏着其他的男人而反感和吃醋，总是设身处地地为梅晚娘着想，开导她，安慰她。梅晚娘心里是很庆幸遇到杰克的，他西方的幽默和文化也深深地吸引着梅晚娘。梅晚娘虽然生在传统思想特别严重的中国，但是她的思想是很开放和超前的，追求和向往自由平等的精神和物质生活，而这些在传统的中国是没有的。

在美国遇上倾慕她的杰克，和他相处在一起，梅晚娘从精神到物质，有了一种依赖和信任，也让她的思念有了几分的减轻。

唯一让梅晚娘烦恼的是，杰克太忙了，而且是个工作狂。一工作起来，就忘记了身边的一切，有时候几天都不见他的人影，弄得梅晚娘形单影只的，心里也是空落落的。幸亏她在这里习惯了，偶尔和几个朋友去郊游，或者参加鸡尾酒晚会，跳跳舞，唱唱歌，时间倒也容易打发掉。有时候跟这些大高个的、满脸络腮胡子的男人跳着舞，梅晚娘居然也能走神，她在人群的晃荡中，迷迷糊糊地把那人当成春生了，总是说一些以前的话，让跳舞的那个男人感到莫名其妙，不知道梅晚娘在说什么。

有一天，梅晚娘突然感觉自己老了。

这还是在不久前，梅晚娘跟朋友们一起去野外郊游，他们带了许多的生活用品和食品。在营地打好帐篷后，他们就各自忙碌去了。梅晚娘也在忙着，她提着个篮子去溪水边洗菜。洗到一半的时候，突然听到一个小孩在唱歌，那声音着实好听，清脆婉转，暖人心扉。

梅晚娘听得出了神，不知不觉那些菜叶子打着水漂流到下游去了也不知道。

梅晚娘又想起了小时候跟赵云卿玩过家家的事来。那时，赵云卿说长大了一定要娶葱花当新娘子，说葱花不仅长得乖态，还生着一副仙女的嗓子，说她唱的歌特别好听。葱花就问他，怎么个好听法呢？

赵云卿憋着嘴巴不吭声，葱花就急得哇哇大叫，用拳头打他的背，打得砰砰作响，赵云卿没事一样，任她去揍，嘴巴笑得弯弯的，像个挂在树梢上的月亮。最后，葱花见来硬的不行，就用手去挠他的胳肢窝，赵云卿终于忍不住笑得前俯后仰，连声说，饶了我吧，饶了我吧。我告诉你，还不成吗？

小葱花也格格地笑了起来，用嫩葱一样的手指指着赵云卿说，你长大后肯定是怕老婆的男人，一挠痒痒就怕的人，一生最怕老婆，又最疼老婆！

赵云卿说，瞎说！谁说的，都是村里的人乱传的，我长大了就不怕老婆，我也不怕你呀！

你葱花，现在是我的老婆。长大了，也是我的老婆！

叫你胡说，叫你胡说！葱花又开始揍他。

赵云卿哈哈大笑说，打是亲来骂是爱！床头打架床尾和，小两口打架不记仇。这可是爷爷奶奶们经常说的，不要怪我呦。难怪你唱歌那么好听，跟只百灵鸟似的，就连骂个人声音都好听得很，跟唱歌一样的。

赵云卿直勾勾地盯着小葱花，说，好看死了，好听死了！

小葱花的脸就羞得通红，飞到天上去，跟天上的晚霞一个颜色……

想起往事，梅晚娘就感慨万千，那个时候是多么美好，多么亲切呀！

就连那个十恶不赦的赵云卿，在童年的时候也是那么憨厚和淳朴，心灵清澈得跟山涧的溪水似的，一尘不染。没想到，多年以后，便物是人非，一个个长大了，一个个都不再是以前那个童年中的影子了。而今，还一个个地都去了，永远也见不到了！想到永远也见不到了的人，梅晚娘心里痛了一阵又一阵。

梅晚娘感觉自己变得多愁善感了，跟以前的那个威震四方的梅寨主判若两人，做事也容易走神，难道自己真的老了吗?

有时候，杰克回来，梅晚娘就孩子气地拉着他出去散步，然后不停地问他，杰克，你说我真的老了吗?你仔细看看，我老了没有?

杰克看着她的眼睛说，梅，不是你老了，而是我们都老了。梅，答应我，不要总是沉浸在往事中，过度地怀念往事对身体也是一种伤害。往事有时候很美好，但有时候又是毒药！它会慢慢地吞噬你的心灵，让你越来越幼稚，越来越迷惘，越来越没有了自己。它会让你变成另外一个人，那是一件多么可怕的事情！梅，快醒醒吧，不要让你身边的人心痛，不要让自己的过去变成你老去的药！

梅晚娘喃喃地说，放心吧，杰克，我会走出来的，走出那个无底的洞……

63

香月还是像以前那样去接活回家做，可是，慢慢地，她越来越接不到活儿了。街上到处贴着大字报，有着惊人的感叹号，画着大大的黑叉叉红叉叉，很吓人，那些有些家底的乡绅大户都被戴上走资派的帽子。听说是在割资本主义的尾巴了，什么东西都不敢光明正大地买卖，日子过得也越来越紧巴了。香月心里直犯嘀咕，割什么尾巴呢？哪里有尾巴割呢？割割割，割得大家都没有心思干活，没有饭吃了。

天天都一样，不是开这人的批斗会，就是开那个人的批斗会，人人自危，人见人都不敢搭话，避之不及，唯恐祸从天降……被揪出来的人，个个被斗得屁滚尿流，天昏地暗，全国上下一片喧闹之声。

慢慢地，斗争开始斗到城里的教书匠身上了，他们被带着红色袖章的红卫兵戴上一顶尖尖的臭老九的帽子，被牵来牵去，到处去开批斗会，搞得到处乌烟瘴气，一派混乱。太太怕自己的表哥也受到牵连，赶紧要杨振涛回乡下去了，听说乡下的环境要好些，还没有城里这样搞得乱七八糟的。杨振涛亲眼看到那些人的惨状，也不敢在这里逗留太久，就收拾行李回老家去了。

这样一来，祥云老板没有回家的渠道了，其他老板也不敢回来了，一回来就会被揪住斗来斗去。所以，家家都赶紧写书信捎去，要他们暂时待在南洋，不要再回来了。香月也捎了信给祥云老板，要他再不要往家里寄钱了，寄了也是白寄，都会被别人拿走了。更不要回来了，一回来就会被人揪住批斗，她把这里严峻的局面和混乱的形势，都一一告诉了祥云老板。

祥云老板接到信，一看，倒抽了一口凉气，尽管很想回来看看，却也不敢轻举妄动了。他的心里就凭空滋生出一种情绪，后悔当初没有带香月过来，心想着一大家子有苦日子过了，尤其是香月！

确实，香月的苦日子真的来临了！

那些红卫兵不知道从哪里知道了香月的过去，知道了香月曾经是那个肖四爷娶过的姨太太，如今又是这个祥云老板的姨太太，一辈子都在当姨太太，不是劳苦大众中的一员，只会贪图享受，喝人血，吃人肉。这样的人不斗，斗谁？这样的人，要斗她个彻底！

于是，香月也变成了他们斗争的大目标。每天，香月都要被那些人牵着去斗一回，让那些围观的人把垃圾污水都泼到她的头上、身上，还把香月吊起来用鞭子抽，有时不抽，就被吊了“半边猪”。

香月就被这样折腾来折腾去，她不喊痛，不喊冤，默默地咬牙忍受着，常常把嘴唇都咬出血来。

孩子们吓坏了，哭着跑过去搂着香月，问香月姨娘痛不痛。香月就抚摸着他们小小的脑袋，说，没事，我经得住，只要你们没事就行了。

三毛最小，每次都哭得最响，最伤心，香月就把他抱在怀里，要其他几个坐在椅子上，她又给他们讲故事听。孩子们就都安静下来，一个个也不再哭了。香月讲着讲着，眼泪就簌簌而落。孩子们赶紧问香月姨娘，香月忙擦了眼，说眼睛里掉进了沙子。

自从局势突变以后，管家把家产和生意处理完，就回老家了，厨房的奶妈和丫头们也都走了，偌大的庭院一下子变得空空荡荡的，寂静得吓人。连院子里种的花花草草都蔫头耷脑的，完全打不起精神。入冬的时候，它们成片成片地匍匐在黑色的泥土上，面色苍白而萎黄，像一群刚刚闹了饥荒的孩子，有气无力地搂抱在一起。

香月每天不是被拉去批斗，就是在家里养伤，精神恍惚，气色也很差，她再也无心侍弄庭院的花草，任它们长势葳蕤，任它们慢慢老去。

夜深人静的时候，香月就躲在被窝里睁着两只乌黑的眼睛，房间里没有点灯，到处一团漆黑，白天的喧闹和广播歇息下来，夜晚就静得可怕。香月翻来覆去地睡不着，她的木床直到凌晨还在发出吱嘎吱嘎的声响。香月感觉到自己陷入了夜的黑中，无边无际的黑包围着她。

太太就睡在她隔壁的厢房，那木板的墙，木板的地板，还有她们睡的木板床都发出木板的声音，时而震动一下，太太也睁着眼睛，她和香月一样面对漫漫长夜难熬。太太虽然嫁给了老板，但有了香月，加上香月在家里当家，所以无形之中，太太就避免了许多麻烦。没有人注意她，她也没和人打交道，又什么都不会做，像织毛衣、打鞋垫这样寻常的女工也不会，只会晒晒太阳，看一秋一秋的风从街边升起，卷了一街的生气。

而香月就不同，她太乖态了，又很能干，什么都会做，管着家里的生意，管着一个偌大的家，家里的进项和开支大权都是由她一人掌握。她从来没有干过坏事，本本分分做人，勤勤恳恳经营自己的家庭，做的也都是自己家的分内之事。这又是招谁惹谁了呢？

香月真是想不通，每天遍体鳞伤地回来，倚在木床上睁着两只失去了光泽和神韵的眼睛发呆。她想起春生牺牲前跟她说的话，春生说，香月，你要坚持下去，等革命胜利了，我就娶你。我们就在草寨村盖房子，我种地，你织布，我们就在那里生活，哪里也不去，自由自在，无拘无束，多好！香月说，我听春生哥的，你可一定要早点回来呀，我等着你呢！春生就把香月搂在怀里，吻着她乌黑的青丝，气喘吁吁，生怕香月一下子飞了似的。然后又说，香月，我其实好想要你的，你太美了，像一朵含苞欲放的花蕾，我真不忍心就这么把你采下来，我一定要热热闹闹、风风光光地迎娶你过门，我要在我们的新婚之夜要你，那是我这一生中最珍贵和最激动人心的时刻。我们一定要等到那一天！香月就娇羞地躲在春生的怀里，闻着他雄性的喘息，听着他咚咚的心跳声，那种感觉真是幸福！

可如今，物是人非，疼她、爱她的春生早就离她而去，只留给香月一连串的幻想和回忆。她真想就这样做个活在过去的人，在回忆中过日子，可是现实又容不得她这样去做。她只是个弱女子，在这个社会中她需要吃饭，需要养活自己，需要一个庇护自己的家庭，而祥云老板的这一切正好与她的需要吻合。祥云老板也对香月极好，捧在掌上怕碎了，含在嘴里怕化了。祥云老板了解香月的过去，对香月也是知根知底，心里对她是又疼又爱。他知道这世上最喜欢、最爱香月的两个男人都已经为了革命胜利而牺牲，他必须要照顾好香月的一生。何况，他自己也不知不觉地陷入了进去，是那样义无反顾地迷恋上了香月。这是上帝赐予他们的缘分，如果春生没有牺牲，如果青云没有牺牲，也许香月就不会是他祥云老板的女人了。

香月每次神思恍惚地想起从前，就泪流满面。

祥云老板远在南洋，不能回家，香月也不准他回来，回来就是死路一条，还回来做什么呢？有个跟祥云老板一起在南洋做生意的老板，因为舍不下家里的家眷和财产，风风火火地赶了回来。一回来就被斗得晕头转向，每天被牵着去游街、去批斗，被打得全身乌青，家里的财产都被没收了，家眷们也被逼着跟他分清了界线，最后他被折磨得奄奄一息，感觉自己活着没有任何意思了，就干脆跳了河，来了个一了百了。这些活生生的例子就发生在香月的眼前，她怎么敢让祥云老板回来呢？就是她自己死，也不能让祥云老板回来！她已经太害怕失去了，春生走了，青云走了，她不想祥云也这样离她而去。有时候被那些小鬼们搞得烦了，香月也真想跳河、上吊，来个一了百了。每天晚上都想好了怎么去做，可是天一亮，大毛、二毛、三毛一个个来到她的房子，她又不忍丢下他们了。她知道只要她有个好歹，祥云老板必定会千里迢迢地赶回来，他回来就是送死，他们都没有活路了，那么太太和孩子们还怎么生活下去？太太什么都不会，她又如何养活这三个孩子？

香月每天就这样在矛盾和煎熬中度过。

64

太太每天看到香月遍体鳞伤、精疲力竭地回来，也于心不忍了。她也坐不住了，觉得该自己出马为香月干点什么。嫁给祥云老板这么多年，她所有的功劳就是生了这几个孩子，其他的事情从来没有插手过，也没为这个家立下什么汗马功劳。有时，她对香月嚅嚅地说着这些，香月就说，这几个宝贝孩子是家里最大的财富，是你最大的功劳！孩子是什么，孩子就是想望，就是未来！

太太跟三个孩子交代了家里的事情，要他们照顾好香月姨娘，她就收拾好包袱回娘家去了。

太太不像以前那样娇惯了，以前回个娘屋也要带着丫头，不是坐着马车就是坐着抬轿回去，一路摇着扇子，优哉游哉地，看一路风景和热闹。身上还准备着打发村里细伢子的赏钱和糖果，惹得全村人都眼红，都伸出大拇指夸赞太太好福气，嫁了个有钱人，舒舒服服地过一辈子，从来没有吃过苦。上了年纪的人就说，人啊，就是八个字：平安无事，快乐幸福。八字好，比什么都好！

这次，太太可是啃着干粮，踏踏实实地走了一天的路程，脚板都磨出了泡，全身酸痛。可她也顾不得这些了，尽管已经走得很累了，可以在路边的凉棚歇一下脚，但太太心里着急，脚下也不敢停留，仍然是大步流星地往家里赶。太阳已经越来越往西边斜下去了，光线也越来越暗淡了，太太要赶在天黑前回到娘家。

终于见到家门口的那丛竹子了，太太心里一喜，又加快了脚步。快进屋的时候，太太看到表哥杨振涛在屋门口捡豆子。表哥还没有发现她，待她走到身边了，才听见了脚板声，抬头一看，见太太回来了，又惊又喜的，赶忙迎到堂屋里，搬了条木板凳出来。太太屁股一挨着凳子就嚷嚷着，快给我倒杯水喝，快渴死了！杨振涛就冲着里屋喊，洋洋、灿灿，快出来给你姑姑倒水。接着，出来了两个一高一矮的小子，相差个几岁的样子。太太伸手摸了摸个子矮的那个说，这个是灿灿吧？又长高了，快认不出来了。这次姑姑出来得匆忙，没有给你们带糖吃。说着，便不好意思地低下了头。杨振涛赶紧说，自己人，快莫说些见外的话了。有什么要紧事，赶紧说。

太太呷了口茶，便问杨振涛，表哥，你这么多年未续弦，日子过得还好吧？依我看，孩子们还小，你也还这么年轻，正当年呢，还是要再讨个老婆好生过日子才好。

杨振涛说，还好，过日子嘛，过得去过，过不得也要过呢。住在乡下，有地种就不会饿死，有水喝就不会渴死，日子总是要过下去的。能糊口饭就行，不求大富大贵的。至于讨老婆嘛，就不去想了，我自己把这两个孩子好好养大就行了。

太太又说，一个人过日子，也真是苦呢！亏你能熬得下去！如今这年月，能把日子好生过下去，就已经很不错了。城里搞的那个运动，整死了好多人呢，很多人快撑不下去了。

是的呢，我们这里分下来的那些城里的挨斗的知识分子，还有当干部的，在这里劳动改造，真不知道这运动什么时候是个头呢？世道，怎么又乱了呢？

太太听了，也只是叹气，说，哎，这世道，只是苦了可怜的香月了！

一听到香月，杨振涛身子一震，忙问，香月妹子怎么了呢？

哎，天天被拉去批斗，都快不像个人了，瘦成一把骨头了。这些天杀的红卫兵，非得把一个好好的人整得半死不活的才乐意。再这样下去，只怕香月也熬不下去了。说着，太太就用袖口去擦眼睛，神情很是悲愁。

杨振涛站了起来，说，那祥云老板呢，他知道吗？

怎么敢告诉他呢！他要是知道早就赶回来了。香月不准我们告诉他的，也不准他回来。看来香月的决定是对的，祥云一回来，也是死路一条，他多年经商，不是被划为土豪，就是被斗成走资派一路的，还不被斗得死去活来？

那这样下去，也不是个法子呀，得想想办法呀！祥云也不知道什么时候能够回来，这一大家子要养呀！

是嘞，我想了一个法子可以暂时帮香月躲过这劫。

什么法子呢？

我的一亲戚在村里当支书，我就说香月被送到乡下接受劳动改造去了。然后让香月到你这里来住一段时间，在这里调养一下身体。

哦，也好。这样一来，香月就不会总是接受他们的折磨了。

太太见杨振涛答应了，便千恩万谢。

她根本不知道，杨振涛心里正高兴着呢。自从在太太那里认识了香月，他就没有要讨其他女人当老婆的心思，这方圆百里，又有哪个能比得上香月的貌美如花呢！香月不仅生得乖态，而且聪慧贤良，性情也好，还会教孩子们读书习字。有些女人虽然生得貌美，却心术不正，甚至心狠手辣，还有的没有贤淑端庄的品质，喜欢招惹男人。还有的女人虽然有貌，却没有头脑，就知道好吃懒做，贪图享受，爱慕虚荣。而香月不仅貌美，心灵也美，人也勤劳，人品端正。这样的女人，哪个男人会不喜欢呢？！

太太要香月去他那里调养身体，他正求之不得呢。虽然他知道香月是有夫之妇，而且还跟他是远亲，但在内心里还是存在一份美好的向往。每天能够见到香月，跟她一起吃饭，生活在一个屋檐下，对杨振涛来说也是一种求之不得的奢望，是他的福气！

当天晚上，杨振涛就开始和两个孩子一起收拾起屋子来了，把屋里屋外搞得干干净净的。生怕香月来了，看到不卫生的地方不喜欢。洋洋和灿灿也干得很欢，扫地的扫地，拖地的拖地，杨振涛就拿了块抹布洗洗抹抹的，一盆一盆的脏水往外泼，家里就像过大年一般。太太当晚就在那里歇息，她看到这屋里的三个男人都在抢着干活，家里虽然简陋，但也非常干净，明窗净几的。尤其是杨振涛还搞了间小小的藏书室，香月最爱看书了，她以前跟着祥云过惯了悠闲的日子，好喜欢读书写字的。眼下，也没有别的办法，只有先这样把她安顿下来，才能保住她的性命，不然，真怕她瘦弱的身子熬不住了。等运动过去，祥云老板回来了，再来接她回去不迟。

太太想了个整晚，直到天麻麻亮才合了下眼睛。等她再醒过来，已经日上三竿了，杨振涛也带着孩子们到地里干活去了。

太太就起身到厨房吃了点表哥给她温在灶上的饭菜就出发了，她得赶紧去把这个好消息告诉香月呢。

她想，她到底给香月做一件好事。她想，她救过香月，祥云会对她另眼相看的。

65

月光白得很，祥云老板好像有心灵感应一样，这天夜里他梦到了香月，梦见香月浑身是血，站在一个高高的台子上看着他，只看了一眼，但祥云老板却感觉到了那种刺骨的忧郁和悲愤。香月的眼睛好像是深潭之中流出的水，水波荡漾，深邃而忧伤。

祥云老板就向香月走去，他知道香月怕血，也晕血，如今她自己却满身鲜血淋淋，不知道心里该多么害怕！祥云老板想去保护她，可是，他走得越急，却离香月越远。他立在原地不动，香月也不动；他一动，香月也动，所以他总也追不上她。祥云老板急了，放开喉咙喊着，香月，你等等我！就赶忙追过去。可是一转眼的工夫，香月就不见了。前面是一团白色的浓雾，赶也赶不开，它立在祥云的面前像一堵厚厚的云墙。

这个时候，祥云老板就醒了过来，一摸额头，满是汗水。他再也没有睡意，就披了件外衣推开窗户。梦中那个惨白的月亮不见了，外面很黑，什么也看不见，应该还是子夜时分，这个时候香月在干什么呢？祥云已经有一年多没有回去了，心里对家乡、对亲人都是无限地牵挂。他几次都已经订好了船票，要回去看家人，但香月托信过来告诉他，不准他回去，说家里正在搞运动，回去就是死路一条……香月带的话，一直在他的耳边回响。但是，他无数次驻足江边，望着滔滔江水，他总有一股要回去的冲动。于是，有几次就去渡口买了船票，然后回去收拾行李。每次等他收拾好行李，迈开脚步，又遇到来送信的人，又是香月的信，还是不准他回去，为了孩子，为了她，为了一大家子，一定不要回去。

香月的字写得清秀端正，但祥云老板还是看出她写字时的不安。香月读书习字，是青云先生教会的，还会写信，还会教孩子们朗诵。所以她后来在祥云药铺也可以帮他的忙，可以看方子抓药，后来还在他的教导下会把一点脉象，会看简单的常见的病，也会开方子。香月很聪明，稍微点一下她就会了，很是灵泛。学什么都很快，不像太太，什么都不会，什么也都不想学。

祥云老板就喜欢香月，到哪里去都喜欢带着香月。香月不仅年轻漂亮，还聪慧、勤勉，在事业上是他的左膀右臂。上次他回家本来是要带香月过来的，香月却怕家里的事情太太处理不了，也怕孩子们没有人照顾。也确实是这样，家里离不开香月的打理，上上下下，左左右右，生活上的，生意上的，样样少不了香月的打理。太太不识得什么字，也帮不到什么忙，她只能远远地避开，不给香月帮倒忙就好了。

他打开香月的信，还是不准他回去，无论如何不能回去，必须要等这场运动停下了，风声小了，才可以回去。这是香月下的死命令，他不得不佩服香月的预见性，好像她是他肚子里的蛔虫似的，知道他的心思，知道他此刻不会安心地待在这里，会想办法离开这里，马上就写信来阻止他的行动。祥云老板拿着这封信转悠了一圈，脚步还是向江边走去，等到了江边，船上的汽笛响起的时候，他就突然醒来了，他想上船，看看手里的信，他又把脚步缩了回去。他还是得听香月的话，他怕回去了，香月看到他不听话，会不高兴。他没有回去看到那个局面，当然不会了解家里的情况。可是也有消息传来，前次回去的那个生意伙伴就活活地被斗死了。香月也写信告诉了他，并且嘱咐他一定要听话，一定不能回去。可是，他也很好奇，好好的一个人，怎么会被斗死呢?

香月说什么也不准他回去，他没有办法，只得一个人在这里孤零零地煎熬着度日。

可是，祥云老板做了这个梦以后，就再也坐不住了，他隐隐感觉到家里肯定是出事了，如果家里没有出什么大事，那香月肯定是出事了。他从来没有做过这么逼真的梦，好像香月就在眼前，尤其是她的眼神，是那么绝望和痛楚，祥云老板决定无论如何要回家去看看。不然，在这里干着急，也真的是生不如死。如果看到家人没事，他再回南洋去。他准备悄悄地回去，谁也没有通知，也没有写信，这样就很隐秘了，消息也不会外泄，不会惊动别人。

祥云决定以后就去买好了船票，然后一个人收拾好行李。为了不引起别人的注意，他还特意去商店买了顶大檐帽，把帽檐拉得低低的，确实不注意的话，还真一下认不出来是谁。尤其是他已经有一年多没有在家里露脸了，很多人也许都忘记他了。祥云老板自信这次回去不会引起别人的注意，只要不在家里逗留久了，别人就不会注意。也许是这个计划太周密了，他不由地一阵兴奋，想起马上就要见到家人，祥云老板非常激动，脚步也越来越快。他随行的行李里还带着香月写给他的信，都用橡皮筋扎得整整齐齐的。香月起先是每个月两封信，雷打不动的，每半个月就能收到一封。后来渐渐地就少了，香月告诉他，家里的事情多了，她要帮忙做许多事情，家里的经济也拮据了，她接了更多的活儿，所以不能一个月写两封信了，就改成了一个月一封信。

祥云老板每到要收信的日子就主动跑到邮差那里去问，有没有他的信，他掐准着日子去问，每次准能问到一封信。搞得那个邮差都说他是神算了，一问果然就有他的信。其实也是他从香月给他写信、寄信的时间和规律中总结出来的，他估摸着这个时候信该到了，就去问问看，然后就准能问到信了。香月给他的信末尾总喜欢留上一句，放心，家里大小皆平安无事，要他不要牵挂！

后来，也许是为了省事，也许是时间太紧了，就写得更简练了，就是一句“平安无事”结了尾。不过，也是怪，他只要看到这几个字，心里就踏实了。他知道香月的意思，香月也知道祥云老板能够懂她的意思，所以这几个字就一直这么写了一年多。祥云老板也在这几字的安慰下，也真的过得平安无事。他算算日子，今天又是香月的信该寄到的日子了。可是他选择在信到的前几个时辰就买好了票，他怕等他收到香月的信，看了后又不会动身了。每次都是买好了票，就被香月的信给堵了回去。这次他是先上船了，也不去问邮差了。他想反正在家里待几日也就要回来的，信就留在这里，等回来之后看吧。

祥云老板在船头看着前面的滔滔江水，看着两岸的青山，再看看天上的蓝天白云，心情非常舒爽！终于要回去了，在这里硬是憋了一年多了，算算准确的日子，都快要两年了。

香月真的来信了，那个邮差拿着香月的信站在岸上向他挥舞着，大声喊着他的名字。祥云老板把手收拢在嘴巴，对着他喊，先放你那里，等我回来再来拿！邮差点点头。怪不得邮差一接到信就要告诉他，也是形成习惯了，所有的信都是等他一一送去的，只有祥云老板每次都是主动来问的。他们都快成为相熟的老朋友了。邮差总笑话他看到信就像看到他媳妇一样开心，祥云老板说，当然了，这信就是媳妇写来的呢，什么叫见字如见面嘛，不亲身体会还真不会懂得。他是真的看到香月写的字就很开心，香月的字越写越好了，写得娟秀干净，力道也很均匀，后来居然都快赶上青云的字了，越来越工整遒劲。

也许，有些事情真的是无巧不成书吧，也许真是天意。祥云老板每次念叨着要回去，票都买好了，结果却没有回。这次终于如愿上了船，他在船上也开始畅想着回去后跟家人见面的亲热情景，想着给香月、给太太、给孩子们一个大大的惊喜。他想他突然从天而降，出现在自己的家里，他们会是什么表情。他想香月肯定会偷偷地哭，太太呢，肯定在装矜持，三毛肯定是第一个扑进他怀抱的。他看着给他们买的一堆礼物，心里也特别开心，香月总惦记他的平安，他给香月买了一对玉手镯，听说玉能辟邪，希望能保香月的平安，还给香月买了件衣领上镶着金边的漂亮的素色旗袍。

新中国成立后，她很少穿旗袍了，可是祥云老板喜欢看她穿旗袍，香月穿着旗袍的样子特别有气质，有东方女性特有的神韵和古典美。他喜欢看她穿，他要她穿给他看。另外给太太买了一对金耳环，还有她喜欢吃的零嘴。给孩子们买了好多玩具，都是这边新式的玩具，他还给大毛买了块表，他想大毛应该要有自己的世界和时间了，给二毛和三毛也都带了他们喜欢的礼物。他想着他们看到这些礼物的时候肯定也是非常高兴和兴奋的，他被这些虚幻的场景包围着，莫名其妙地开心，莫名其妙地激动，莫名其妙地流泪。他不知道，这是伤感还是幸福？

正当在他激动莫名的时候，听到船上一阵慌乱，很多人在大声叫嚷，船长呼喊他们穿上救生衣，说是船出了什么问题，正在慢慢地往下沉。在祥云老板神思恍惚的当儿，船上的大部分人都已经穿上了救生衣。可是还有许多人没有救生衣穿，船长在大声喊着要大家不要慌，不要乱跑。可是船上的人都像兔子一样惊慌地窜来窜去，船很快就沉下去了。一船人一下子就不见了，祥云老板的行李箱和其他乘客的行李就漂浮在江面上，晃晃荡荡……

66

不久，香月真的以劳动改造的名义，被送到乡下杨振涛家里去了。

杨振涛接到香月都差点认不出来了，香月一脸菜色，人瘦得都变形了，只看见两只眼睛猫头鹰一样骨碌碌的。杨振涛一看到香月满身的伤痕，心里就很痛。他说，怎么能打成这样呢？好好的一个人，怎么就成了这样呢？

香月也不说话，看着杨振涛只知道流泪，什么话都说不出来。

杨振涛就把香月安顿在早已收拾好的房间里，然后洋洋和灿灿就过来扶香月到房间去休息。香月一扑到床上就开始睡觉了，她已经好多天没有好好地睡上一觉了，每天晚上都搞得她筋疲力尽才让她回家去。香月看到杨振涛就安心了，头一贴上枕头就睡着了。她知道杨振涛是个好人，至于明天要她到哪里去劳动再说，至少现在在杨振涛的屋里就是安全的，她紧绷的神经一下子全部松弛下来，好像突然松了一口气，什么也不管了。杨振涛带着两个孩子退了出来，把门给悄悄地关上。然后又绕到窗户边，把窗户也关上了，他生怕田野里的蛙声吵着香月睡觉。其实香月睡得死死的，她此刻是什么也听不见的，哪怕是天上打雷估计也是难以醒过来了，她沉睡得像个婴儿。

直到第二天的中午，香月才慢悠悠地醒来，太阳从窗户外面透射进来，晒在身上暖融融的。

香月看到屋外的桃树底下，洋洋和灿灿在踢毽子，他们配合得很好，踢得很专业。旁边的菜地里一垄白菜长得青翠可人，绿油油的，在阳光下发亮。一只黄色的老母鸡带领着一群叽叽喳喳的小鸡在菜园里捉虫子，两只叫公鸡在坡上斗着脖子打架。远处的青山绵延碧绿，清爽怡人，香月看得入了神。

这时，杨振涛端了碗稀饭过来，看到香月已经醒了，坐在床上看窗外的风景，心里也很高兴，就问香月晚上睡得怎样？感觉睡眠还好吗？香月说，感觉睡了好久好久，从早上睡到晚上，从春天睡到冬天，感觉以前的精气神慢慢地睡回来了。杨振涛说，能睡就是好事，来，把这碗稀饭喝了吧，看你身体还不是很稳定，就煮了碗稀饭先调调胃口。晚上，再杀只鸡给你补补身子。

香月笑笑说，谢谢你这么用心，我很好，我还是以前的香月，不用担心的。杨振涛看着香月身上的伤不禁非常气愤，说，这些人是怎么啦？你这么善良的一个人，又没有招谁惹谁，干吗把你打成这样呢？这些人真的是脑袋发昏了，糊里糊涂的。香月听了惊得坐直身子，说，可千万别这样说呀，要是在那边，就要跟我一样的挨斗了！我挨斗是自找的，我可不能连累你呢。

要是我在现场，真想跟他们打一架呢，哪有这样整人的，不讲道理嘛，老是揪住一个弱女子干吗，有本事的话当初怎么不去跟日本鬼子斗呢？杨振涛气呼呼地说。

香月不再说话，只是默默地垂泪。停了半晌，才低声说，莫要再说这样的话了，这个世道变了，小心隔墙有耳，给人听见了不好。谁也不怪，要怪只怪我的命不好吧。一阵沉寂后，香月就说，我想去外面走走，这里的空气和风景真好！比我们草寨村的风景还要漂亮，草寨村的山太高了，也太陡了，上山要好几个时辰，这里的山比较温婉，看着就很舒服，也感觉非常亲近，好像我就是从这里走出来的一样。杨振涛说，真的呀，那就好，你喜欢这里就好，可以在这多待些时日。然后就喊洋洋和灿灿进来扶香月出去走走，香月说，不要孩子们扶，我自己可以走，走慢点就行了。

香月在这里不知不觉休养已经快三个月了，身体也大致康复。人的精气神一来，气色就好了许多，香月比起以前，更多了一份成熟的风韵之美和沧桑的意味。她在这里的几个月时间，与洋洋、灿灿打成一片，领着他们不是徜徉在那间小小的书屋里，就是在外面的院子里玩游戏，或者就是去欣赏山间的美景。香月就像个大孩子，病痛好了后，心情也好了许多，人也活泼开朗起来。杨振涛每次看到香月领着孩子们回来，心里比喝了蜂蜜还甜，香月的到来，给这个家庭注入了家的温馨和活力，尤其是两个孩子非常依恋香月。是啊，这个家太需要个女主人了，不仅孩子们需要，杨振涛也需要。如果是其他女人，也许杨振涛没有这种强烈的愿望，但是香月的到来确实给他这个家庭带来许多的欢乐和温暖。

有时候，看到香月带着孩子们从屋前面的那条田垄上走来，杨振涛还产生过幻觉，以为是孩子们的母亲回来了。待走得近了，才看到是香月，才回到现实的生活中。

时间久了，还真是舍不得香月离开这里，孩子们舍不到，杨振涛也舍不得。

可是，香月迟早是要走的。

看到香月的身子已经完全康复，杨振涛就陷入一种郁郁寡欢之中了。

黄昏时分，杨振涛时不时地发呆，仿佛自己一下子老了许多，需要有人照顾了。

67

祥云老板意外沉船的消息，还是几个月以后才传到太太那里。应该就是香月被送去杨振涛那里时祥云老板出事了。

太太得知消息后，号啕大哭，边哭边骂，你个祥云猪头呀，你就这样去了，丢下我和几个孩子可怎么办呢！一大家子，怎么活呀？

太太哭得伤心，几个孩子也跟着哭，一家子哭成一团，不知所措。还是大毛聪明，他说，娘快别哭了，快去告诉香月姨娘吧，她还不晓得呢。大毛的话提醒了太太，她停止了哭泣，说，大家都快别哭了，你爹几个月前就出事了，他想赶回来看看我们，没想到偏偏在这条船上出了事，听说是船底漏水，没有及时修好就下江了，结果行了不到一半的路程就沉船了，你爹人死在江里，尸体都没有捞到。不知道你爹在南洋那边的生意账本放在哪了，我们要去找到才行呀，不然我们大家吃什么？大毛就说，我们去喊香月姨娘回来一起去找吧。

太太说，等我想想吧。想好之后，明天再动身也不迟。

晚上，太太辗转反侧，想了一整晚。她在盘算着祥云老爷在南洋的那点家产，不知道有多少资产在那边，家里的账本她一直没有看过，也不会管理，都是管家和香月在管着。后来管家走了，就只有老爷和香月两个人掌管了。太太心里转念一想，如今老爷已经不在了，这个家还不是由她来做主了？她想看看这个家里到底有多少家底，盘个数，心里也好有个底。太太知道香月没有坏心思，心地善良，全心全力操持家务，自己没有小孩，心思全部用在整个家里了。可以说，这个家庭的经济香月也是付出了很多精力的，是有近乎一半的功劳的。也许是每个人都是自私的，太太想起祥云老爷生前和香月的种种恩爱心里就不舒服，老爷什么事情都是以香月的意见为主，甚至床笫之欢都几乎没有想到要来她这里，一个月里最多只有一次到她的房里来，其他时间都在陪着香月。就连要去南洋，都只想着要带香月去，连小孩都不想带。

往事历历，想起这些，太太心里就直犯嘀咕。虽然已经是过去的事情了，可在太太的心里这道坎还是难以迈过去。太太心里说，香月呀香月，老爷在的时候你是享受尽了老爷的宠爱，两人同进同出，好像这个家里只有你香月没有我这个太太。就连几个孩子都给你笼络过去了，跟我都没有跟你亲了，还是娘肚子里带出来的亲骨肉。那次老爷要去南洋，心里不怎么好受，嘴巴上就骂了几句，不想你就犯了病，老爷那脸色难看得，恨不得把我生吞活剥了才好。太太想起往事心绪难平，虽然香月当时也替她求了情，但毕竟自己还是太太呀，不是做小的，不过就是骂了几句香月，又没有把她怎么样，老爷这样对待自己，真的是令人想不通。现在老爷已经走了，香月也不在家里，太太总觉得心里憋着一口气，无处发泄。

香月因为跟肖四爷那段冤孽债，加上后来又嫁给了有钱的大户人家，就让红卫兵给盯上了，也因为她生得太乖态了，招人嫉妒，所以总有人想办法整她。想着自己不计前嫌地救了她，在她被斗得万劫不复的时候给了她一条生路，送去了杨振涛那里，否则也是难逃一劫。想想自己也是对得住香月的。太太想着第二天要带着孩子们去南洋，不带香月去，也是有她的目的的。因为这边的经济太不景气了，加上这个运动，时局也是非常混乱，如果南洋那边安宁些，老爷在那边又留有产业，她就打算带着孩子们在那里生活，不再回来了。太太左思右想，觉得自己还是对得住香月的。于是，这个计划就在她的心里定型了，她也不想告诉孩子们，他们跟香月的感情非同一般，说不定会跟她这个做娘的作对，一定要带着香月去的。她可不想带香月去了，因为老爷的家产也不多了，这边折腾一下，那边折腾一下，也所剩无几了。香月的家里还有双亲和弟妹，虽然她自己没有小孩，终究也是个累赘。

太太主意已定，才踏踏实实地睡觉了。

第二天，三毛来床边喊太太起床，她才从梦里醒来。

太太便起床弄了早餐，要孩子们吃了，就催促他们收拾好自己的行李，准备出发去南洋了。大毛毕竟要大些，出门的前一刻钟还在问太太，有没有把消息告诉香月姨娘，太太说，托人捎信过去了的，等他们到南洋看了情况再说。大毛也就不再说什么了。接着三毛又嚷嚷开了，说，好久没有见到香月姨娘了，不知道她现在怎么样了，真想去看看她。二毛也呼和着。太太便说，我知道你们都想香月姨娘了，等我们到了那里再说吧，反正我们也是去去就回来的。太太一边催促他们走路，一边说些安慰的话。

经过几次车旅颠簸，又转船运，太太他们终于到达了南洋。太太按照以前那些从南洋回来的老板给的路线图找到了祥云老板以前的住所。那里已经人去楼空，听那里的人说，因为祥云老板曾经在那里住过，后来又出了事，现在他住过的房子都租不出去了。

太太在那里转悠了几天，也没有找到那几个跟祥云老板合伙的生意人，他们都不见了，听说自从祥云老板出事后，他们都把这里的资产抽到别处去了，祥云老板的股份也找不到人对账。太太在这里干着急，原本打算接了老爷的资金就在这里生活了，没有想到什么都没有了。太太的计划完全落空了，还浪费了自己的路费。本来家里的经济就不好，祥云老板还是半年前托人带了开支回来，也用得没有多少了。

没有办法，太太只得带着孩子们往回赶。

快要上船的时候，有人过来问他们是不是祥云老板的家眷，太太赶紧点头称是，以为是有人给他们送祥云老爷的遗产或者股份资金，不禁喜出望外。那个人给了太太一个信封，说是祥云老板上船的当天寄到的，还没有给他，听说你们是他的家眷，就给你们送过来了。

太太一看只是封信，就要大毛拆了念给她听，原来是香月在家里的时候写给老爷的，信的内容非常简单，也许是每天挨斗受累，没有心思、没有力气写更多的东西吧，当然，更多的是不能告诉祥云老爷太多家里的事情，也是怕他担心吧。信里只说，要祥云老板自己在外多保重身体，不要担心家里，大家都好着呢。再说了些想念之类的话，然后就是再三叮嘱老爷安心待在南洋，千万不要在这段时间回去，因为时局不好，运动当中，小心驶得万年船，还是回避一下为好，免得出现意外。最后一行字是：祥云平安，家中无事。

祥云平安，家中无事……太太哭了，哭声随着河流传得很远很远。

68

不知不觉，轰轰烈烈的运动突然停下来了，到处张贴的“牛鬼蛇神”的标语也被撕了下来。人们好像还在一场噩梦当中，突然间天就亮了，大家都纷纷睁开了眼睛，一时还不能适应明亮的光线，他们揉着睡意惺忪的眼睛，相互打量着对方，打量着外面的世界，都不敢第一个开口说话，怕说错了话，又惹来另外一场运动。

这个时候，香月正在地里和孩子们一起劳动。

远远地，就看到一个中年女人举着一把花布遮阳伞往这里来了。香月用手搭在额头上，看了看，没有看清，她又弓下身子干活去了，洋洋和灿灿在给她打着下手。隔壁的田里，杨振涛赶着一头牛正在犁田，锋快的犁铁在田里翻开一道道水浪，那些泥土在水浪中翻卷过来，像一群匍匐的士兵。

待那女人更近些的时候，洋洋和灿灿就欢快地呼喊起来，快看，是姑姑，姑姑来了！他们丢下手里的活儿就跑去迎接，香月也停止了劳动，待在田里不知所措。

杨振涛把牛拉住，把犁耙固定在那里就赶紧上了田。

两个小孩也赶紧围拢了，他们一起把太太往屋里迎去。太太明显地瘦了，黑了，眼睛也无神。

香月最后一个进屋来，她看到太太坐在那里开口就问，太太前一阵去哪里了？孩子们呢？杨振涛就接着说，香月前段时间觉得精神好了些，非常想念你们，一定要回去，我怎么留怎么劝都没有用，她说家里的孩子还小，需要她的照顾，说太太年纪也大了，需要一个帮手打理家里。我也没有办法，就由着她回去了。谁知道，她回家后，门上是一把锁，家里空荡荡的，不知道你们去了哪里。她也没有钥匙，就在邻居家里住了几日，以为你们去哪里有事去了，谁知道等了一个星期还没有见到你们的影子，她也不能老是麻烦人家，就只好又回来了。

太太低下了头，那个时候她带着孩子们去南洋了，原想着要抛弃香月，没有想到到头来，香月时时刻刻惦念着他们。

见太太不说话，香月也就不问了，要她好生休息一下，说太太怕是饿了，家里还有孩子们等着，马上到厨房弄饭去了。

太太见香月和孩子们去厨房了，就把杨振涛拉到外面去，说，我们到外面去说吧。

说什么呢?

我想问你一句话，你喜欢香月吗?

怎么这样问？杨振涛睁大了眼睛盯着太太。

真是傻，喜欢就是喜欢，不喜欢就不喜欢，你只要老老实实地告诉我就好了，我自有话说。

杨振涛略略迟疑了下，说，当然喜欢了，像香月这样的女子是打着灯笼都难找的好女人呢！如果我能娶到这样的女人为妻，真的是前世修来的福气呢！说着满脸通红，像是喝了半斤烧酒。

有你这句话就行了，我今天过来就是想问你呢。你一直没有续弦，我知道你心气高，那几年也是没有遇上自己喜欢的好女人。如今跟香月生活了这么久，也应该了解她的为人了。我也是看你们两个刚好是很相配的一对，就特意来说这事了。

杨振涛的眼睛睁得更大了，说，你不是发烧了吧？香月不是有祥云老板吗?

太太嗫嚅着说，老爷已经不在了。早就死在南洋那边了，什么都没有给我们留下。家里的开支是越来越紧张了，我和孩子们连红薯都吃光了。我想了几天，就想了这个法子，没有办法，如今也只能这样了。老爷不在了，我都还没有告诉香月，怕她一下子接受不了。但左想右想，迟早是要告诉她的，长痛不如短痛呢。

杨振涛点点头，那倒是真的，告诉她也好，让她心里有个数，也好打算打算。但如果要我娶她，不知道香月会不会同意呢?

香月会同意的，我太了解她了。如今老爷不在了，家里还有三个孩子要穿衣吃饭，总不能看着他们饿死吧。香月喜欢他们，不会看着他们挨饿不管的。我知道你是老实人，如果香月嫁给了你，你不会亏待香月的。香月那里你就放心，我今晚就睡在这里，晚上跟她睡一张床，到时我会做好她的工作的。

你这么有把握？我看未必吧，香月是个非常有主见的女人，不是一般的可以由别人支配的女人呀！我也很想娶她的，只是……说话间，洋洋和灿灿在堂屋里欢快地摆着碗筷。

太太冲着杨振涛笑了笑，说，我只有一个要求，香月如果答应嫁给你，她必须带着三毛过来住，我把三毛过继给她，因为香月没有孩子，心里总是担心的，有了三毛，她就踏踏实实地跟着你过日子了。

杨振涛轻蔑地看着太太的眼睛说，你太不了解香月了，祥云老爷的孩子，我的孩子，都会是香月的孩子，谁说香月没有孩子呢？

最后一道菜出来的时候，院子里不知道谁家里正在办喜事，鞭炮的炸裂声此起彼伏，整个村子被一种硝药的味道包裹着。杨振涛招呼太太、香月和孩子们上桌吃饭了，他们还没有动筷，香月就要他们先停住。

大家一起看着，香月把每只饭碗里盛了一小瓢饭，又在三个饭碗的旁边斟了三杯烧酒，用筷子放在上面，说，让先人先吃吧，保佑大家平安无事！

此刻，太阳西挂，浓烟淡抹，远山青黛，层次分明……